COLLECTION
FOLIO/ACTUEL

Philippe Bernard

Immigration : le défi mondial

Gallimard

Cet ouvrage est publié sous la direction de Jean-Claude Grimal et Olivier Mazel dans la série « Le Monde Actuel ».

Conception et réalisation des graphiques et tableaux : Cécile Marin

Titulaire d'une maîtrise de droit public et diplômé du Centre de formation des journalistes, Philippe Bernard est aujourd'hui chef de section au sein de la séquence « Société » du *Monde*.

Et lui, de quelle nationalité était-il, à propos ? Il regarda son passeport. Ah oui, citoyen hellénique. Drôle.

ALBERT COHEN
Solal

INTRODUCTION

Échauffourées dans les banlieues « sensibles », chavirage dramatique d'un rafiot d'émigrants entre Maroc et Espagne, manifestations de sans-papiers, organisation de l'islam en France, centres de rétention surpeuplés, échec scolaire, mémoire coloniale, besoin de main-d'œuvre étrangère... Sans cesse, l'actualité fait référence à l'« immigration ». Pour le meilleur comme le pire, à juste titre ou à contresens. Car ce mot attrape-tout, concentré trop facile des hantises d'une époque bousculée, masque des réalités souvent bien éloignées du fait migratoire brut : l'acte de quitter le pays où l'on est né pour trouver un ailleurs meilleur, poussé par l'oppression politique, la violence, la pauvreté. Le mauvais usage de la notion d'« immigration » est à la hauteur de son succès. Au point de brouiller les cartes, d'étiqueter « problèmes d'immigration » les lourdes questions sociales et identitaires générées par l'irruption visible de générations nées en France, souvent françaises, d'enfants d'ex-colonisés.

Sur la mappemonde des flux migratoires, l'Europe occidentale est l'une des destinations majeures. La France, parmi les toutes premières, accueille massivement des étrangers depuis le milieu du XIXe siècle. L'Hexagone a au moins trois bonnes raisons d'apparaître comme ce havre dont rêvent les candidats au grand départ : pays-carrefour où un continent bute sur l'océan et la mer, ex-puissance coloniale, contrée de relative prospérité, il a accueilli depuis un siècle et demi des strates massives et successives d'immigrés qui l'ont façonné, reconstruit, suppléant à ses faiblesses démographiques, compensant les saignées guerrières, encaissant les chocs économiques. Jamais l'incorporation de ces populations venues d'ailleurs n'a été indolore ni confortable. Aux périodes de vaches grasses, de frontières ouvertes et d'assimilation rapide ont succédé les temps de crise, de repli et de xénophobie.

Ainsi, l'afflux de la main-d'œuvre étrangère, bénie au temps des Trente Glorieuses d'après-guerre, a été stoppé dès les premiers signes de la crise, en 1974. Le quart de siècle suivant a vu un raidissement progressif de la législation sur l'entrée et le séjour des étrangers, en même temps qu'un réveil des pulsions de haine comparable à celui des années 30. La France prospère des années 60 et 70 ne considérait ses « travailleurs immigrés » que comme des bras, des célibataires supposés s'en retourner discrètement au premier retournement de conjoncture, après avoir servi la croissance. Illusion ! Dans les années 80, alors que s'aggravait le chômage, l'opinion a découvert que ces « hôtes » ne partiraient pas. Que des familles s'étaient définitivement implantées, dont les enfants, souvent de nationalité française, revendiquaient bruyamment l'égalité des droits, ruant dans les brancards d'une société qui les rejetait. Grâce à l'école, au mouvement associatif, l'intégration de ces populations est pourtant en marche, cahin-caha. En témoignent l'envol des unions mixtes et de l'emploi tertiaire, l'abaissement de la fécondité des femmes étrangères et l'utilisation massive de la langue française, qui étonne les observateurs étrangers. Jusqu'à la notion même d'« intégration » qui, pour certains, confine à la désuétude. Dans le monde des affaires, de l'université, des arts et du sport, certaines réussites sont aussi éclatantes que discrètes, d'autres sont sur toutes les lèvres.

Cette avant-garde, de plus en plus nombreuse et visible, ne peut cependant pas faire oublier le parcours d'obstacles qui guette la plupart des candidats à l'intégration. Ni les difficultés spécifiques des populations anciennement colonisées à trouver leur place dans l'ancienne « métropole ». Ni le terreau de discriminations si fertile dans une société presque aveugle à cette réalité explosive. Ni les contradictions d'un État qui proclame la citoyenneté mais peine à tenir la promesse républicaine de l'égalité. À cet égard, les années 80 et 90 ont été marquées par de grandes confusions. Jamais, depuis les années 30, l'« immigration » n'avait servi si brutalement de fonds de commerce politique. Comme dans l'avant-guerre, sous la pression de l'extrême droite, les difficultés économiques et sociales, sans cesse reliées à la présence de populations d'origine étrangère, ont servi de prétexte à la multiplication de politiques d'immigration restrictives, alimentant les réflexes xénophobes et les discriminations. La confusion entre la politique de flux (qui entre, qui sort ?) et l'action en faveur de l'intégration (formation, emploi, logement, etc.) a alors atteint son comble.

Avec l'apaisement des tensions politiques, perceptible depuis quelques années, émergent des réflexions plus raisonnées, des débats mieux ciblés, moins hexagonaux, plus globaux. On découvre une évidence longtemps perdue de vue : l'immigration est avant tout un phénomène international. Derrière chaque immigré, il y a un émigré, aimait à rappeler le sociologue Abdelmalek Sayad. Ainsi, chacun des 125 millions de migrants recensés en ce début de XXIe siècle dans le monde tisse un lien entre deux pays, l'un de départ, l'autre d'arrivée. Collectivement, ils mettent en jeu les équilibres économiques et culturels de la planète, et soulèvent les grands défis de l'identité et du métissage. La question du contrôle des frontières, celle de la police des étrangers ne peuvent donc plus être pensées hors d'un contexte international marqué par une histoire coloniale, des inégalités économiques, des conflits politiques, ethniques et religieux qui poussent certaines populations au départ, et par le développement de filières d'immigration clandestine transcontinentales. D'immenses problématiques liées aux migrations proprement dites se structurent : peut-on maintenir les frontières fermées aux hommes tout en prônant la mondialisation des échanges de biens et de capitaux ? L'immigration est-elle un frein ou un levier pour le développement du tiers monde ? Comment préserver le droit d'asile ? Etc. D'autres défis spécifiques à l'« intégration » foisonnent. Ils mettent en cause la gestion des « différences » non seulement dans une société française marquée par son idéologie laïque et républicaine, mais au-delà, dans une Europe aux traditions multiples et dans un monde balafré, aux continents écartelés. Alors que la « mondialisation » prétend imposer une uniformité hégémonique, la montée générale des revendications identitaires, qu'elle soit ou non liée aux phénomènes migratoires, suppose des réponses pragmatiques et équilibrées. C'est l'émergence d'une société française enrichie de ses bigarrures, cette conquête quotidienne, inéluctable mais cahoteuse d'un « vivre ensemble » sur une planète métissée, que ce livre propose de décrire et d'accompagner.

CHAPITRE I

PLANÈTE MIGRANTE

Si je vais dans mon pays, les Bulgares et les Abares y égorgent tout ; si je retourne en Portugal, j'y suis brûlé.

VOLTAIRE
Candide

Une mappemonde. Tel est le meilleur instrument pour imaginer l'intensité et la complexité des migrations sur une planète désormais marquée par la mondialisation des échanges et le métissage culturel. Si les migrants de jadis, peu nombreux, effectuaient sans entrave administrative des sauts de puce transfrontaliers, ceux du XXIe siècle parcourent le monde à pas de géant, attirés par les lumières des zones de prospérité qui rayonnent désormais sur tous les écrans de télévision et d'Internet. Certains utilisent les moyens de transport modernes comme l'avion mais beaucoup d'autres sont contraints à des parcours hachés, à des détours immenses, sillonnant par voie terrestre des continents entiers, traversant mers ou océans sur des embarcations de fortune ou tapis au fond d'une cale, au gré des filières de passage et des législations nationales plus ou moins généreuses. Ces obstacles, juridiques et policiers, imposent dans bien des cas retours prématurés, transits forcés et rebonds imprévus.

155 millions de personnes en mouvement

Sur cette planète migrante, plus d'un million de personnes quittent chaque année définitivement leur pays, pour des raisons à prédominance économique. Presque autant d'autres cherchent à sauver leur liberté en demandant l'asile. Globalement, quelque 125 millions de personnes dans le monde vivent hors du pays dont ils ont la nationalité[1], qu'ils soient immigrés ou réfugiés. À ces expatriés s'ajoutent 25 à 30 millions de personnes « déplacées » dans leur propre pays. Ainsi, au total, 155 millions d'êtres humains vivent éloignés de leur lieu de naissance. Ils ne constituent que 2,5 % de la population de la planète estimée à 6 milliards d'habitants : personne ne quitte par plaisir sa famille, son pays, sa culture. L'extrême pauvreté n'est d'ailleurs pas nécessairement le facteur décisif de l'émigration[2] : pour imaginer le grand départ, puis le réaliser, un minimum d'éducation, de moyens financiers, de relations sont nécessaires.

D'ailleurs, contrairement aux apparences, la majorité des migrations s'effectuent entre pays du tiers

1. Division de la population des Nations unies, *World Population Prospects : The 2000 revision*. « International Migration 1965-1996 : an Overview », *Population and Development Review*, vol. 24, n° 3, septembre 1998.

2. L'émigration désigne, du point de vue de l'État de départ, l'installation de nationaux à l'étranger. L'immigration recouvre, vue par l'État d'accueil, l'installation d'étrangers sur son territoire.

monde, une minorité des migrants résidant dans les pays développés. Tandis que l'Europe et l'Amérique du Nord en abritent chacune près de 25 millions, l'Asie en compte 45 millions. L'Afrique abrite près de 15 millions de migrants rien qu'au sud du Sahara. Par comparaison, on estime à 3 millions le nombre d'Africains installés en Europe. Alors que la proportion d'étrangers en France est de 6,4 %, elle atteint 15 % à Singapour et 30 % en Côte d'Ivoire. Le Moyen-Orient comptait 10 millions d'immigrés – Asiatiques pour les deux tiers – avant la guerre du Golfe et beaucoup de ceux qui ont dû fuir à cette époque sont revenus depuis lors. Près d'un quart des Ivoiriens et un cinquième des Burkinabé travaillent à l'étranger. C'est le cas de moins de 3 % des Français, soit 1,8 million de personnes (dont plus de la moitié est installée en Europe, près de 20 % en Amérique et 16 % en Afrique), et de 1,3 % des ressortissants de l'Union européenne, soit 5 millions d'Européens.

Quatre zones clignotent en rouge sur la mappemonde des flux migratoires : l'Amérique du Nord, l'Europe occidentale, les pays riches du Moyen-Orient et les pays émergents d'Asie du Sud-Est. À ce système principal se superpose un réseau secondaire de flux régionaux : Afrique subsaharienne vers la Côte d'Ivoire et l'Afrique du Sud ; Asie du Sud vers l'Inde, Amérique du Sud vers le Venezuela et l'Argentine ; ex-République de l'URSS vers la Russie.

Ces flux de populations traduisent les inégalités économiques mondiales et les soubresauts politiques de la planète. Entre le Nord et le Sud, le fossé des niveaux de vie, des situations démographiques et démocratiques alimente en permanence les migrations. Des fractures géopolitiques telles que celles provoquées par les guerres et les révolutions, les

FIGURE 1

Le système migratoire mondial

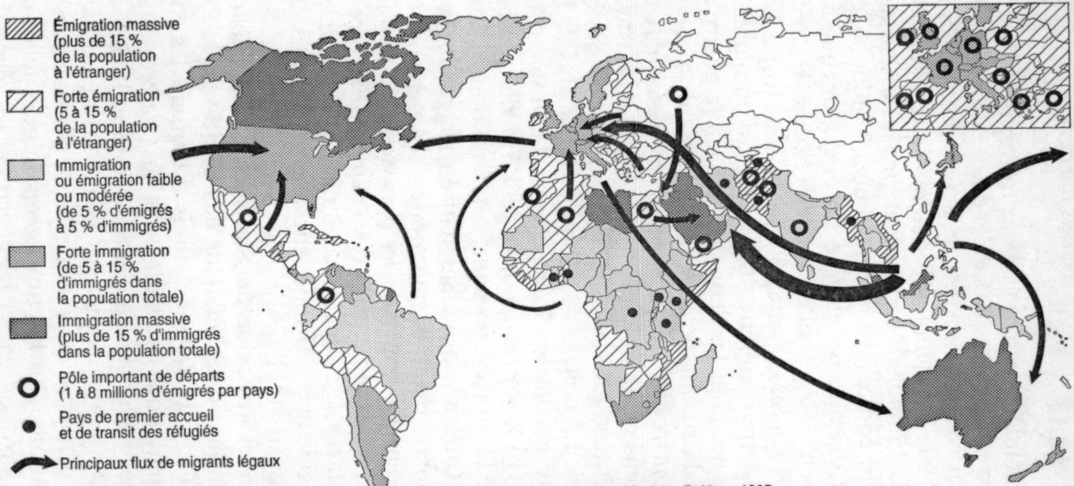

Source : Gildas Simon, Migrinter Poitiers, 1995.

crises économiques et politiques jettent des populations sur les chemins de l'exil ou les conduisent à rechercher un ailleurs meilleur. Séparant le monde pauvre et éruptif des zones prospères et stables, trois lignes de fracture déchirent le monde des migrations : le Rio Grande au Mexique, la Méditerranée et la mer de Chine. Barrières aquatiques, elles sont autant d'obstacles à franchir pour les candidats à l'émigration.

Mais les raisons et les moyens de fuir se multiplient, l'attrait des régions prospères se renforce. Le monde industrialisé, des États-Unis à l'Australie en passant par l'Europe, est marqué par l'accélération et la mondialisation des flux migratoires. L'évolution vers un marché unique planétaire pousse à la mondialisation des flux humains, au drainage des élites professionnelles et à l'organisation de migrations polarisées sur les mégapoles intégrées au système économique international[1]. Alors que, de 1965 à 1975, les migrations internationales (+1,16 % par an) avaient augmenté moins vite que la population du globe (+2,04 %), le taux de croissance de la population a ensuite diminué (+1,7 % par an entre 1985 et 1990) tandis que les flux de migrants augmentaient considérablement (+2,59 % par an pendant la même période).

Sensible dès les années 80, cette tendance a culminé dans les années 1992-1993 pour les grands pays d'immigration que sont l'Allemagne, le Canada, les États-Unis et le Japon. Au début des années 90, l'ouverture des frontières en Europe centrale s'est conjuguée à la persistance du fossé économique et

1. Gildas Simon, *Géodynamique des migrations internationales dans le monde*, PUF, 1995.

démographique Nord-Sud, pour mettre en route immigrés et réfugiés en nombre croissant. Avec plus d'1,2 million d'entrées d'étrangers en 1992 (117 000 en France la même année), l'Allemagne a alors connu un pic historique. Ces mouvements spectaculaires se produisant en période de crise économique ont alors conduit les pays riches à multiplier les mesures restrictives. Sous leur effet, les flux d'entrées régulières se sont alors quelque peu taris tandis que se renforçait l'incitation au séjour irrégulier.

Un accueil à générosité variable

La population d'étrangers ou d'immigrés a augmenté dans la plupart des pays développés au cours de la dernière décennie du XXe siècle. La France fait exception en raison de l'importance des naturalisations qui font « disparaître » statistiquement des étrangers. Ces statistiques reflètent l'émergence des nouveaux pays d'immigration comme l'Italie (0,8 % d'étrangers en 1989 passant à 2,1 % en 1998), l'Espagne ou le Portugal. La Suisse compte parmi les pays de l'OCDE ayant la plus forte proportion d'étrangers (19 % en 1998), devant l'Allemagne (8,9 %), la France (6,3 %) et le Royaume-Uni (3,8 %). Trompeuses, ces disparités ne reflètent pas seulement une largesse variable dans l'accueil des étrangers, elles traduisent le caractère plus ou moins libéral de la législation sur la nationalité. Pour éviter cette ambiguïté, certains pays comptabilisent la proportion de leur population née à l'étranger, qui inclut les étrangers naturalisés (9,8 % aux États-unis, 17,4 % au Canada, 23,4 % en Australie).

Le tableau général s'est renversé dans les années 1997-1998. Ainsi, « au seuil du nouveau millénaire, les tendances d'une reprise se confirment » et les grands pays d'immigration « affichent de plus en plus ouvertement leur volonté d'attirer de nouveaux migrants[1] ». Ils cherchent à la fois à répondre aux besoins du marché du travail et à atténuer les effets du vieillissement de leur population (voir p. 168). Caractérisé par une diversification des mouvements et des nationalités concernées, le tableau global des flux apparaît de plus en plus complexe et contrasté. Tandis que certains pays d'immigration, et non des moindres – États-Unis, Allemagne, Canada, etc. – enregistrent une baisse continue des flux depuis 1992-1993, d'autres se caractérisent par une remontée qu'expliquent en partie les opérations de régularisation – Grande-Bretagne, France, Espagne, pays nordiques. Un troisième groupe enfin – Belgique, Pays-Bas, Hongrie – suit une évolution en dents de scie.

La mondialisation des migrations amène des Philippins en Espagne et en Italie, des Iraniens et des Libanais en Suède, des Vietnamiens en Australie et au Canada, des Pakistanais en Norvège et surtout des Polonais, des Roumains et des Hongrois en Allemagne. L'Afrique connaît de considérables

1. *Tendances des migrations internationales,* rapport 2000 du Système d'observation permanente des migrations (SOPEMI) de l'Organisation de coopération et de développement économique (OCDE). Tendance confirmée par le rapport 2001.

FIGURE 2

Population étrangère dans quelques pays de l'OCDE

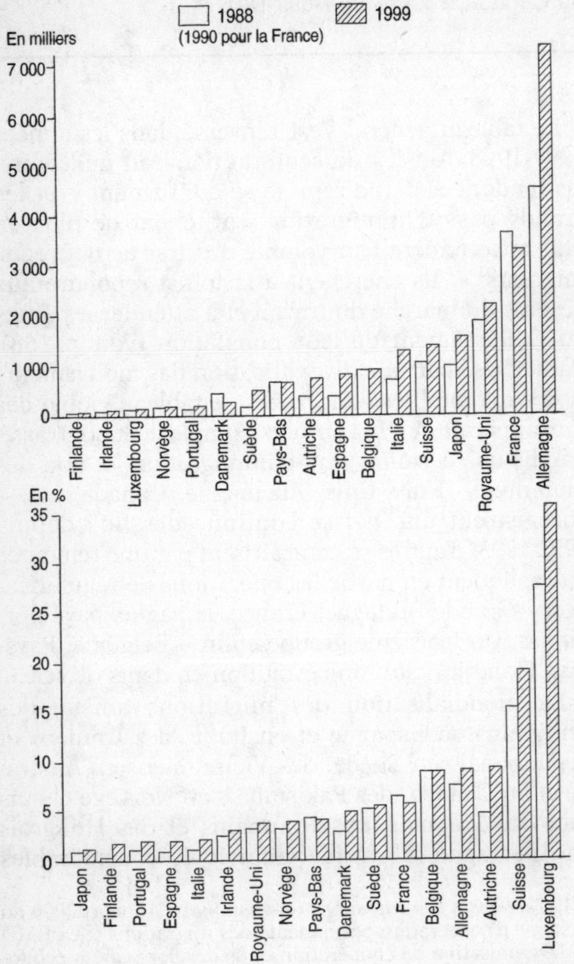

mouvements internes d'immigrés et de réfugiés. L'Asie, elle, est une plaque tournante pour la main-d'œuvre indienne, sri lankaise, pakistanaise, chinoise, vers Singapour, l'Indonésie, le Japon et l'Australie.

Cette tendance à la mondialisation se conjugue avec des mouvements plus classiques comme ceux qui conduisent des Mexicains aux États-Unis, des Algériens en France, des Turcs en Allemagne, des Brésiliens au Portugal, etc. Mais certains mouvements migratoires sont désormais indépendants des relations historiques, notamment coloniales entre pays d'origine et pays d'accueil. À ces flux simples, souvent anciens, s'ajoutent des trajectoires faites d'allers et retours, de rebonds vers des pays auxquels rien ne rattache les nouveaux arrivants. La France, pays d'immigration, est aussi, depuis peu, un pays de transit, notamment vers la Grande-Bretagne (des Asiatiques attendent à Calais une occasion de franchir la Manche) ou vers l'Allemagne (pour les Turcs notamment).

À la persistance des courants traditionnels – Maghrébins en France, Indiens au Royaume-Uni –, s'ajoutent désormais des flux plus récents où l'on trouve nombre d'irréguliers : Chinois, Zaïrois et Haïtiens s'affirment en France, tandis que l'immigration chinoise reprend aux États-Unis et au Canada. N'empêche, dans la plupart des pays d'accueil, une ou deux origines seulement dominent : Mexicains aux États-Unis, Chinois et Philippins au Japon, Néo-Zélandais en Australie, Albanais en Italie, Polonais, ex-Yougoslaves et Turcs en Allemagne, Algériens et Marocains en France.

Ces migrations complexes, encouragées par la globalisation de l'économie et la diffusion des moyens de transport, se heurtent de plus en plus à la volonté des États de contrôler les entrées. Au libéralisme triomphant dans les échanges de marchandises et d'informations, s'oppose un protectionnisme visant la circulation des hommes, non seulement dans les pays riches mais aussi dans les pays pauvres, qui expulsent parfois sans ménagement les immigrés jugés indésirables, comme l'Arabie saoudite pendant la crise du Golfe ou la Jordanie en 1995. Cette contradiction s'avère particulièrement incompréhensible pour les habitants du tiers monde qui restent comme « assignés à résidence » alors que les pays nantis ouvrent entre eux des espaces de fluidité accrue et placent la « liberté d'aller et venir » parmi les droits de l'homme qu'ils entendent exporter[1]. La multiplication des migrations irrégulières est l'une des conséquences de cette situation.

Marché ouvert, frontières fermées

Le lien entre immigration et économie mondiale n'est pas nouveau. Pendant des siècles, la conquête et la colonisation par les Européens de nouveaux territoires ont joué un rôle majeur dans l'extension du commerce mondial. La traite des Noirs, aujourd'hui reconnue en France comme un crime contre l'humanité[2], et l'exploitation des esclaves ont largement appuyé cette évolu-

1. Gildas Simon, « Mondialisation et brouillage des schémas migratoires », *Hommes et libertés*, revue de la Ligue des droits de l'homme, n° 93, décembre 1996-février 1997.
2. Loi du 21 mai 2001.

tion : du XVIe au XIXe siècle, pas moins de 15 millions de personnes ont ainsi été déportées d'Afrique vers les Amériques.

Aujourd'hui, la mondialisation des échanges de biens et de capitaux va de pair avec la planétarisation des migrations autorisée par la baisse des prix des transports et des télécommunications. L'actuelle globalisation économique génère-t-elle, en soi, une circulation accrue des personnes? Rien n'est moins sûr, selon les experts de l'OCDE, du fait de la politique de fermeture des frontières pratiquée par les pays riches. « La migration internationale est écartée du nouveau processus de mondialisation », écrivent-ils, discernant là « une caractéristique majeure qui distingue les nouvelles tendances de l'économie mondiale par rapport aux deux grandes périodes historiques de l'internationalisation[1] ».

Certes, le nombre de migrants s'est beaucoup accru ces dernières décennies. Évalué à 75 millions de personnes en 1965 par le Bureau international du travail (BIT), il s'élève à quelque 155 millions en l'an 2000. Cette augmentation ne reflète que partiellement une intensification du phénomène migratoire : la multiplication des États a eu un effet artificiel de « franchissement des frontières ». L'éclatement de l'URSS a produit à lui seul 45 millions d'étrangers.

Pourtant, la mondialisation ne peut qu'inciter à la migration, notamment clandestine, dans un contexte de frontières quasi closes, comme le pronostique une étude du Bureau international du travail (BIT) : « La déstabilisation des sociétés, causée par les restructurations économiques, poussera davantage de personnes hors de leurs communautés d'origine et les incitera à trouver du travail à l'étranger. » Pourtant, poursuit le

1. *Mondialisation, migrations et développement,* OCDE, 2000.

document, « les mouvements de biens et de capitaux entre pays riches et pauvres ne seront pas suffisamment importants pour compenser la pénurie d'emplois dans les pays pauvres[1] ». L'offre de travail illégal dans certains secteurs bien répertoriés – bâtiment, confection, restauration, agriculture –, alléchante au regard du différentiel de salaires, est le principal moteur de cette incitation : un Mexicain sans papiers travaillant aux États-Unis gagne neuf fois ce qu'il percevait dans son pays ; les revenus d'un manœuvre indonésien immigré en Malaisie sont sept fois supérieurs à ceux qu'il peut espérer s'il reste chez lui, selon le BIT. Le coût horaire de la main-d'œuvre dans l'industrie était, en 1995, de 0,25 dollar en Inde et en Chine, de 0,46 en Thaïlande, de 0,60 en Russie, de 1,70 en Hongrie et 2,09 en Pologne, contre 13,77 au Royaume-Uni, 14,40 en Australie, 16,03 au Canada, 17,20 aux États-Unis, 19,34 en France, 23,66 au Japon et 31,88 en Allemagne.

L'énormité du fossé explique les risques que beaucoup de ressortissants des pays pauvres n'hésitent pas à prendre en migrant clandestinement, surmontant les obstacles juridiques et policiers destinés à empêcher leur venue et leur installation. Parfois au péril de leur vie, comme en témoignent des drames comme la mort atroce, par étouffement, de 58 Chinois en juin 2000 à Douvres, dans le camion qui les transportait clandestinement vers la Grande-Bretagne, ou l'échouage près de Fréjus (Var) en février 2001 de l'*East Sea*, un cargo convoyant depuis la Turquie 806 personnes, Kurdes de Syrie pour la plupart. Des naufragés du détroit de Gibraltar aux boat people albanais, 2 000

1. *Workers without Frontiers. The Impact of Globalization on International Migration*, BIT, 2000.

morts de clandestins ont été recensées aux frontières de l'Union européenne entre 1993 et 2000[1].

Le trafic des migrants (passages, faux papiers, etc.) est ainsi devenu une industrie florissante. On estime jusqu'à 1 000 dollars le prix des services d'un passeur mexicain vers l'eldorado californien, l'un de ces « coyotes » qui abandonne parfois ses clients en plein désert de l'Arizona. Les Africains et Maghrébins paient 500 dollars pour être aidés dans leur traversée d'une frontière de l'Europe de l'Est ou du détroit de Gibraltar. L'épopée entre la Chine ou l'Asie du Sud-Est et les États-Unis ou l'Europe peut coûter entre 20 000 et 60 000 dollars que le migrant, réduit à l'état de quasi-esclave à l'arrivée, rembourse souvent par des années de travail obligé dans des ateliers de confection ou par la prostitution. S'il se dérobe, des représailles l'attendent, lui ou sa famille restée au pays. Au total, le BIT estime entre 5 et 7 milliards de dollars par an le chiffre d'affaires généré mondialement par le trafic de clandestins pris en main par des mafias chinoises, turques, albanaises notamment.

On estime à 500 000 le nombre de personnes ayant pénétré illégalement dans l'Union européenne en 2000, mais une partie d'entre elles n'ont fait qu'y transiter. Tous les pays développés affichent des législations et des systèmes de répression féroces contre l'immigration illégale et le trafic des êtres humains. Ces dispositions soutenues par des discours musclés contrastent cependant avec la relative tolérance dont bénéficient, dans les faits, les employeurs recourant illégalement mais avantageusement à la main-d'œuvre étrangère.

Une véritable traite des femmes aux fins d'exploi-

1. United for Intercultural Action. Internet : http://www.united.non-profit.nl/

tation sexuelle s'est, d'autre part, développée depuis l'ouverture des frontières de l'est de l'Europe. Des mafias spécialisées font miroiter des emplois ou des voyages à des femmes dans le besoin, voire à des réfugiées repérées dans des camps. Selon une étude américaine citée par l'Organisation internationale pour les migrations, 175 000 femmes d'Europe centrale et orientale auraient été concernées en 1997, représentant un quart de l'ensemble des victimes de tels trafics dans le monde.

Famille, travail, asile : aux sources des migrations

Le paysage des migrations internationales s'est largement transformé depuis l'époque qui a pris fin dans les années 80, où les « travailleurs immigrés » dominaient largement parmi les flux dirigés vers les pays développés. Désormais les familles (conjoint et enfants rejoignant un travailleur ou familles de demandeurs d'asile) constituent l'apport le plus conséquent. Parallèlement se sont intensifiées les deux autres sources de migration : la demande d'asile surtout, et, plus récemment, dans certains pays, l'immigration de travail.

En France, où les autres formes d'immigration régulière restent limitées, le regroupement familial alimente près de 75 % des flux légaux, sensiblement comme aux États-Unis. Encore faut-il considérer que les membres des familles, qui rejoignent ou qui accompagnent, obtiennent le droit de travailler dans la plupart des pays (dès leur arrivée en France, après un délai dans d'autres pays) : opposer familles et travailleurs apparaît donc artificiel.

La demande d'asile a sensiblement augmenté dans les années 90, voire « explosé » dans certains pays (Allemagne, Autriche, Canada, États-Unis, Norvège, Pays-Bas, Royaume-Uni, Suède). Ce phénomène résulte à la fois de la fermeture des autres voies d'accès légales aux pays développés, de l'ouverture de l'Europe de l'Est et de la multiplication des conflits. Les demandeurs d'asile sont moins nombreux depuis le tournant de l'an 2000, sauf dans certains pays comme le Royaume-Uni et la Suisse qui connaissent au contraire un attrait renforcé. En nombre absolu, l'Allemagne, le Royaume-Uni, les Pays-Bas et la Suisse sont les pays développés les plus ouverts aux demandeurs d'asile ; ce palmarès varie si l'on rapporte les flux de l'asile à la population étrangère totale : l'Irlande, la Norvège et les Pays-Bas se placent alors en tête. Enfin, la reprise économique a conduit quelques pays (Australie, Belgique, Royaume-Uni) à s'ouvrir à des travailleurs étrangers tandis qu'ailleurs, cette ouverture est limitée à des travailleurs temporaires ou saisonniers, ainsi qu'à une main-d'œuvre spécialisée et qualifiée (informaticiens, infirmières, enseignants, etc.).

L'accentuation des mouvements migratoires a conduit plusieurs pays à adopter des mesures restrictives fondées sur le même triptyque : décourager les demandes d'asile considérées comme abusives, contrôler les frontières et sanctionner le travail illégal. Tandis que les pays de l'Union européenne construisent une politique commune dans ce domaine (voir p. 46), les pays de l'Est, candidats à l'adhésion à l'UE, sont amenés à suivre les mêmes orientations, après avoir bâti le socle juridique qui leur faisait défaut : un statut pour les étrangers.

FIGURE 3

Flux d'immigration par principales catégories dans quelques pays de l'OCDE en 1999

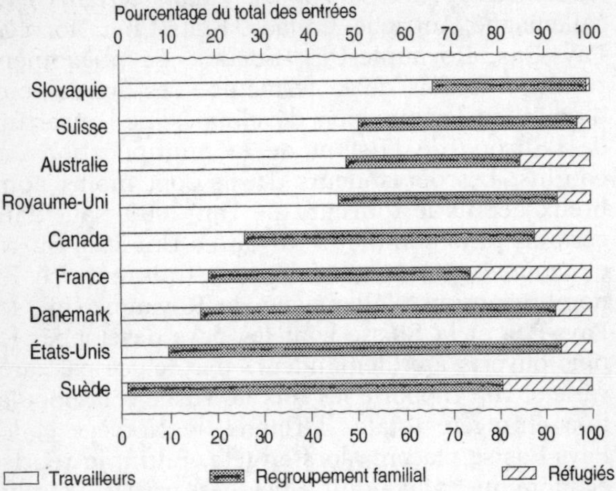

Note : Pour l'Australie, le Canada, les États-Unis et la Suède, les entrées correspondent aux permis d'installation permanente. Pour le Danemark, la France, la Slovaquie et la Suisse, il s'agit des permis de séjour délivrés en général pour une durée supérieure à 1 an. Pour le Royaume-Uni, les données se réfèrent aux contrôles aux frontières de certaines catégories de migrants (non compris les ressortissants de l'espace économique européen). En Australie, la catégories "Travailleurs" comprend les personnes accompagnantes qui, pour tous les autres pays, sont incluses dans la catégorie "Regroupement familial".

Source : OCDE, 2001.

Cette zone d'Europe de l'Est fut longtemps un désert migratoire en raison de la coupure politique de l'Europe et de la quasi-impossibilité pour les ressortissants des « démocraties populaires » de voyager hors du bloc « socialiste ». Depuis la chute du mur de Berlin en 1989, elle est devenue une aire de migrations intenses et complexes. La Pologne, la Hongrie et la République tchèque constituent désormais une zone-tampon entre l'Union européenne et les pays situés à leurs frontières orientales. La frontière Oder-Neisse entre l'ex-République démocratique allemande et la Pologne, ancienne frontière intérieure au bloc de l'Est, est désormais une limite extérieure de l'Union européenne et de l'espace Schengen ; à ce titre, elle est devenue l'une des plus surveillées du monde. Naguère reléguées au-delà du rideau de fer, les anciennes « démocraties populaires » sont devenues des terres d'immigration, de passage et même d'asile. Là échouent les migrants qui ne parviennent pas à percer les hautes murailles de l'Union européenne ou en ont été refoulés. Là transitent ou butent des exilés venus d'Asie ou d'Afrique au terme de leur long périple vers l'Ouest. Là vont et viennent des populations ballottées par les convulsions économiques des ex-Républiques soviétiques ou des anciens satellites de l'URSS.

Des Turcs, des Roumains, en particulier des Tziganes, tentent d'entrer en Allemagne et en Suède *via* la Pologne et la République tchèque. Africains et Asiatiques remplacent les « frères » vietnamiens ou cubains imposés du temps des régimes autoritaires. Des Roumains et des Chinois s'installent en Hongrie, des Ukrainiens et des Russes cherchent du travail ou font du commerce en Pologne, des Slovaques, des Polonais et des Vietnamiens immigrent en République tchèque.

L'ouverture des frontières du bloc soviétique avait libéré des flux à la fois d'immigration classique vers l'Europe de l'Ouest et l'Amérique du Nord, et de départs motivés par des raisons ethniques (retour vers l'Allemagne de populations germaniques établies en Pologne, en Roumanie et en ex-URSS ; vers la Turquie de Bulgares d'origine turque ; vers la Finlande de Soviétiques d'origine finlandaise).

Dix ans après, le flux de demandeurs d'asile issus de ces pays a nettement diminué car les États occidentaux les considèrent comme « sûrs », toute persécution y ayant cessé. On ne fuit plus seulement les pays d'Europe centrale et orientale, on y cherche parfois refuge. Pourtant, l'essentiel des migrations dans cette zone demeure régional, souvent sur un mode « pendulaire » (allers et retours) et informel, voire illégal. Chaque année, près de 200 000 étrangers en situation irrégulière trouvent un emploi en Pologne, selon le Bureau international du travail : des Africains et des Asiatiques en transit vers l'Ouest, mais aussi des Ukrainiens spécialisés dans la contrebande. Si les statistiques sont incertaines, le nombre d'arrivées d'étrangers semble désormais supérieur à celui des départs dans cette région qui – c'est très net en République tchèque – se mue progressivement en zone d'accueil.

On est loin de la crainte d'un déferlement d'immigrés vers l'Ouest née, au début des années 90, de l'ouverture des frontières de l'ex-URSS. Le différentiel économique et politique entre l'Est et l'Ouest n'a pas suffi pas à jeter les populations sur les chemins hasardeux de l'exil. C'est de l'éclatement de la Yougoslavie et de la guerre civile qu'ont surgi, de Bosnie comme du Kosovo, les grandes vagues de déplacement vers l'Ouest, plus proches dans leurs motivations des mouvements de réfugiés que de l'immigration *stricto sensu*.

Ces migrations de type politique s'exacerbent dans toutes les régions du monde, parallèlement à celles de type économique ou familial. La planète compte ainsi plus de 50 millions de personnes victimes de « déplacement forcé ». Ce nombre inclut les 22,3 millions de réfugiés et apatrides placés sous la

FIGURE 4

Demandes d'asile déposées
dans les principaux pays industrialisés d'accueil en 1999

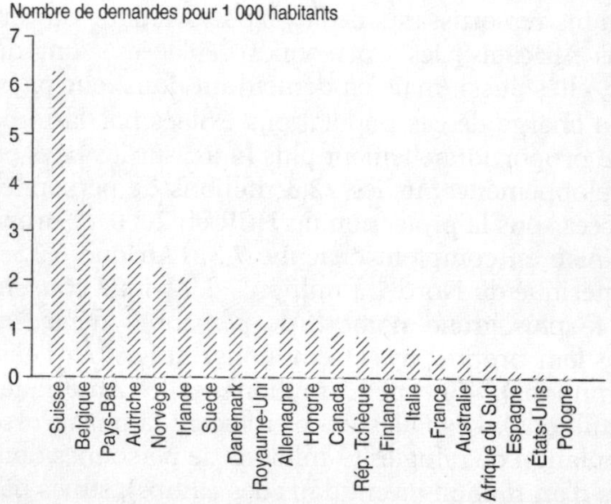

Les demandes déposées au Royaume-Uni et aux États-Unis comprennent les demandes conjointes pour plus d'une personne. Les demandes déposées dans tous les autres pays concernent une seule personne.
Source : HCR.

protection du Haut-Commissariat des Nations unies pour les réfugiés (HCR), les 25 à 30 millions de personnes déplacées dans leur propre pays, et les 3 millions de Palestiniens dont a la charge un office spécialisé de l'ONU[1]. Les réfugiés ont fui à l'étranger des menaces de persécutions liées à l'un des quelque

1. *Les réfugiés dans le monde. Les personnes déplacées : l'urgence humanitaire,* rapport 1997-1998 du HCR, La Découverte, 1997.

35 guerres ou conflits intercommunautaires qui secouent le monde ; certains – les apatrides – peuvent être dépourvus de toute nationalité suite à des modifications de frontières ou de législation sur la nationalité, comme 3 millions de Palestiniens, comme certains ressortissants de l'ex-bloc soviétique ou certains Africains ; les « personnes déplacées » ont dû fuir, elles aussi, mais en demeurant dans leur pays.

La charge de ces populations exilées par la force pèse proportionnellement plus lourd sur les pays en développement. Sur les 22,3 millions de personnes placées sous la protection du HCR en 2000, l'Europe et l'Asie en comptent chacune 7,3, l'Afrique 6,3, et l'Amérique du Nord 1,3 million[1]. L'Afrique concentre le plus grand nombre de personnes déplacées dans leur propre pays (16 millions), suivie par l'Asie (6 millions), l'Europe (5 millions) et les Amériques (3 millions). Les Palestiniens forment la plus grosse population de réfugiés (3 millions de personnes dont plus d'un million vivent dans des camps), suivis par les 2,6 millions d'Afghans exilés essentiellement au Pakistan. Des Cambodgiens trouvent refuge en Thaïlande, des Vietnamiens et des Sri Lankais à Hongkong. En Afrique, le conflit du Sahara occidental, les guerres civiles de Somalie, d'Éthiopie, du Soudan, d'Angola, du Mozambique, du Liberia, les conflits ethniques du Rwanda et du Burundi ont jeté plus de 6 millions de personnes sur les chemins de l'exode. Des Kurdes irakiens ont fui en Iran et en Turquie. En Amérique latine, des Salvadoriens et des Guatémaltèques grossissent le flux des personnes déplacées.

1. *Les réfugiés dans le monde. Cinquante ans d'action humanitaire,* Autrement, 2000.

Si l'Allemagne et les États-Unis sont les pays industrialisés qui ont accueilli le plus de demandeurs d'asile dans le monde durant les années 90 (respectivement 1,9 et 0,9 million), la charge rapportée à la population place en tête l'Arménie, la Guinée, la Yougoslavie, Djibouti, le Liberia et l'Iran parmi les plus concernés à la fin du XXe siècle, les premiers pays européens étant la Suède et le Danemark. D'ailleurs, la notion classique de réfugié, définie par la Convention de Genève de 1951 aujourd'hui ratifiée par 134 États, ne suffit plus à décrire ces mouvements de population : le nombre des personnes déplacées dans leur propre pays ne cesse de croître, au point de dépasser celui des réfugiés, contraints de fuir à l'étranger. Ainsi 900 000 Colombiens, pris en tenaille entre le gouvernement et les guérilleros, ont dû quitter leurs habitations pour des camps ou des bidonvilles. Ils sont plus de 800 000 en Bosnie, 600 000 au Sri Lanka, un demi-million au Sierra Leone, plus de 200 000 au Liberia et en Afghanistan.

La convention de Genève

La convention des Nations unies de 1951 « relative au statut des réfugiés » a été conçue dans l'après-guerre, en réaction au nazisme et au communisme. Elle demeure la pierre angulaire du droit d'asile dans le monde. Son article premier définit le réfugié comme « une personne qui [...], craignant avec raison d'être persécutée du fait de sa race, de sa religion, de sa nationalité, de son appartenance à un certain groupe social ou de ses opinions politiques, se trouve hors du pays dont elle a la nationalité et qui ne peut ou, du fait de cette crainte, ne veut se réclamer de la protection de ce pays ; ou qui, si elle n'a pas de nationalité et se trouve loin du pays dans lequel elle avait sa résidence habituelle [...], ne peut, ou en raison de ladite crainte, ne veut y retourner ». Les États signataires s'engagent à ne pas expulser ni refouler, « de quelque manière que ce soit, un réfugié sur les frontières des territoires où sa vie ou sa liberté serait menacée en raison de sa race, de sa religion, de sa nationalité, de son appartenance à un groupe social ou de ses opinions politiques ».

Immigration et développement, un couple tumultueux

La misère, le manque d'avenir poussent à l'émigration ; l'émigration peut-elle, en retour, aider à sortir du sous-développement? Les migrants, en rapatriant une partie de leur salaire, mais aussi des techniques, des savoirs, une culture, peuvent-ils réduire la pauvreté dans leur pays d'origine ?

En France, des Maghrébins et des Africains, les premiers, se sont posé la question à la fin des années 70. Des ressortissants d'un même village vivant en exil se sont groupés pour financer des projets tels que le creusement d'un puits, l'édification d'un dispensaire ou l'installation d'un groupe électrogène. Leurs initiatives, analysées par des chercheurs, sont aujourd'hui soutenues financièrement par quelques ONG et par des collectivités territoriales, notamment dans le cadre de jumelages. Mais l'État n'a jamais vraiment pris au sérieux ces « acteurs du développement » souvent vécus comme des concurrents de ses propres experts et coopérants.

La problématique immigration-développement a fini par sortir de l'ombre dans les années 90, mais dans le contexte ambigu du débat politique sur la « maîtrise des flux migratoires », exacerbé par l'extrême droite. La question initiale, désormais posée publiquement, s'en est trouvée retournée : « le développement peut-il freiner l'immigration ? » devenait l'interrogation centrale. D'où un risque de confusion et d'utilisation de l'espoir du développement comme alibi d'une politique musclée de reconduites à la frontière des sans-papiers (voir p. 158). Et le souci, ici, de distinguer deux problématiques complémentaires.

L'immigration au service du développement ?

Symptômes des déséquilibres de la planète, les migrations internationales suscitent et canalisent aussi d'importants transferts financiers. L'émergence récente de pays comme l'Espagne et le Portugal, longtemps gros pays de départs, illustre le lien entre immigration et développement, dans un contexte de renouveau démocratique. Ce rapport n'a rien de mécanique et des pays pauvres à forte émigration ne donnent guère de signe de décollage économique. Le fossé est si profond qu'il leur faudra des décennies, voire des siècles pour le combler[1]. Le couple immigration-développement donne d'ailleurs lieu à

1. Georges Tapinos, « Can international co-operation be an alternative to the emigration of workers ? », in *Migrations internationales, le tournant,* OCDE, 1993.

des analyses contradictoires au sein de la communauté scientifique[1].

Globalement, le montant des revenus du travail envoyés aux pays d'origine atteignait 77 milliards de dollars en 1997 selon le Fonds monétaire international (FMI), contre 5 milliards environ vers 1970. L'importance de ces transferts financiers est telle que bien des pays pauvres pratiquent une politique, explicite ou non, d'exportation de main-d'œuvre. L'émigration présente ainsi le double mérite de rapatrier une manne tout en soulageant le chômage et les tensions sociales et politiques qui en résultent.

Des pays aussi divers que la Turquie, l'Inde, les Philippines, le Sri Lanka, Cuba ou le Mexique sont dans ce cas. Pour nombre d'entre eux, l'argent rapatrié par les émigrés constitue une richesse équivalente aux exportations. Il représente ainsi la moitié des exportations de la République dominicaine et même 10 % de celles du Mexique, dont l'économie est pourtant tournée vers l'exportation. Un mineur du Lesotho émigré en Afrique du Sud fait vivre en moyenne sept personnes et seuls 22 % des foyers de ce petit pays disposent d'autres revenus. Au Sénégal, le budget des ménages dépend des versements des émigrés à raison de 30 à 80 %[2]. Le décollage économique de pays comme l'Espagne, le Portugal et, plus récemment, la Turquie n'est pas étranger à ce phénomène.

Ces transferts couvrent aujourd'hui une partie au moins du déficit de la balance commerciale des pays

1. Jean-Pierre Guengant, « Migrations internationales Sud-Nord et développement du Sud », *Hommes et migrations*, juillet-août 1998.

2. *État de la migration dans le monde en 2000*, Organisation internationale pour les migrations (OIM), 2000.

du Maghreb, de la Turquie, de l'Égypte, du Pakistan et des Philippines. Les 4 millions d'émigrés de ce dernier pays, parmi lesquels on compte beaucoup de jeunes femmes employées de maison, notamment au Proche-Orient, rapatrient quelque 35 milliards de francs par an. Au Mali, les ressources rapatriées par les émigrés représentent 81 % du déficit commercial. Dans la région de Kayes d'où part l'essentiel de l'émigration vers la France, les 60 millions de francs transférés chaque année pèsent plus lourd que le total des crédits internationaux de coopération. Dans certains pays comme l'Algérie, ces arrivées d'argent par les canaux bancaires sont devenues négligeables depuis les années 80 et ont été remplacées par des circuits occultes.

En France, le montant total des transferts officiels vers l'étranger de revenus du travail des immigrés (salaires et prestations sociales *via* les PTT et les banques) a été évalué à 42,4 milliards de francs en 1995. Après avoir subi une forte croissance dans les années 70, ce montant plafonne depuis 1990 autour de 40 milliards, ce qui traduit une diminution en francs constants[1]. Les deux tiers des transferts d'économies des travailleurs ont lieu en direction de l'Union européenne (Espagne et Portugal essentiellement), le tiers restant se destinant au Maghreb et presque entièrement au Maroc. Cependant, l'importance de l'économie informelle rend aventureuse l'estimation globale des transferts. Les vacances et les retours sont l'occasion, pour les émigrés, de rapporter marchandises et devises tandis que s'est

1. André Lebon, *Aspects de l'immigration et de la présence étrangère en France*, La Documentation française, 1993. Derniers chiffres publiés.

développé un système de compensation entre résidents et visiteurs. L'émigré met des devises à la disposition de compatriotes restés au pays qui, en contrepartie, versent des sommes en monnaie nationale calculées selon des taux de change plusieurs fois supérieurs au cours officiel. Cet argent peut alimenter la famille de l'émigré vivant encore au pays, ou être mise à sa disposition lorsqu'il vient en vacances. Les devises, au pouvoir d'achat surmultiplié dans les pays d'origine, permettent aussi l'importation de biens comme les véhicules automobiles, ou la construction de maisons[1].

Si l'émigration est une source de revenus pour les pays d'origine, elle génère aussi des relations humaines et commerciales. Les pays d'immigration constituent souvent un débouché primordial pour les exportations des pays d'émigration. Les marchandises suivent alors la voie ouverte par les travailleurs. En outre, les liens géographiques, historiques et culturels facilitent l'adaptation de la main-d'œuvre des pays d'émigration à la demande de travail des pays d'accueil, notamment par le biais de la langue. Les flux humains et économiques entre la France et le Maghreb, l'Allemagne et la Turquie, les États-Unis et le Mexique en témoignent.

Pourtant, l'émigration ne présente pas seulement des aspects positifs pour les pays de départ. Les fonds transférés par les expatriés sont consacrés à des dépenses improductives comme l'achat de produits importés et non de productions locales. Ils alimentent, certes, une économie du bâtiment, mais

1. Gildas Simon (sous la dir. de), *Les effets des migrations internationales sur les pays d'origine : le cas du Maghreb*, SEDES, 1990.

les maisons construites par les émigrés trouvent rarement des locataires solvables et ne contribuent pas à atténuer la crise du logement. D'une manière générale, les transferts de fonds des immigrés tendent à aggraver l'inflation dans les pays d'origine et à imposer les devises étrangères pour les transactions importantes, au détriment des monnaies nationales, dévalorisées.

Surtout, l'exode des bras et des cerveaux peut aboutir à une dépendance extrême qui amenuise encore les chances de développement. Des pays du tiers monde subissent un véritable pillage de leurs élites et de leur main-d'œuvre la plus dynamique par les pays développés qui aggrave le fossé Nord-Sud. Ainsi, près de 100 000 diplômés africains, soit près du tiers de la main-d'œuvre qualifiée du continent, travaillent dans les pays du Nord, selon l'Organisation internationale pour les migrations. L'Inde, dont les informaticiens sont courtisés, fournit sans doute l'exemple le plus flagrant de ce transfert de technologie inversé. Les universités et les entreprises, notamment américaines, pratiquent ouvertement ce *brain drain* (drainage des cerveaux) qui s'inscrit dans un véritable marché mondial des cerveaux. Les pays d'Europe rechignent encore à accorder le droit au travail à des diplômés non communautaires : cette attitude s'explique probablement davantage par le protectionnisme corporatiste des élites nationales que par des préoccupations tiers-mondistes. La pénurie d'informaticiens a pourtant amené la France en 1998 et l'Allemagne l'année suivante à lever les obstacles administratifs à l'immigration ou à la régularisation de ces travailleurs très convoités (voir p. 151). Mais nombre des Indiens ainsi recherchés ont préféré partir aux États-Unis dont ils parlent la langue, illustrant la relative vanité d'une lutte contre le *brain drain* : bien des diplômés du tiers monde ne rentreront jamais travailler dans leur pays d'origine où leurs compétences ne peuvent pas toujours être utilisées et où l'environnement, notamment économique, culturel, voire démocratique, ne leur convient pas.

Le développement, frein à l'émigration?

La plupart des experts s'accordent pour l'affirmer : le décollage économique ne peut freiner les départs qu'à long terme. Dans les premiers temps, le développement, en accroissant le besoin de main-d'œuvre qualifiée, les possibilités de déplacement et l'exode rural, a plutôt tendance à activer les migrations, à l'instar de ce qui peut être observé dans les pays émergents d'Asie. Si le processus de développement se poursuit, il peut, dans un deuxième temps, faire préférer l'installation sur place au départ. Mais le délai qui précède cette inversion de tendance se mesure, au minimum, en décennies. L'argument du développement n'est donc pas recevable pour justifier, dans le court terme, les politiques d'immigration restrictives, voire des expulsions. Au contraire, tout porte à penser que la fermeture des frontières en vigueur depuis 1974 en Europe aura joué contre le développement : en empêchant les entrées régulières, on a aussi entravé les sorties, contraint au regroupement familial et freiné les échanges, facteurs de vitalité. D'où l'idée de faciliter, par la délivrance de visas permanents, les allées et venues entre les pays d'origine et les pays de formation, d'aider cette fluidité au lieu de bloquer les échanges. Des formules contractuelles autorisant des diplômés étrangers à alterner périodes de formation en

Europe et exercice professionnel dans le pays d'origine ont été imaginées dans le cadre de la politique de « codéveloppement » initiée en France et reconnue par l'Union européenne. Une telle politique pourrait limiter l'assèchement des compétences des pays pauvres par les pays développés, mais il reste à la concrétiser. Tout comme il reste à soutenir sérieusement les projets de développement des communautés villageoises africaines mis en œuvre grâce aux transferts des fonds effectués par leurs membres immigrés. Dans ce schéma, les compétences et les fonds acquis en France sont en permanence réinvestis par les habitants eux-mêmes, mais l'articulation et la complémentarité avec l'action des ONG et les politiques publiques d'aide font trop souvent défaut.

Une autre vision des liens entre migration et développement consiste à prôner la libéralisation des échanges économiques comme levier du développement et, partant, comme frein à l'émigration. Cette logique libérale est à l'œuvre dans l'Union européenne, à travers les accords de coopération conclus avec les pays périphériques comme la Turquie ou le Maroc. La suppression progressive des droits de douane est supposée donner un coup de fouet aux exportations et donc à la croissance des pays en développement. Mais cette mesure permet aussi à l'Europe d'inonder ses partenaires de ses produits, avec le risque d'une déstructuration de pans entiers de l'économie traditionnelle de ces derniers.

À une échelle autrement plus vaste, l'Accord de libre-échange nord-américain (ALENA, NAFTA en anglais) qui, depuis 1994, étend au Mexique la zone de libre-échange couvrant déjà les États-Unis et le

Canada concrétise cette vision[1]. Le Mexique en attendait des créations d'emplois par la délocalisation sur son territoire d'usines américaines dans des zones franches proches de la frontière – les *maquiladoras* –, où les salaires sont largement supérieurs aux salaires mexicains mais bien inférieurs aux conditions américaines. Les États-Unis espéraient, à long terme, la stabilisation de l'immigration mexicaine, notamment du flux des illégaux qui sont plus d'un million chaque année à être refoulés, tout en craignant les conséquences sociales des délocalisations industrielles. Grâce à l'ALENA, les exportations des États-Unis vers le Mexique ont triplé en dix ans mais l'émigration, alimentée par les crises mexicaines et les besoins de l'économie californienne, notamment l'agriculture, n'a pas été freinée.

Europe-forteresse, Europe des droits de l'homme : une politique commune en construction

Dès 1957, l'idée de libre circulation des marchandises et des travailleurs faisait partie du socle de la Communauté économique européenne devenue en 1993 l'Union européenne. Mais l'Europe communautaire a attendu les années 80 pour commencer à traduire ce principe dans les faits. L'Acte unique européen de 1986 a donné naissance, au 31 décembre 1992, à un espace communautaire sans frontières.

1. Philip L. Martin, *Trade and Migration : NAFTA and Agriculture*, Washington DC, Institute for International Economics, 1993.

Conçu pour assurer la libre circulation des marchandises, des services et des capitaux, il a instauré aussi le principe de libre circulation des personnes, mais limité aux citoyens de la Communauté. Ce n'est probablement pas un hasard si cette vieille idée a fini par triompher au moment où certains pays européens comme l'Italie et l'Espagne cessaient d'être des pays de départ vers leurs voisins, l'Europe communautaire tout entière, avec ses 13 millions de résidents ressortissants de pays extérieurs (3,4 % de la population totale), devenant une terre d'immigration.

Mais la libre circulation s'imposait précisément alors que le débat sur l'immigration en provenance de pays tiers battait son plein, dans un contexte de crise économique et de xénophobie exacerbée. Dès lors, la question de l'immigration et de l'asile allait progressivement s'imposer comme l'un des principaux sujets d'intérêt européen. Le constat de la relative vanité des politiques nationales d'immigration isolées allait aboutir à poser la perspective d'une politique commune.

Conséquence logique de la liberté de circulation, la citoyenneté européenne a été instaurée en décembre 1991 par le traité de Maastricht prévoyant la création de l'Union européenne. Cette citoyenneté européenne inclut le « droit de circuler et de séjourner librement sur le territoire des États membres » et le droit de vote et d'éligibilité des étrangers communautaires aux élections locales dans l'État membre où ils résident (voir p. 274).

Mais, dès cette époque, il est apparu que tous les pays ne souhaitaient pas avancer au même rythme dans ces domaines sensibles. Pour tenir compte de cette réalité, les questions d'immigration et d'asile ont été regroupées dans le « troisième pilier » du traité de l'Union européenne. Elles ne figuraient pas parmi les politiques communes, mais constituaient des « questions d'intérêt commun » débattues dans le cadre de la coopération intergouvernementale, beaucoup plus souple. Ainsi était confortée l'idée d'une politique d'immigration à géographie variable, dont l'« espace Schengen » est la réalisation la plus connue et la plus aboutie.

Son véritable acte de naissance remonte à 1985, lorsque cinq pays de la Communauté européenne – les trois pays du Benelux, l'Allemagne et la France – s'entendent pour supprimer les contrôles à leurs frontières communes et instaurer la libre circulation sur l'ensemble de leur territoire. L'accord signé alors à Schengen (Luxembourg), simple déclaration d'intention, vise, à l'origine, à créer un espace exemplaire où doivent être expérimentées les conditions de la libre circulation communautaire. On parlera d'ailleurs fréquemment du « laboratoire Schengen ». Mais la politisation croissante du thème de l'immigration, la croissance des demandes d'asile, l'ouverture à l'Est et les difficultés nées de la réunification allemande ont tôt fait de déplacer l'enjeu. Le « laboratoire » est rapidement devenu le symbole de la construction d'une Europe-forteresse, fermée aux migrations venues du Sud et de l'Est, et même, pour certains, le synonyme d'un nouveau type de rideau de fer.

L'intention commence pourtant à se concrétiser en juin 1990 : quelques mois après la destruction du mur de Berlin, la Convention d'application des accords de Schengen est signée par ses cinq concepteurs, rapidement suivis par l'Italie, l'Espagne, le Portugal et la Grèce, puis en 1995 par l'Autriche et en 1996 par le Danemark, la Suède, et la Finlande. Dès lors, l'espace Schengen couvre *de jure* treize des quinze membres de l'Union européenne, la Grande-Bretagne et l'Irlande faisant bande à part. La Norvège et l'Islande, non membres de l'UE, y adhèrent également en tant que pays « associés ». Mais il faudra attendre mars 1995 pour que soit concrétisé progressivement, entre seulement sept pays, le principe de libre circulation élaboré dix ans plus tôt.

Schengen repose sur un principe central : la création d'un espace sans frontières avec, en contrepartie, le renforcement des contrôles aux frontières extérieures. Corollaire du principe de libre circulation, l'harmonisation des politiques de visas entre les signataires est prévue par la convention. C'est ainsi que la France a été amenée, sur pression allemande, à supprimer l'exigence des visas pour les Polonais, tandis que les Italiens et les Espagnols ont été conduits à instaurer des visas pour les Maghrébins et les Turcs, sur pression de la France et de l'Allemagne. Les pays signataires ont dressé une liste commune de 133 pays dont les ressortissants doivent être munis du « visa uniforme » désormais délivré pour pénétrer dans l'espace de libre circulation. Cette « liste Schengen » correspond aux origines des immigrés et des demandeurs d'asile.

L'accord de Schengen prévoit aussi la signature d'accords dits « de réadmission », qui permettent, par exemple, à la France de renvoyer vers l'Allemagne un étranger qui aurait transité par ce pays avant de pénétrer irrégulièrement dans l'Hexagone. En échange de la signature d'un accord de réadmission par la Pologne, les pays de l'espace Schengen ont accordé la suppression des visas pour les Polonais. D'où les critiques faisant état d'un marchandage inégal avec les anciens pays de l'Est visant à reporter sur eux la pression migratoire et à recréer, autour des Douze puis, à partir de 1995, des Quinze, le mur détruit à Berlin.

À l'épreuve des réalités, Schengen s'est d'abord révélé être un véritable casse-tête. Surtout dans les aéroports qui sont à la fois des points d'entrée dans l'espace commun (frontière extérieure, à contrôler) et des lieux de passage entre pays parties prenantes de l'espace Schengen (frontière intérieure, en principe sans contrôle). Les locaux aéroportuaires ont dû être réaménagés pour permettre des cheminements distincts, selon que les vols franchissent ou non la frontière extérieure de l'espace Schengen. Si le principe de libre circulation s'applique théoriquement aussi bien aux ressortissants communautaires qu'aux étrangers, il se trouve sérieusement encadré, en particulier pour ces derniers qui doivent être porteurs d'un document spécifique : soit un visa s'ils sont ressortissants d'un pays qui y est soumis, soit un passeport d'un État dont les nationaux sont dispensés de visa, soit encore, s'ils ont le statut de résident dans l'UE, un titre de séjour de plus d'un an. En outre, des contrôles d'identité peuvent être effectués sur « toute personne » dans une zone de vingt kilomètres de part et d'autre de la frontière, y compris à proximité des aéroports et des gares ouvertes au trafic international.

Dans ce contexte complexe, comment repérer, parmi les quelque 100 millions d'étrangers entrant ou sortant de France chaque année, les étrangers communautaires des autres, sinon en contrôlant... tout le monde ? C'est l'un des obstacles qui ont empêché les personnes de jouir à la date prévue, le 1er janvier 1993, de la même liberté que celle accordée aux marchandises en vertu de l'Acte unique européen. Des difficultés sont apparues aussi du fait du peu de confiance qu'inspirait aux polices des pays du nord de l'Europe la surveillance exercée par l'Espagne et surtout l'Italie aux frontières sud de l'espace Schengen. En matière de stupéfiants, les autorités françaises craignaient aussi que la suppression des contrôles frontaliers entre des pays dont la législation est très disparate n'incite à l'intensification des trafics. Enfin, la mise au point du système d'information Schengen (SIS), prévu par les accords et dont les ordinateurs sont implantés à Strasbourg, a nécessité un délai plus long que prévu. Le SIS a été conçu pour répertorier, à l'échelon européen, les étrangers « devant faire l'objet d'un refus d'admission pour des motifs d'ordre public et de sécurité ». La difficulté de mettre en œuvre ce système informatique a servi à justifier la décision de reporter *sine die* l'application de l'accord de Schengen, annoncée en janvier 1994 par le gouvernement Balladur. Obstacles techniques et réticences politiques se sont conjugués, au point que la suppression des contrôles aux frontières européennes ne sera finalement réalisée que le 26 mars 1995 entre sept pays (France, Allemagne, Belgique, Luxembourg, Pays-bas, Espagne, Portugal). Entre-temps, l'élan libéral de 1985 aura laissé la place aux obsessions sécuritaires et migratoires. La Grèce et l'Italie, pourtant signataires, n'ont pas été alors admises au club. Ce dernier pays a dû attendre d'avoir réformé sa législation sur l'immigration et de s'être doté de textes sur l'accès aux fichiers informatiques pour intégrer concrètement l'espace Schengen, en même temps que l'Autriche, en octobre 1997. La

Grèce a suivi en 2000, puis les cinq pays nordiques (Danemark, Finlande, Suède, Norvège, Islande) en 2001.

Pourtant, même après la date historique du 26 mars 1995, Schengen a continué son histoire incertaine : ce jour-là, les contrôles ont été levés dans les aéroports pour les vols internes à l'espace Schengen. Mais le gouvernement français, soucieux de montrer sa fermeté pendant la campagne électorale présidentielle, a imposé à ses partenaires une période probatoire de trois mois pendant laquelle ont été maintenus les contrôles aux frontières terrestres. Ces réticences, justifiées officiellement par l'insuffisante efficacité de la coopération policière, se sont confirmées après l'élection de Jacques Chirac. Faisant usage de la clause de sauvegarde incluse dans les accords de Schengen, qui permet à un pays de rétablir les contrôles si la sécurité nationale l'exige, la France a imposé, en juin 1995, la prolongation des contrôles terrestres pour six nouveaux mois, alors que les six autres pays les avaient levés le 1er juillet. L'attentat islamiste à la station Saint-Michel du RER à Paris, le 25 juillet, n'a fait que renforcer cette frilosité en justifiant le rétablissement des contrôles dans les aéroports pour cinq mois. La France ne consentira à ouvrir ses frontières terrestres que le 26 mars 1996, avec un an de retard. Après une interminable gestation et une naissance houleuse, l'espace Schengen s'est imposé dans le paysage européen, même s'il continue d'être critiqué pour son manque de transparence[1]. Au point que l'« acquis Schengen » a été intégré dans le traité de l'Union

1. Assemblée nationale, *Rapport d'information déposé par la Commission des affaires étrangères sur le bilan et les perspectives des accords de Schengen*, 17 mars 1999.

européenne en 1997. Le contentieux lié à son fonctionnement peut désormais faire l'objet de recours devant la Cour de justice de l'Union, et son contenu devrait être appliqué dans l'avenir aux nouveaux États membres.

La Convention européenne des droits de l'homme et les étrangers

L'édification d'une politique européenne d'immigration fait potentiellement courir deux séries de risques pour les libertés publiques. À la crainte d'un nivellement par le bas des législations nationales, s'ajoute celle d'un traitement discriminant les ressortissants de l'Union et les « étrangers non communautaires[1] ». Outre l'action des ONG à l'échelon européen, un solide contrepoids institutionnel s'est imposé dans les années 80, avec la possibilité ouverte à tous, étrangers ou non, de saisir directement la Cour européenne des droits de l'homme, une fois épuisés tous les recours devant les tribunaux nationaux. Cette juridiction qui siège à Strasbourg est rattachée au Conseil de l'Europe et non à l'Union européenne. Point essentiel, ses décisions s'imposent à la justice de chaque État. En France comme ailleurs, elles ont déjà provoqué d'importantes modifications de la jurisprudence en matière de libertés publiques, et singulièrement de droit des étrangers.

1. « Quelle Europe pour les étrangers ? », revue *Plein droit* publiée par le Groupe d'information et de soutien des immigrés (GISTI), avril 2001.

Les principes contenus dans la Convention européenne des droits de l'homme, dont la Cour de Strasbourg est la gardienne, garantissent notamment le droit des étrangers vivant en famille à une certaine stabilité de leur séjour et le droit à des procédures équitables en cas de contentieux. Ils interdisent aussi l'éloignement forcé vers des pays où les droits de l'homme ne sont pas respectés :

Article 3 : « Nul ne peut être soumis à la torture ni à des peines ou traitements inhumains ou dégradants [...]. »

Article 6 : « Toute personne a droit à ce que sa cause soit entendue équitablement et publiquement et dans un délai raisonnable [....]. »

Article 8 : « Toute personne a droit au respect de sa vie privée et familiale [...]. »

Parallèlement au processus de Schengen, des réunions régulières des ministres des Douze chargés de la sécurité (Intérieur ou Justice selon les pays) se sont tenues à partir de 1986 sur des thèmes comme le terrorisme, le maintien de l'ordre, le trafic des stupéfiants. Un « groupe *ad hoc* immigration » s'est penché sur la question des demandeurs d'asile, aboutissant en 1990 à la convention signée à Dublin. Ce texte n'unifie pas les procédures et encore moins les critères d'admission au statut de réfugié ; il vise principalement à déterminer, pour chaque demande d'asile, un État européen responsable. Côté pile, il s'agit d'en finir avec le drame sans fin des « demandeurs d'asile en orbite », que chaque État tente de renvoyer vers son voisin plutôt que d'en examiner le dossier ; côté face, l'objectif consiste à empêcher un demandeur d'asile de tenter successivement sa chance dans plusieurs pays, pour gagner du temps et éventuellement tirer parti de pratiques disparates. La convention de Dublin réaffirme la primauté de la convention de Genève de 1951, texte fondamental en matière de réfugiés (voir p. 37). Elle fait obligation à au moins un des États signataires d'examiner toute demande déposée sur le territoire commun. Il s'agit du pays qui a délivré un visa ou, en cas d'entrée irrégulière, du premier État de l'Europe des Quinze où a pénétré le demandeur. Mais « Dublin » prévoit explicitement qu'un État autre que celui qu'elle désigne peut examiner la demande pour des raisons humanitaires.

Dès l'origine, la disposition empêchant des demandes d'asile multiples a été critiquée par les organisations de défense des droits de l'homme qui y voient une restriction de l'exercice du droit d'asile en Europe. L'application logique de la convention a conduit en effet à une homogénéisation progressive des pratiques des États en matière d'asile dans un sens restrictif. Dès mai 1993, l'Allemagne, confrontée il est vrai à un afflux vertigineux de demandeurs d'asile (438 000 en 1992 contre 29 000 en France), a resserré sa Loi fondamentale (Constitution)[1]. Dans le sillage de « Dublin », les pays européens ont adopté le principe de la responsabilité financière des compagnies aériennes ou maritimes acheminant des étrangers en situation irrégulière ou des demandeurs d'asile dont la demande est « manifestement infondée ». La menace de lourdes amendes conduit les

1. Ces chiffres sont retombés respectivement à 95 000 et 31 000 en 1999.

transporteurs aériens à filtrer les voyageurs dès l'embarquement, avec le risque de refouler de véritables persécutés politiques dont les papiers ont pu être confisqués par les autorités locales à titre de représailles. Le contexte des conventions de Dublin et de Schengen a aussi été utilisé par le gouvernement Balladur pour faire voter, en 1994, une réforme constitutionnelle limitant le droit d'asile (voir p. 100).

Parallèlement aux processus intergouvernementaux de Schengen et Dublin, la mise en œuvre du traité de Maastricht a impulsé un mouvement général d'harmonisation des politiques en matière d'asile et d'immigration (lutte contre le séjour illégal ou le regroupement familial) dans l'Union européenne. Les nombreuses résolutions et recommandations adoptées dans ces domaines n'ont pas de valeur juridique mais elles ont largement inspiré les réformes des législations nationales : la notion contestée par la France de « pays tiers sûr » (dont les ressortissants n'ont pas vocation à demander l'asile car aucune persécution n'y est constatée) et celle, décisive, de « demande d'asile manifestement infondée » qui, largement utilisée, permet de refouler certains étrangers dès leur arrivée, ont ainsi été forgées, entre 1992 et 1994, dans ce cadre. Plus récemment, ont été notamment adoptées une définition commune de la notion de « réfugié », des « normes minimales » sur l'accueil des demandeurs d'asile, et une résolution sur la prise en charge des mineurs isolés qui, de plus en plus nombreux, se présentent aux frontières. Le rapprochement progressif des législations nationales est allé de pair avec une certaine convergence des politiques : ainsi, des opérations de régularisation de sans-papiers ont-elles été menées aussi bien en Espagne qu'en Italie ou en France.

En 1997, un nouveau pas vers une politique européenne de l'immigration et de l'asile a été franchi avec la signature du traité d'Amsterdam qui scelle cet objectif. Décisif, ce texte intègre les questions migratoires dans le traité de l'Union elle-même. « Amsterdam », qui est entré en vigueur le 1er janvier 1999, enclenche en réalité un mécanisme complexe devant aboutir à une « communautarisation » complète avant 2004.

Car les États, réticents à abandonner des attributs de leur souveraineté, se sont donné cinq ans pour élaborer une politique commune. C'est seulement à l'issue de ce délai expirant le 30 avril 2004 que les décisions concernant l'immigration et l'asile, notamment, seront prises à la majorité (et non plus à l'unanimité) du Conseil des ministres européens. Avant que son Parlement ne ratifie le traité d'Amsterdam, la France a dû modifier sa Constitution, le 18 janvier 1999[1]. Ainsi en avait décidé le Conseil constitutionnel, le 31 décembre 1997, en estimant que le transfert de compétences portait « atteinte aux conditions essentielles d'exercice de la souveraineté nationale ». Encore ce basculement vers la règle de la majorité n'interviendra-t-il qu'après un vote unanime des pays membres, et souffrira-t-il de notables exceptions puisqu'il a été admis que trois pays – le Danemark, le Royaume-Uni et l'Irlande – puissent s'abstraire de ce processus.

1. Un nouvel alinéa de l'article 88-2 de la Constitution dispose : « Sous la même réserve [de réciprocité] et selon les modalités prévues par le Traité instituant la Communauté européenne, dans sa rédaction résultant du traité signé le 2 octobre 1997 [Amsterdam], peuvent être consentis les transferts de compétences nécessaires à la détermination des règles relatives à la libre circulation des personnes et aux domaines qui lui sont liés. »

Ambitieuse, voire aléatoire, la perspective de la communautarisation du dossier de l'immigration a pourtant déjà donné un poids politique nouveau à la Commission. En novembre 2000, le commissaire européen chargé de la justice et des affaires intérieures, Antonio Vitorino, a fait sensation en proposant la réouverture de l'immigration de travail à destination de l'Union. « Vu le contexte économique et démographique de l'Union et celui des pays d'origine, [...] les politiques d'"immigration zéro" menées au cours de ces trente dernières années ne sont plus adaptées », a-t-il lancé pour justifier cette proposition qui tourne le dos à un quart de siècle de fermeture de l'immigration de travail.

D'ici à la date butoir de 2004, l'objectif d'une politique commune progresse cahin-caha. Le sommet de Tampere (Finlande), en octobre 1999, a marqué le choix des Européens d'une « approche globale des migrations » incluant les aspects politiques, les questions de droits de l'homme et de développement. Innovation à l'échelle européenne, « Tampere » a proclamé la nécessité d'une politique de codéveloppement avec les pays d'émigration. Surtout, les Quinze ont solennellement réaffirmé leur attachement au « respect absolu du droit de demander l'asile » et à l'engagement que la politique commune en la matière serait fondée sur l'« application intégrale et globale» de la convention de Genève.

La construction d'une politique européenne de l'asile apparaît en effet, avec le rapprochement des législations sur l'entrée et le séjour des étrangers, comme l'un des enjeux majeurs du programme d'Amsterdam. Ainsi, une base de données européenne – « Eurodac » –, mémorisant les empreintes digitales des demandeurs d'asile comme celles des étrangers en situation irrégulière appréhendés, a été créée. Mais l'harmonisation en matière d'asile se heurte au mauvais fonctionnement de l'instrument communautaire fondamental : la convention de Dublin. En ligne de mire, la disposition centrale de ce texte, qui veut que le premier État traversé ait l'obligation d'examiner la demande d'asile. Ce mécanisme fonctionne mal, tant les preuves de l'itinéraire suivi par le demandeur s'avèrent malaisées à fournir. Il donne lieu à un marchandage entre services de police frontaliers, chacun rejetant la responsabilité sur son voisin. L'affaire des clandestins de l'*East Sea*, débarqués en 2001 sur la côte varoise mais qui ont demandé l'asile en Allemagne où ils avaient des parents, témoigne aussi de la difficulté à appliquer le principe de Dublin. Le cas des demandeurs d'asile qui s'agglutinent à Sangatte, près de l'entrée française du tunnel sous la Manche pour tenter leur chance vers le Royaume-Uni, signataire de la convention de Dublin mais non de celle de Schengen, en est une autre illustration. La France, qui n'est pas en première ligne géographiquement, refuse l'idée, défendue par certains de ses partenaires, d'une répartition globale des demandeurs d'asile entre les États de l'UE. D'autres divergences demeurent, notamment sur les règles de reconnaissance du statut de réfugié. Certains pays utilisent la notion de « pays sûr » pour refuser d'examiner certaines demandes d'asile ; d'autres, comme la France, refusent ce concept au nom de l'obligation d'examen individuel. La question de l'asile temporaire en cas d'arrivée massive divise aussi les Européens : certains États ont mis en place un statut particulier tandis que la France prône un accès immédiat au statut plus protecteur de la convention de Genève.

FIGURE 5

Les principales routes de l'immigration clandestine en Europe

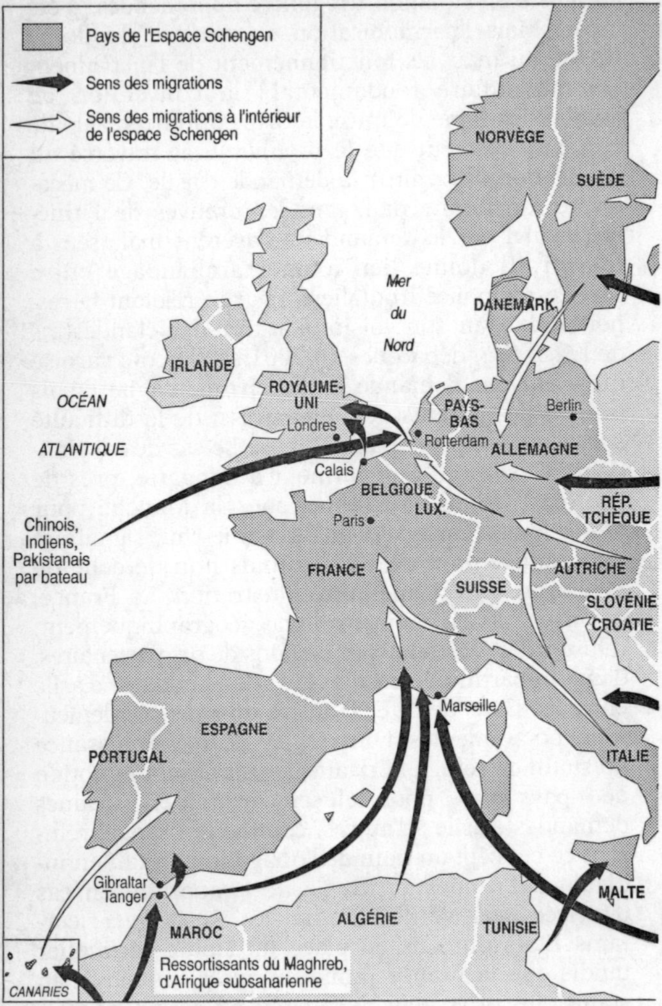

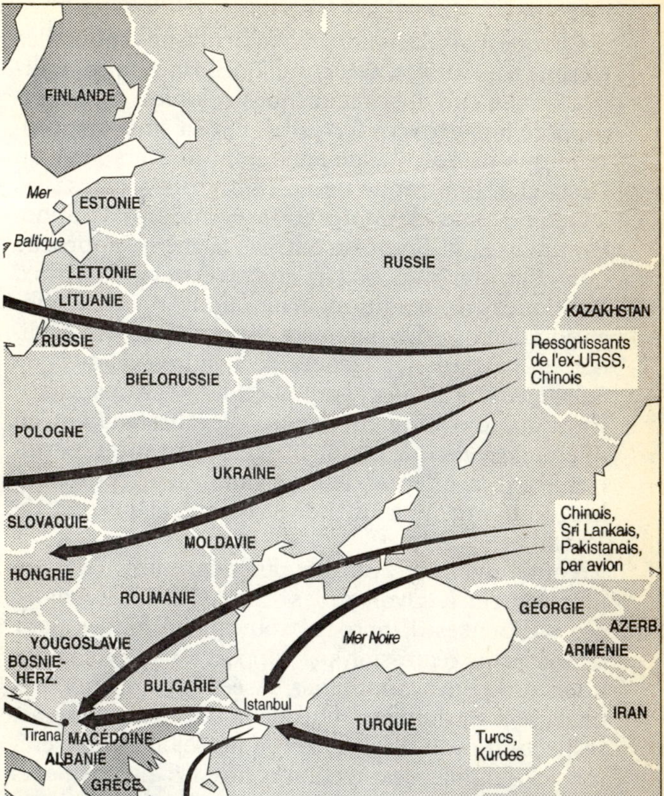
FINLANDE
Mer
ESTONIE
Baltique
LETTONIE
LITUANIE
RUSSIE
RUSSIE
KAZAKHSTAN
Ressortissants
de l'ex-URSS,
Chinois
BIÉLORUSSIE
POLOGNE
UKRAINE
SLOVAQUIE
MOLDAVIE
Chinois,
Sri Lankais,
Pakistanais,
par avion
HONGRIE
ROUMANIE
GÉORGIE
AZERB.
Mer Noire
ARMÉNIE
YOUGOSLAVIE
BOSNIE-
HERZ.
BULGARIE
Istanbul
IRAN
Tirana
MACÉDOINE
TURQUIE
Turcs,
Kurdes
ALBANIE
GRÈCE
Iskenderun
Lattaquié
IRAK
SYRIE
CHYPRE
LIBAN
MER MÉDITERRANÉE
Cisjordanie
JORDANIE
ISRAËL
0
500 km

Chaque pays défend ses particularités, pour des raisons très variées. Géographiques : la France, tournée vers le sud et ses anciennes colonies, est moins exposée aux arrivées terrestres par sa situation centrale que ne l'est l'Allemagne, tournée vers l'est, ou l'Espagne, limitrophe de l'Afrique. Historiques : les « vieux» pays d'immigration comme la Grande-Bretagne et la France n'ont pas la même approche que ceux du Sud, nouvellement ouverts aux flux. Politiques : la tradition britannique rejette l'obligation de posséder une pièce d'identité, ce qui explique en partie les réticences de Londres vis-à-vis de Schengen. Juridiques : en France, les « sans-papiers » n'ont guère d'autre choix que l'illégalité alors qu'en Allemagne, ils ont plutôt intérêt à se faire répertorier comme « demandeurs d'asile » car cette qualité donne droit à un hébergement et permet de travailler.

Tout l'enjeu de l'Europe des migrations consiste précisément à savoir si les États sauront dépasser ces différences d'approche souvent profondes pour définir, sans régression par rapport aux droits nationaux, des règles communes basées sur les principes qu'ils se sont donnés : refus de la sélection ethnique, respect du droit d'asile, droit à un séjour stable et à une vie familiale, protection contre les éloignements forcés faisant courir des risques de persécutions. L'objectif apparaît particulièrement audacieux dès lors qu'il s'agit directement de définir et de gérer le droit au séjour sur le territoire national et notamment le droit d'asile, prérogatives qui touchent au cœur même de la souveraineté des États.

CHAPITRE II

UNE AFFAIRE D'ÉTAT

Il y a eu, à travers la Gaule, indépendamment des « invasions », une constante perfusion de sang « barbare ».

FERNAND BRAUDEL

Si l'Europe se découvre comme une vaste zone d'immigration en ce début du XXIe siècle, la nouveauté ne concerne nullement la France où, en dépit des apparences, l'immigration n'est pas un phénomène récent. L'installation d'étrangers n'est devenue massive qu'au tournant de la révolution industrielle du XIXe siècle, alors que la France est déjà un vieil État-nation. L'immigration, à l'inverse des États-Unis, ne sera donc jamais, en France, constitutive de l'unité nationale. Mais, au début du XXe siècle, l'enjeu deviendra trop décisif politiquement pour échapper à l'État central. Longtemps, la République assimilatrice enseignera aux enfants que tous descendent des Gaulois. Au risque de faire oublier que, depuis la nuit des temps, des hommes d'origines très diverses se superposent et se mêlent dans cet espace-carrefour qu'est l'Hexagone. Dès la préhistoire, ce territoire se distingue par l'accumulation et le mélange de populations. La conquête romaine de la Gaule (58 à 52 av. J.-C.), puis les nombreuses vagues d'invasions laissent de nouvelles strates de peuplement : des Francs aux Vandales, en passant par les Alamans, les Wisigoths, les Burgondes, les Normands, les Bretons, les Magyars et les Huns. Tout le premier millénaire de notre ère voit déferler les invasions guerrières.

Venant du Rhin (Francs, Burgondes, Alamans), ou du Danube (Vandales, Wisigoths), de l'actuelle Russie (Ostrogoths), voire d'Asie (Huns), aux IVe et Ve siècles, ces intrusions se poursuivent après l'éclatement de l'Empire franc au IXe siècle, avec l'arrivée des Sarrasins, originaires d'Afrique du Nord et d'Espagne, et surtout des Hongrois, venus d'Asie, et des Vikings, débarquant de Scandinavie.

France, terre d'immigration

« Nos ancêtres les Gaulois », aux origines celtes elles-mêmes diverses, ont mêlé leur sang à tant d'autres peuples que la société du Moyen Âge, progressivement unifiée par le christianisme, se caractérise déjà par son hétérogénéité ethnique et linguistique. À ces migrations belliqueuses va succéder, à partir du XIIe siècle, une immigration à dominante économique, religieuse et politique d'autant plus perceptible que se constitue un État-nation aux frontières de plus en plus imperméables. Les déplacements temporaires des colporteurs, artisans et saisonniers agricoles les conduisent parfois à s'installer définitivement dans les provinces périphériques du royaume et à Paris. Ils empruntent des itinéraires connus de longue date par leurs ancêtres, musiciens ambulants, marchands, montreurs d'ours... Sous l'Ancien Régime, le fait d'être étranger n'empêche pas de jouer un rôle au sommet de l'État. Mazarin est italien, Law écossais et Necker suisse.

Cette immigration, d'ampleur limitée, ne correspond pas à un besoin démographique car la France est alors le pays le plus peuplé d'Europe. Elle répond à un appel de spécialistes dont le pays manque. Artistes italiens, armateurs castillans, fabricants de drap hollandais, typographes d'outre-Rhin, mercenaires suisses ou espagnols, ils font souche en France dans le commerce, l'armée ou l'administration. Dans les grands ports et à Paris au XVIIe siècle, de nombreux négociants sont hollandais ou anglais. Plus tard viennent s'y ajouter des Allemands et des Suisses. Parmi ces derniers, on trouve aussi des militaires servant le roi, dont ils forment traditionnellement la garde depuis la fin du XVe siècle. Les Irlandais, militaires ou prêtres, constituent un autre groupe d'étrangers présent au XVIIIe siècle. Quant aux juifs, considérés alors comme étrangers, ils se partagent entre quelques milliers de sépharades installés à Bordeaux et Bayonne, des ashkénazes d'Alsace et de Lorraine, beaucoup plus nombreux et pauvres, et ceux d'Avignon et du Comtat Venaissin, qui dépendent du pape.

S'ajoutent les étrangers qui s'apparentent aux réfugiés politiques modernes. Bannis de leur pays d'origine pour avoir pris part à des luttes politiques, persécutés pour leur religion, ils trouvent refuge en France. En sens inverse, des Français sont contraints à l'exil. C'est le cas des protestants après la révocation de l'Édit de Nantes et même, plus tard, des « émigrés » aristocrates fuyant la Révolution. Ces migrations de populations se traduisent par une lente sédimentation d'étrangers, d'autant plus rapidement assimilés que les nouveaux arrivants sont peu nombreux, et que la population autochtone possède une démographie particulièrement vivace[1]. La situation change progressivement après 1850. La révolution industrielle provoque un énorme besoin de main-d'œuvre non qualifiée. Au même moment, les couples réduisent leur progéniture car la contraception naturelle se répand en dépit des interdits de l'Église. Contrairement aux autres pays européens, la France connaît la dénatalité à un moment où l'industrie requiert de plus en plus de bras.

La conjonction de ces deux phénomènes conduit, dès le milieu du siècle, aux premières vagues d'immigration moderne qui proviennent uniquement des pays limitrophes. Les flux sont encore limités : Belges, Luxembourgeois, Hollandais, Anglais, Suisses, Allemands, Italiens viennent pallier la pénurie de main-d'œuvre qui inquiète les grandes entreprises et fait craindre un affaiblissement face à l'Allemagne. Mais vers 1860, la France vit plutôt à l'heure de l'émigration de colonisation vers l'Algérie et l'Amérique latine que de l'immigration.

Fait symptomatique, le recensement de 1851 est le premier à prendre en compte la catégorie d'étrangers. Ils sont alors 380 000, soit à peine plus de 1 % de la population totale, les Belges étant les plus nombreux. Les étrangers seront 700 000 à la fin du Second Empire. Le rythme s'accélère : le pays compte un million d'étrangers en 1881, soit 3 % de la population totale, et un peu plus de 1,1 million à la veille de la Première Guerre mondiale, dont 40 %

1. Pierre Milza, « Mille ans d'immigration », *L'Histoire*, janvier 1987.

sont nés en France, ce qui marque leur implantation dans l'Hexagone.

En un demi-siècle, la population étrangère a triplé, alors que le nombre d'autochtones n'a progressé que de 20 %. Jusqu'au début du siècle nouveau, les Belges, concentrés dans le nord de la France, conservent la première place. En 1891, la moitié de la population de Roubaix et le quart de celle de Lille sont étrangers. Après 1900, les Belges sont supplantés par les Italiens. Mais, à la veille du premier conflit mondial, Belges et Italiens forment ensemble les deux tiers des étrangers, suivis par… les Allemands, les Espagnols et les Suisses. L'effectif des non-Européens est alors négligeable.

Coïncidence de l'Histoire, l'arrivée massive d'immigrés frontaliers se produit au moment où s'impose le régime républicain, qui entraîne le pays dans une phase nouvelle de son unification. Pour surmonter particularismes régionaux et religieux, la IIIe République impose une langue, une histoire commune et magnifie le national face à l'étranger, en particulier la Prusse. La République se lance parallèlement dans l'aventure coloniale qui, un siècle plus tard, pèsera elle-même dans les flux migratoires. L'école laïque, l'armée, les partis de gauche et les syndicats sont autant de creusets où Bretons, Auvergnats, Basques, protestants et juifs deviennent citoyens d'une République dont les valeurs – le patriotisme entre autres – doivent transcender les différences sociales et culturelles.

L'immigration devient alors une véritable affaire d'État, tandis que son caractère massif et ses conséquences économiques et sociales l'imposent comme un enjeu éminemment politique. Depuis cette époque, la gestion des flux migratoires s'est progressivement organisée au confluent de trois logiques – économique, démographique et politique[1]. L'immigration de travailleurs célibataires a été encouragée lorsque l'économie en a ressenti le besoin, tandis que les nécessités démographiques, voire militaires ont poussé à faire venir des familles et à faciliter l'accès à la nationalité. Quant aux valeurs républicaines, elles sacralisent le droit d'asile et affirment les droits des étrangers déjà installés sur le territoire. Aux différentes phases de l'histoire du pays, en fonction des à-coups de l'économie et des réactions de l'opinion, l'État a ouvert plus ou moins généreusement des frontières qui symbolisent désormais l'identité nationale.

La première arrivée massive d'étrangers intervient précisément au moment où la défaite de 1870, puis la consolidation progressive du régime républicain, imposent une distinction accrue entre le national et l'étranger[2]. L'État républicain entend dépasser les particularismes provinciaux et les inégalités de classe en insufflant le patriotisme et la langue française pour tous, en réservant l'exercice de certains droits sociaux aux nationaux. Dès lors, l'intervention politique sur la question de l'immigration apparaît légitime.

À partir de 1888, les étrangers résidents doivent se déclarer à la mairie de leur domicile. Dès les premières années du XXe siècle, des conventions d'État à État sont signées dans le but d'organiser l'arrivée de la main-d'œuvre dont le pays manque. Conclus

1. Patrick Weil, *La France et ses étrangers. L'aventure d'une politique de l'immigration (1938-1991)*, Calmann-Lévy, 1991 ; rééd. Folio, 1995.

2. Gérard Noiriel, *Le creuset républicain*, Le Seuil, 1988 ; rééd. « Points Histoire », 1992. Voir aussi Migrance, *Histoire des migrations à Marseille*, Édisud, 1991.

avec l'Italie dès 1904, la Belgique en 1906 puis, après 1918, la Pologne et la Tchécoslovaquie, ces accords reflètent le choix patronal d'une main-d'œuvre européenne. Ces recrutements d'Européens s'intensifient pendant la Première Guerre mondiale, destinés à remplacer des Français partis au front, dans l'industrie, l'agriculture et les travaux publics. Ces travailleurs sont plus appréciés que les Maghrébins, les Indochinois et les Chinois recrutés par le ministère de l'Armement, notamment pour les arsenaux.

Au même moment, la République en guerre puise dans ses colonies les forces qui lui manquent contre l'Allemagne. Le conflit s'éternisant, la ponction de tirailleurs (infanterie) et de spahis (cavalerie) s'intensifie parmi les « indigènes » du Maghreb et d'Afrique noire, enlevés à leurs villages parfois par la force, au prix de révoltes violemment réprimées. Les Français découvrent les Noirs d'Afrique dont le stéréotype, paternaliste mais plutôt positif, mélange de gentillesse naïve et de bravoure face à l'ennemi, s'installe. À l'inverse, des hommes colonisés découvrent les horreurs dont est capable le pays qui prétend leur apporter ses lumières. De cette première confrontation, de l'incorporation, répétée en 1939-1945, dans une armée souvent jugée plus fraternelle que les sociétés coloniales, naîtront des consciences nationales et des projets émancipateurs.

Après l'immense saignée du premier conflit mondial et les destructions consécutives aux combats, les bras manquent pour reconstruire le pays et l'appel aux travailleurs étrangers s'impose. 1,3 million de Français, soit 10,5 % de la population active, sont morts, auxquels s'ajoutent un million de mutilés et de gazés. Un million de naissances ont aussi été

« perdues » et la population française n'assure plus son propre renouvellement.

Ce sera la deuxième grande vague d'immigration que la France ait connue. Entre 1918 et 1939, les immigrés assureront l'essentiel de l'accroissement démographique français, limité à 3 %.

Le besoin de l'économie en travailleurs est si intense que c'est une société privée, la Société générale d'immigration (SGI), qui est chargée en 1924 d'organiser la sélection médicale et les recrutements à l'étranger en fonction des demandes des entreprises. L'égalité des salaires entre Français et étrangers, prévue dans les conventions, satisfait à la fois les pays d'émigration, qui tiennent à assurer les transferts financiers, et les syndicats ouvriers français hostiles à la concurrence des travailleurs étrangers. Cependant, les immigrés ne bénéficient pas des libertés et droits sociaux progressivement accordés aux travailleurs français.

À côté de ce système de recrutement organisé se développe une immigration illégale régularisée *a posteriori* par l'administration. Entre 1924 et 1930, la SGI introduit plus de 400 000 étrangers, soit seulement 35 % des titres de séjour et de travail délivrés. Alors que la main-d'œuvre européenne est préférée, les « musulmans d'Algérie », qui peuvent se rendre en métropole sans permis entre 1919 et 1924, commencent à émigrer. Mais l'immigration italienne domine, renforcée par l'exode politique consécutif à l'arrivée de Mussolini au pouvoir dès 1922. Elle se concentre dans le Midi – Méditerranée et vallée de la Garonne –, les Alpes, la Lorraine et la région parisienne. Au total, 3,5 millions d'Italiens auront pris le chemin de la France entre 1870 et 1940. Sur ce nombre qui traduit l'ensemble des flux, y compris temporaires, 1,2 million – chiffre considérable au regard des autres origines – feront souche dans l'Hexagone.

Mais l'après-1918 consacre l'arrivée massive des premiers immigrés non frontaliers. Les Polonais sont regroupés dans les mines du Nord, de Lorraine et de la Loire et occupent les postes de travail les plus pénibles, délaissés par les Français et les immigrés de la précédente vague. Arrivant dans le cadre d'une convention franco-polonaise paraphée trois mois après le traité de Versailles, les Polonais seront 500 000 au recensement de 1931, figurant alors au deuxième rang derrière les Italiens, qui sont 800 000. Russes blancs, Ukrainiens, Arméniens, Algériens et Chinois participent, beaucoup plus modestement, à cette vague d'immigration d'ampleur considérable. Les seules années 20 enregistrent l'entrée nette de 1 150 000 travailleurs étrangers, sans compter les illégaux déjà fort nombreux. 80 % de la main-d'œuvre des mines de Lorraine est étrangère et le port de Marseille tourne grâce aux 125 000 Italiens qui vivent dans la cité phocéenne[1].

La France devient un véritable pays d'immigration, à l'instar des États-Unis et du Canada. En 1931, avec 2,7 millions d'étrangers pour quelque 42 millions d'habitants (soit 6,4 %, taux record identique aux 6,4 % de 1990), la France est le premier pays d'immigration du monde, relativement à sa population. Entre 1921 et 1926, elle accueille 225 000 étrangers par an, soit, en proportion, davantage que les États-Unis[2] qui, il est vrai, avaient restreint drastiquement leur flux d'entrées au même moment.

1. Migrance, *Histoire des migrations à Marseille*, *op. cit.*
2. André Armengaud, *La population française au XXe siècle*, PUF, coll. « Que sais-je ? », 1965. Voir aussi Janine Ponty, « Une intégration difficile : les Polonais en France dans le XXe siècle », *Vingtième siècle*, juillet-septembre 1985.

FIGURE 6

Part des immigrés dans l'ensemble de la population

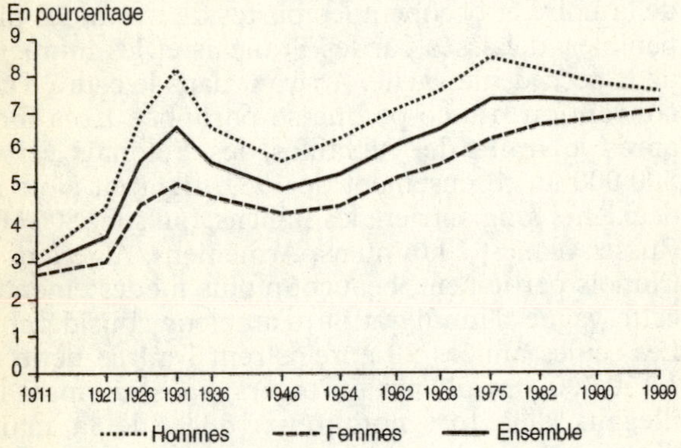

Source : INSEE, Recensements de la population.

Aux courants largement dominants de l'immigration de travailleurs n'ont cessé de se mêler les flux des réfugiés politiques : rescapés du génocide arménien de 1905, socialistes et anarchistes russes et italiens avant 1914, puis Russes blancs après la Révolution de 1917, antifascistes italiens persécutés par Mussolini, ressortissants des pays d'Europe centrale fuyant l'avancée du fascisme dans les années 30, républicains espagnols chassés par la victoire de Franco en 1939. Des Années folles de l'après-1918 aux prémices du nouveau conflit mondial, Paris devient la capitale mondiale de la création artistique. Venus d'Espagne, d'Italie, de Russie, des peintres élisent domicile à Montparnasse, épicentre de cette ville cosmopolite, en même temps qu'une colonie d'intellectuels américains fuyant le puritanisme.

Des « barbares » inassimilables

Contrairement à des clichés répandus, l'intégration des Belges, des Italiens et des Polonais, aujourd'hui considérés comme proches culturellement des Français, s'opère dans la douleur. Relégués dans certains quartiers, accusés par les ouvriers français de prendre leur travail, ces immigrés sont fréquemment visés par des violences xénophobes dès la fin du XIXe siècle. Les Belges, majoritaires dans la population de Roubaix vers 1880, sont traités de « pots de beurre » et de « vermines ». De Liévin à Tourcoing, sévissent des émeutes anti-Belges dans les années 1890. Parallèlement, le comportement religieux très ostentatoire des premiers arrivants italiens les éloigne des prolétaires français touchés par la déchristianisation[1]. À Marseille, les dockers transalpins, qui se lancent à l'assaut des navires à décharger aux cris de *Per Gesù e per la Madonna,* sont surnommés péjorativement « christos », avant d'être gratifiés, dans l'entre-deux-guerres, des aimables surnoms de « macaronis » et de « ritals ». Les émeutes anti-italiennes se multiplient : à Marseille en 1881, elles font trois morts, lorsque la foule organise la chasse aux Italiens, accusés d'avoir sifflé les soldats français qui défilaient après avoir imposé le protectorat

1. Pierre Milza, « Étrangers, immigrés, Français », *Vingtième siècle,* juillet-septembre 1985, et *Voyage en Ritalie,* Plon, 1993.

à la Tunisie ; à Lyon en 1894, après l'assassinat du président Sadi Carnot par Jeronimo Santo Caserio, anarchiste italien. Entre-temps, un véritable pogrom anti-italien s'est produit Aigues-Mortes, en 1893, alors que les ouvriers français des Salins du Midi, furieux de la concurrence transalpine, se lancent dans une terrible chasse à l'homme dont le bilan officiel fait état de huit morts.

Dans l'entre-deux-guerres, les thèmes de l'invasion et de l'inassimilabilité, les références aux « barbares » se répandent. En dépit des discours officiels sur la « Pologne amie », les ouvriers polonais des cités minières, bons catholiques, sont traités de « polaks », voire d'Allemands quand ils parlent cette langue.

Tout se passe comme si les derniers arrivés se heurtaient à une xénophobie virulente au moment où la vague précédente d'immigration se fond définitivement dans le terroir national. Les Belges ne font plus problème lorsque déferlent Italiens et Polonais, qui eux-mêmes se seront assimilés au moment de l'arrivée massive des Maghrébins, à partir des années 50. L'étude des vagues de xénophobie, toujours liées à une crise économique ou politique et non au dépassement d'un quelconque seuil de tolérance, révèle la permanence d'un stéréotype propre à l'étranger. À la fin du XIXe siècle, les immigrés belges sont considérés dans le Nord comme bagarreurs et dotés d'une sexualité exacerbée, tout comme, plus tard, les Italiens, les Arabes et les Noirs d'Afrique. Les vices et vertus attribués aux étrangers sont d'ailleurs éminemment variables. Le « Sidi » (Nord-Africain) de l'entre-deux-guerres est intelligent, aimable et patriote (il a servi dans l'armée française en 1914-1918), alors qu'à la même époque, le Chinois est réputé sournois.

Considérés à l'origine comme des briseurs de grève,

accusés de faire baisser les salaires ou de prendre le travail des Français en période de crise, les immigrés de cette première moitié du xxe siècle deviennent des acteurs du mouvement ouvrier français. Ils participent aux luttes antifascistes des Italiens et des Espagnols, ce qui ne leur attire pas que des sympathies mais contribue puissamment à leur intégration. Beaucoup d'entre eux, Algériens, Arméniens, Espagnols, Italiens, Polonais et aussi Allemands, sont aux avant-postes de la résistance anti-nazie, prennent part aux batailles de la Seconde Guerre mondiale et à la libération de la France.

La dépression des années 30 va conduire les gouvernements à prendre des mesures restrictives, dans un contexte de xénophobie d'ampleur inédite. Une loi de 1932 « protégeant la main-d'œuvre nationale » autorise la fixation de quotas d'étrangers dans les entreprises. Aucun député ne vote contre ce texte populaire parmi les travailleurs : les communistes et les socialistes s'abstiennent. Le système des quotas, qui ne s'applique qu'à certaines professions et exclut l'agriculture, n'est que partiellement appliqué, à la demande même des entreprises. Il reste cependant en vigueur sous le gouvernement de Front populaire et ne sera assoupli qu'à l'approche de la guerre. La « loi Armbruster » de 1933 (du nom de Raymond Armbruster, médecin et sénateur) limite l'exercice de la médecine aux Français. Les retours forcés de chômeurs étrangers, surtout polonais[1], par trains

1. Janine Ponty, « Une intégration difficile : les Polonais en France dans le XXe siècle », *op. cit.*

entiers se multiplient dans l'indifférence, jusqu'à ce que le gouvernement de Front populaire soumette cette mesure à l'accord des intéressés. Le zèle répressif de l'administration tranche cependant avec l'accès libéral à la nationalité française instauré par la loi de 1927 sur les naturalisations (voir p. 216) jusqu'aux mesures restrictives de 1938 (limitation des droits des nouveaux naturalisés, contrôle des mariages avec des étrangers), et avec l'accueil massif des vagues de réfugiés politiques (Russes, Arméniens, juifs d'Europe de l'Est, antifascistes italiens puis républicains espagnols).

Seul pays d'immigration en Europe, la France agit de façon désordonnée dans ce domaine. Le contexte de crise économique et démographique met en lumière la nécessité d'une politique d'immigration cohérente. Un sous-secrétariat d'État auprès de la présidence du Conseil, chargé des services de l'immigration et des étrangers, est créé en 1938. Membre du cabinet de cette nouvelle structure, Georges Mauco, auteur d'une thèse pionnière sur le sujet[1], prône la poursuite de l'immigration avec sélection, par un organisme d'État, des étrangers en fonction de leur utilité économique et de leur degré d'« assimilabilité », démarche qui annonce la politique de discrimination ethnique mise en œuvre sous Vichy qu'il soutiendra.

Avec la déclaration de guerre seront levées les restrictions à l'utilisation de la main-d'œuvre étrangère, aux naturalisations, tandis que les réfugiés sont soumis aux obligations militaires. 100 000 étrangers combattent aux côtés des Français. Les années d'oc-

1. Georges Mauco, *Les étrangers en France. Leur rôle dans l'activité économique*, Armand Colin, 1932.

cupation marquent le triomphe de la gestion ethnique des étrangers, en rupture totale avec les principes républicains. Les étrangers de « race juive » sont les premières victimes des persécutions et des déportations, avant leurs coreligionnaires français. Pour lutter contre le chômage du début de l'Occupation, les autorités françaises rétablissent les quotas et renvoient une partie de la main-d'œuvre coloniale réquisitionnée au début du conflit. Mais les besoins des nazis en travailleurs vont exiger un retournement de politique. Des travailleurs algériens sont recrutés. Les Italiens, en tant que ressortissants d'un pays allié de l'Allemagne, bénéficient d'un statut privilégié en France occupée, tandis que les autres étrangers sont employés dans des « groupements de travailleurs » mis en place par Vichy. Certains seront utilisés par les Allemands pour l'édification du « mur de l'Atlantique ».

1945-1974, l'appel du large

Le brutal reflux du nombre d'étrangers au moment de la Seconde Guerre mondiale est suivi d'une stagnation de la population étrangère dans l'immédiat après-guerre. Mais une troisième vague d'arrivées, la plus massive de l'Histoire, avec 4 millions de personnes provenant surtout du Maghreb, d'Espagne, puis du Portugal se prépare dans le contexte d'expansion économique des Trente Glorieuses. Vague spectaculaire, qui s'inscrit dans le climat particulier de la décolonisation et de la guerre d'Algérie, mais comparable, dans ses conséquences, à celle de l'entre-deux-guerres. Il faudra d'ailleurs attendre le recensement de 1974 pour retrouver le taux record d'étrangers de 1931.

À la Libération, l'insuffisance de la population et de la natalité est perçue comme un handicap majeur auquel une immigration planifiée peut porter remède. Les étrangers ne sont plus qu'un million et demi à peine, un million de moins qu'avant-guerre.

L'idée d'une stricte sélection ethnique des nouveaux immigrants favorisant, par des quotas, les immigrants du nord de l'Europe, du nord de l'Espagne et de l'Italie est prônée par le Haut Comité de la population créé par le général de Gaulle et dont Georges Mauco est le secrétaire général. Reprenant ses idées d'avant-guerre, ce dernier prône une sélection sanitaire, physique et mentale des étrangers basée sur leur « assimilabilité ». À ses yeux, les « Nordiques » (Belges, Anglais, Allemands, etc.) sont les plus désirables, suivis par les Latins et les Slaves. L'entrée de tous les autres étrangers aurait été limitée à des « cas individuels présentant un intérêt exceptionnel[1] ». Mais cette proposition n'est pas retenue dans l'ordonnance du 2 novembre de 1945 qui ignore toute distinction basée sur les origines. Sans cesse modifié depuis 1980, ce texte constitue depuis plus d'un demi-siècle le cadre de la politique d'immigration (voir le précis juridique p. 283). Il définit les différentes catégories d'étrangers autorisées à séjourner en France, et prévoit les conditions de contrôle de leur entrée, de leur séjour et les conditions d'expulsion. Il engage une perspective de stabilisation des étrangers basée sur leur intégration, en prévoyant

1. Patrick Weil, « Racisme et discrimination dans la politique française de l'immigration (1938-45/1974-95) », *Vingtième siècle*, juillet-septembre 1995.

l'augmentation progressive de la durée des titres de séjour accordés.

Les structures proposées par le sous-secrétariat d'État d'avant-guerre se mettent en place à la Libération. Un établissement public, l'Office national d'immigration (ONI, devenu Office des migrations internationales, OMI en 1984), lointain héritier de la SGI, obtient le monopole de l'introduction des travailleurs étrangers. Entre 1946 et 1977, l'ONI introduira ou régularisera près de 2,5 millions de travailleurs étrangers permanents, sans compter les Algériens et les Africains. Mais le projet d'une planification des arrivées se heurte à des difficultés tant administratives que matérielles et ne se concrétisera pas.

L'immigration reprend donc massivement à partir des années 50, fortement encouragée par l'État et le patronat. Après-guerre, Italiens, Espagnols, Polonais et Belges forment encore à eux seuls l'essentiel de l'effectif étranger. Mais la liberté de circuler en métropole accordée aux Algériens en 1946 va favoriser cette immigration que les promoteurs des textes de 1945 souhaitaient pourtant limiter. Entre 1949 et 1955, 180 000 musulmans d'Algérie s'installent en métropole contre 160 000 travailleurs d'autres nationalités. Pour favoriser la venue de ces derniers, la procédure de régularisation sur place qui permet d'embaucher des travailleurs entrés illégalement est officialisée en 1956. Parallèlement, sont créés des établissements publics comme la Sonacotral (Société nationale de construction de logements pour les travailleurs algériens fondée en 1956, devenue Sonacotra après l'indépendance algérienne) et le FAS (Fonds d'action sociale en 1958). Fondées à l'origine pour favoriser le maintien dans les départements d'Algérie des familles des musulmans venus travailler en métropole, ces deux institutions s'ouvriront progressivement à tous les immigrés, puis à un public plus large.

Les Algériens sont attirés par l'expansion économique qui saisit alors l'Hexagone. Paradoxe historique lourd de sens et de conséquences, ils affluent dans cette métropole qui s'engage au même moment en Algérie contre leurs compatriotes, dans une guerre de huit ans (1954-1962) qui ne veut pas dire son nom. À partir de l'insurrection nationaliste de novembre 1954, les Algériens émigrés en métropole vivent pour ainsi dire en plein territoire ennemi, un « ennemi » dont ils sont censés partager la nationalité. Ils subissent les contrecoups de toutes les violences commises de l'autre côté de la Méditerranée : tortures pratiquées par l'armée française contre les nationalistes algériens, atrocités du Front de libération nationale (FLN) contre les soldats et les colons français, puis bombes des pieds-noirs extrémistes de l'Organisation de l'armée secrète (OAS). En métropole même, la violente lutte d'influence entre les deux organisations nationalistes, le FLN et le Mouvement national algérien (MNA), pour le contrôle de l'immigration, se traduit par des règlements de comptes qui, jusqu'à l'élimination de ce dernier, feront 4 000 morts. Conscient de la force politique et financière que représente l'immigration, le FLN quadrille la communauté, prélevant un impôt et organisant la solidarité face à la répression. Celle-ci culmine à Paris, le 17 octobre 1961. Dans un climat de guerre civile marqué par l'assassinat de dizaines de policiers, la police tente d'empêcher la manifestation pacifique à laquelle le FLN appelle la population algérienne à participer, de gré ou de force, pour protester contre le couvre-feu qui la vise explicitement. Avec une brutalité haineuse, les forces de l'ordre frappent, humilient, arrêtent en masse, sous la conduite du préfet de police Maurice Papon. La Seine charrie des cadavres. Il faudra attendre plus de trente ans pour que la chape de silence et de mensonge qui avait recouvert cette tragédie se lézarde, que le bilan officiel, de trois morts, soit contesté et réévalué et que le préfet soit conduit à s'expliquer devant la justice[1].

C'est dans ce contexte de déchirure historique, où les droits de l'homme sont bafoués et le racisme exacerbé, que va émerger l'Algérien comme figure emblématique du « travailleur immigré » en France. Les accords d'Évian qui organisent l'indépendance de l'Algérie permettent la libre circulation des émigrés. Ces derniers adoptent massivement la nouvelle nationalité algérienne mais demeurent en France, tandis que les autorités françaises cherchent à contrebalancer le poids de l'immigration algérienne. Mais celle-ci, loin de se tarir après l'indépendance de l'Algérie, croît. Alors qu'entre 40 000 et 80 000 « Français musulmans d'Algérie » venaient, chaque

1. Le bilan est évalué à au moins 48 morts par le rapport de Jean Géronimi remis à Lionel Jospin en mai 1999, à 285 morts par Jean-Luc Einaudi (*Octobre 1961. Un massacre à Paris*, Fayard, 2001). Maurice Papon nie toute responsabilité dans ces événements lorsqu'il est interrogé, en octobre 1997, au cours du procès où il comparaît pour « complicité de crimes contre l'humanité », à propos de son rôle dans la déportation des juifs sous l'Occupation, alors qu'il était sécrétaire général de la préfecture de la Gironde. En mars 1999, il perd le procès en diffamation intenté à Jean-Luc Einaudi qui a qualifié les événements du 17 octobre 1961 de « massacre » commis par « des forces de l'ordre agissant sous les ordres de Maurice Papon » dans une tribune publiée par *Le Monde* en mai 1998.

année, travailler en métropole dans les années 50, ils seront 103 000 en 1961, et 180 000 l'année suivante, celle de l'indépendance. L'immigration algérienne proprement dite prendra le relais pour dépasser 300 000 personnes par an au début des années 70. Au nombre de 20 000 à la Libération, les Algériens immigrés en France sont 350 000 en 1962, et 800 000 vingt ans après.

La volonté de diversifier les sources d'immigration se concrétise : en 1960, les Espagnols supplantent les Italiens parmi les nouveaux arrivants. Des accords de main-d'œuvre sont signés avec le Maroc et la Tunisie en 1963, avec la Yougoslavie et la Turquie en 1965. Timidement, les arrivées d'Afrique noire débutent. C'est l'époque où les rabatteurs des grandes entreprises françaises vont recruter dans les villages marocains ou portugais. L'époque aussi où un ministre des Affaires sociales, Jean-Marcel Jeanneney, défend l'immigration clandestine comme remède au manque de main-d'œuvre.

Pour favoriser l'immigration des nombreux jeunes Portugais qui fuient le service militaire dans une armée engagée en Afrique dans des guerres coloniales, la Police de l'air et des frontières française reçoit l'ordre de fermer les yeux sur les entrées illégales de Portugais. C'est le signal de la grande vague d'immigration portugaise des années 1965-1975. Les Portugais, qui n'étaient que 20 000 après la guerre, deviendront la première communauté étrangère au recensement de 1975, avec 760 000 personnes.

Les impératifs démographiques cèdent devant les nécessités de la croissance économique. Les immigrés ne sont plus considérés comme participant au repeuplement du pays mais comme une main-d'œuvre docile, mobile, peu onéreuse, et provisoirement indispensable. « L'immigration est un moyen de créer une certaine détente sur le marché du travail et de résister à la pression sociale », résume Georges Pompidou, Premier ministre, en 1963, devant l'Assemblée nationale. Travailleurs célibataires, employés à des travaux pénibles ou dévalorisés, logés dans des bidonvilles ou des foyers isolés, ils sont censés ne pas s'installer en France. Domine alors l'illusion selon laquelle les Algériens de France, massivement favorables à l'indépendance, y retourneront pour participer à son expansion. Cette vision est encouragée, non seulement en France par l'État et le patronat, mais aussi par les autorités algériennes, qui tiennent à maintenir les immigrés sous leur coupe. Ainsi naît l'ambiguïté originelle dont n'a pas fini de souffrir l'immigration algérienne : mal aimée dans son pays d'origine qui l'a pourtant encouragée à partir et a longtemps cherché à la contrôler, rejetée en France comme si elle était responsable des meurtrissures d'une guerre politiquement perdue.

Au nom de ce mythe du retour, toute politique sociale en direction de l'immigration est freinée. Des foyers de célibataires sont construits dans le but de décourager l'immigration familiale. Mais les immigrés, qu'ils soient maghrébins ou portugais, sont de plus en plus souvent accompagnés de leur famille. La plupart sont réduits à peupler logements et hôtels insalubres, à enrichir des marchands de sommeil, à s'entasser dans des bidonvilles, puis des cités de transit prétendument provisoires.

Les jeunes militants d'extrême gauche de 1968 découvrent cette réalité sordide du logement des immigrés – l'université de Nanterre jouxte alors un immense bidonville – et celle de leur exploitation dans les usines, où les travaux les plus pénibles leur sont souvent réservés. De l'irruption de l'immigration dans le débat social naîtront des solidarités durables. Les groupes d'extrême gauche, parfois relayés par des syndicats ouvriers, et les organisations antiracistes, engagent les immigrés dans des luttes revendicatives, tentent d'organiser le soutien des travailleurs français. Les conditions de travail et de logement, la dignité, la lutte contre le racisme sont les enjeux de grèves et d'autres formes d'actions, souvent durement réprimées. Ces mouvements parviennent à mettre en échec, en 1972, la décision du gouvernement (circulaires dites « Marcellin-Fontanet » des noms des ministres de l'Intérieur et du Travail) de stopper les régularisations de travailleurs immigrés déjà présents sur le territoire, afin de limiter les flux d'entrées. La crise économique ne sévit pas encore mais le racisme anti-algérien, qui couve sous les braises mal éteintes de la guerre d'indépendance, reste vivace. En 1973, une série d'agressions et d'attentats, dont l'un, revendiqué par des nostalgiques de l'OAS, fait quatre morts au consulat d'Algérie à Marseille. En septembre, le président Boumediene annonce l'arrêt de l'émigration algérienne. Présentée comme une riposte à la vague d'attentats racistes, cette décision obéit surtout à des considérations de politique intérieure. Elle est prémonitoire.

1974 et 1981, deux tournants vers un nouvel enjeu politique

L'embargo pétrolier décidé à la fin de 1973 par les pays de l'OPEP scelle le début d'une longue crise économique. Et d'une période charnière dans l'his-

FIGURE 7

Implantation des bidonvilles dans la région parisienne au 1er janvier 1970

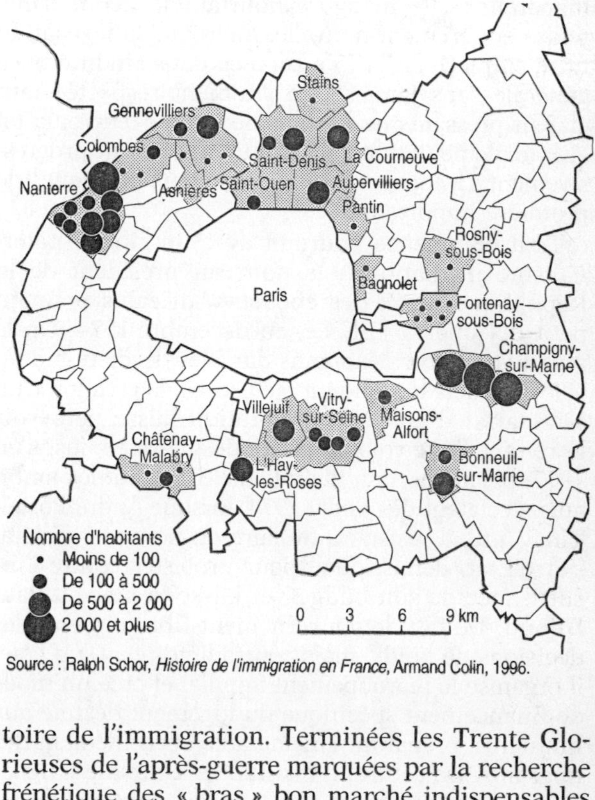

Source : Ralph Schor, *Histoire de l'immigration en France*, Armand Colin, 1996.

toire de l'immigration. Terminées les Trente Glorieuses de l'après-guerre marquées par la recherche frénétique des « bras » bon marché indispensables à la croissance.

Dès juillet 1974, la « suspension » de l'immigration de travail est décidée par le gouvernement français, quelques semaines après l'élection de Valéry Giscard d'Estaing à la présidence de la République et huit mois après que la République fédérale d'Allemagne a pris le même parti. La décision passe quasiment inaperçue ; elle inaugure pourtant le début d'une phase entièrement nouvelle. Alors que la législation mise en place en 1945 a survécu dans l'indifférence générale sans jamais être vraiment respectée tant étaient pressants les besoins de main-d'œuvre, la loi et la réglementation sur l'immigration vont progressivement s'imposer comme des enjeux politiques de première importance.

Tout commence pourtant avec un simple paternalisme médiatique : le nouveau président de la République reçoit des éboueurs africains pour un petit déjeuner à l'Élysée, en décembre 1974. On le voit aussi serrer des mains dans les derniers bidonvilles. Au-delà de cette mise en scène, la création d'un secrétariat d'État à l'immigration laisse percevoir le retour d'une volonté politique marquée, jusqu'en 1977, par un certain libéralisme. Pourtant les ambiguïtés éclatent dès juillet 1974, lorsque André Postel-Vinay, grand résistant, titulaire du nouveau secrétariat d'État, démissionne pour protester contre l'insuffisance de son budget, et laisse la place à Paul Dijoud. De fait, le gouvernement Chirac prend des décisions de poids, mais contradictoires. D'un côté, il organise le regroupement familial et crée un mode de financement spécifique du logement destiné aux immigrés, préparant l'inéluctable enracinement des migrants. De l'autre, il institue les cours de langues et cultures d'origine dans les établissements scolaires et crée une aide au rapatriement, qui témoignent d'une conception provisoire de l'immigration – « Ils rentreront » –, qu'accentuent la montée du chômage et la répression menée par le ministre de l'Intérieur, Michel Poniatowski.

Cette dernière orientation triomphe à partir de 1977. Lionel Stoléru, nouveau « secrétaire d'État chargé des travailleurs manuels et immigrés », entend substituer la main-d'œuvre nationale aux étrangers. Une aide de 10 000 francs au retour volontaire des immigrés – baptisée « le million » –, lancée par le Premier ministre Raymond Barre, ne donne que de piètres résultats. Le gouvernement lance alors un projet de loi visant à obtenir le retour, volontaire ou forcé, de 500 000 étrangers en cinq ans, notamment par le non-renouvellement des titres de séjour d'Algériens. Ce texte est finalement retiré après s'être heurté à l'opposition conjointe du Conseil d'État et du RPR[1]. Du projet initial, il subsiste la loi dite « Bonnet », première modification de l'ordonnance de 1945, adoptée en 1980. C'est le début d'un mouvement de balancier, incessant jusqu'à nos jours, qui soumet le texte adopté à la Libération au tourbillon des alternances politiques et des exploitations électorales.

Fini le temps des yeux fermés sur les séjours irréguliers : la loi de 1980 renforce le contrôle du séjour des étrangers, autorise l'expulsion pour simple entrée ou séjour irrégulier (et non plus seulement pour menace à l'ordre public) et légalise le placement en rétention, pratiqué jusqu'alors sans base juridique, comme en témoigne la découverte d'un camp clandestin à Arenc, sur le port de Marseille. La gauche tempête contre cette vague répressive, mais elle peine à se libérer de ses propres ambiguïtés, comme en témoigne de façon tapageuse le bulldozer envoyé en 1980 par la municipalité communiste de Vitry-sur-Seine (Val-de-Marne) pour démolir un foyer de

1. Patrick Weil, *La France et ses étrangers*, *op. cit*.

travailleurs étrangers, sous prétexte de dénoncer l'inégale répartition des immigrés entre les communes.

Alors que les immigrés de l'après-guerre vont être victimes d'une immense vague de licenciements et d'un mouvement de raidissement de la société lié à la montée du chômage, leurs enfants entrent en scène. 1974 a stoppé la grande arrivée des travailleurs étrangers ; ceux qui se sont déjà installés ne partiront plus : les années 80 marqueront le temps de leur enracinement. L'heure de la « deuxième génération » va sonner : à la veille de l'élection présidentielle de mai 1981, des fils d'immigrés maghrébins, que l'on ne nomme pas encore des « beurs », font la grève de la faim à Lyon pour empêcher leur expulsion, celle de jeunes élevés en France et y ayant leurs attaches familiales. En avril, François Mitterrand leur promet qu'il interdira toute expulsion de jeunes ayant grandi en France.

Cet engagement est tenu deux semaines après son arrivée à l'Élysée, marquant le début d'un état de grâce durable entre le nouveau président et les populations issues de l'immigration. Une circulaire du ministre de l'Intérieur, Gaston Defferre, prévoit alors que les étrangers nés en France ou arrivés avant l'âge de dix ans ne pourront plus être expulsés. La gauche accède ainsi au pouvoir avec l'ambition de rompre avec la politique répressive précédente. François Mitterrand, candidat à la présidence de la République, n'a-t-il pas proposé de « supprimer » les « discriminations frappant les travailleurs immigrés », d'assurer l'« égalité des droits » et même d'accorder aux étrangers résidant depuis cinq ans le droit de vote aux élections municipales ?

Les droits des immigrés sont mis en avant par le nouveau secrétaire d'État chargé des immigrés,

François Autain, placé sous l'autorité du ministre de la Solidarité nationale, Nicole Questiaux. Symboliquement, les immigrés quittent le champ du travail pour celui du social. Les premières réformes prendront le contre-pied des mesures giscardiennes. L'aide au retour est supprimée. La loi du 29 octobre 1981 revient sur la loi Bonnet : les étrangers en situation irrégulière ne peuvent plus être expulsés par voie administrative, seul un juge peut décider leur « reconduite à la frontière » ; quant à l'expulsion, elle ne peut être décidée qu'en cas de menace grave à l'ordre public et si une peine de prison d'un an ferme au moins a été prononcée. Surtout, elle ne peut viser des étrangers mineurs et ceux ayant des attaches familiales en France, sauf en cas de « nécessité impérieuse pour la sûreté de l'État ou pour la sécurité publique ». Trois autres décisions ont des conséquences concrètes considérables : un accord avec l'Algérie permet aux jeunes titulaires de la double nationalité, française et algérienne, d'effectuer leur service national dans l'un ou l'autre pays ; le droit de créer des associations sans autorisation préfectorale préalable est reconnu aux étrangers, et une opération de régularisation des étrangers en situation illégale est lancée. Cette décision, qui revient à passer l'éponge sur l'irrégularité du séjour de tous les étrangers présents en France avant le 1er janvier 1981, aboutit à la régularisation de 130 000 clandestins en 1982, sur 150 000 dossiers présentés.

Cependant, la nouvelle sensibilité de l'opinion à la question de l'immigration se fait sentir à propos du droit de vote des étrangers aux élections locales, réforme majoritairement rejetée et qui nécessite une modification de la Constitution (voir p. 274). La décision de la retirer des priorités gouvernementales est annoncée par Claude Cheysson, ministre des Relations extérieures. Le thème sera néanmoins utilisé à plusieurs reprises par François Mitterrand qui, en affichant son opinion favorable au droit de vote des étrangers avant chaque campagne électorale, cherchera à remobiliser la gauche et à diviser la droite, quitte à renforcer l'audience de l'extrême droite.

De fait, l'immigration se pose progressivement parmi les premiers thèmes de controverse politique. Les grèves de 1982 dans l'automobile ont montré la place que pouvaient tenir les étrangers dans les luttes sociales. Dès l'été 1981, les « rodéos » qui mettent aux prises jeunes d'origine maghrébine et policiers, les meurtres racistes ou sécuritaires ont illustré les dimensions sociale, urbaine et d'ordre public de l'immigration, dans un contexte marqué par le passé algérien de la France qui, décidément, « ne passe pas ». Si certains refusent encore d'admettre l'inéluctabilité de l'enracinement des Maghrébins, la « Marche pour l'égalité » de 1983 est là pour leur ouvrir les yeux. Conduite par des jeunes des banlieues lyonnaises groupés autour du père Christian Delorme et du pasteur Jean Costil, elle fait émerger la nouvelle génération issue de l'immigration, très dynamique dans les associations créées dans les cités. Ceux que l'on appelle désormais plutôt aimablement les « beurs[1] » revendiquent à la fois leurs racines et toute leur place dans la société française[2]. Les militants du mouvement beur, qui ont souvent fait leurs classes dans les groupes d'extrême gauche, veulent créer un mouvement radical de révolte sociale dans

1. Le mot arabe en verlan (obtenu par l'inversion des syllabes) donne « beur » qui, inversé à nouveau, donne « rebeu ».
2. Nacer Kettane, *Droit de réponse à la démocratie française*, La Découverte, 1986.

les banlieues, basé sur la dénonciation des expulsions et du racisme, notamment policier[1]. Partie de Marseille dans l'indifférence générale, la « Marche des beurs » se terminera en apothéose, le 3 décembre 1983 à Paris. Après une vaste manifestation de solidarité, une délégation de marcheurs est reçue par le président de la République. À l'issue de l'entrevue est annoncée la création de la « carte de dix ans », titre unique de résidence (séjour et travail) qui rompt avec la précarité du statut d'étranger et fait cesser l'humiliation des renouvellements incessants. La loi du 17 juillet 1984, adoptée à l'unanimité par l'Assemblée nationale, instaure cette « carte de dix ans », renouvelable de plein droit. Conquête historique, la nouvelle carte dissocie le droit au séjour de l'occupation d'un emploi : les immigrés ne sont plus seulement des bras et la société française reconnaît leur enracinement.

Ce sera la dernière grande réforme décidée par la gauche et la dernière manifestation d'unanimité sur le terrain de l'immigration. Face à l'émergence du Front national, concrétisée dès l'élection partielle de Dreux en septembre 1983, puis aux élections européennes de 1984, le gouvernement, accusé de laxisme, choisit de raidir sa politique, désormais concentrée sur deux axes : « fermeture des frontières et chasse aux clandestins – insertion des immigrés en situation régulière ». Georgina Dufoix, chargée du dossier depuis mars 1983, soumet le regroupement familial à de strictes conditions de ressources et de logement. Elle relance aussi l'aide au retour,

1. La création du journal *Sans frontières* et de l'agence d'information Im'media marquait cette émergence dès la fin des années 70. L'actuel Mouvement de l'immigration et des banlieues (MIB) est l'héritier de cette mouvance.

abandonnée en 1981, désormais négociée avec de grandes entreprises et rebaptisée « aide à la réinsertion ». Désormais, et pour plus d'une décennie, l'extrême droite mènera le jeu, imposant son tempo – électoral –, ses thèmes – la nationalité, l'identité française – à l'ensemble des politiques. Face à une extrême droite qui accuse les immigrés de saboter l'identité de la France, une partie de la gauche et du mouvement beur comprend que la revendication du droit à la différence est un piège. Ce thème de la différence, théorisé par la nouvelle droite, sert au Front national à justifier l'inassimilabilité des immigrés et donc leur nécessaire expulsion (voir p. 203). En réaction, la deuxième marche des beurs, baptisée « Convergence 84 », veut promouvoir l'idée d'une France solidaire qui « a besoin de mélange pour avancer », slogan symbolisé par les mobylettes qui conduisent la manifestation. Le demi-échec de cette initiative marque le déclin du mouvement beur, divisé entre les jeunes qui prônent l'intégration par l'entrée en politique avec le soutien de la gauche, et ceux qui veulent construire un mouvement maghrébin autonome et dénoncent la mainmise des organisations traditionnelles. L'échec répété de cette seconde stratégie traduit la relative intégration des beurs, incompatible avec une existence politique autonome. Les militants du mouvement s'éparpillent, incapables de tirer collectivement les leçons de leur échec. Certains deviendront des responsables associatifs ou politiques et s'éloigneront du terrain[1]. L'absence de ces médiateurs aguerris se fera cruellement sentir à chaque poussée de fièvre dans les banlieues. Mais la plupart des militants beurs, déçus

1. Adil Jazouli, *Les années banlieues*, Le Seuil, 1992.

par la gauche, se sentent dépassés et trahis par le déferlement médiatique de SOS Racisme, puis de France-Plus, associations sans grand relais local mais ardemment soutenues par le cabinet du président de la République et différentes personnalités socialistes. Dès la fin 1984, la jeunesse adopte la petite main de « Touche pas à mon pote » et son message de fraternité antiraciste, portée par des célébrités qui vont de Coluche à Marek Halter. Près de 300 000 personnes se pressent place de la Concorde à Paris, en juin 1985, pour le premier concert de l'association dirigée par Julien Dray et Harlem Désir. De son côté, France-Plus, créée par Georges Morin, proche du ministre socialiste Louis Mermaz, développe le thème de la citoyenneté, incitant les jeunes Français issus de l'immigration et du milieu harki à voter, puis à se présenter aux élections. Son président, Areski Dahmani, parvient bientôt à se tailler une place dans les médias en prenant systématiquement le contre-pied de son concurrent, SOS. Entre 1986 et 1988, il tisse des liens avec le gouvernement de cohabitation. Courtisé par les gouvernements successifs de droite comme de gauche qui la subventionnent largement, l'association France-Plus sera épinglée en 1992 pour des dépenses somptuaires et mise en liquidation judiciaire en 1997. Les « potes », eux aussi largement aidés par l'État, sont à l'apogée de leur influence lorsqu'ils œuvrent, en pleine période de cohabitation (1986-1988), à la réélection de François Mitterrand.

Les années Pasqua

Issu de l'échec de la gauche aux élections législatives de 1986, le gouvernement Chirac, soumis à la pression du Front national, fait de l'immigration l'un de ses chevaux de bataille. Immédiatement, il obtient le vote de la première loi dite « Pasqua » qui rétablit les reconduites administratives à la frontière et limite les conditions de renouvellement de la « carte de dix ans ». Mais le projet du ministre de l'Intérieur de rétablir les expulsions de jeunes délinquants étrangers élevés en France est adouci, après de nouvelles grèves de la faim. Au même moment, une vague d'attentats terroristes à Paris sert de prétexte à l'instauration de visas pour tous les étrangers. Soucieux de la concurrence de l'extrême droite, le gouvernement Chirac se place sur son terrain : sous les caméras de télévision, 101 Maliens, présentés comme étant en situation irrégulière, sont contraints d'embarquer dans un avion charter. La séquence, préparée par Charles Pasqua, prétend symboliser la fermeté gouvernementale aux yeux d'une opinion qui ignore que presque tous les expulsés reviendront en France rapidement. De même, un projet de réforme du code de la nationalité inspiré par la propagande du Front national est présenté, qui vise à supprimer l'acquisition sans formalité de la nationalité française, à l'âge de la majorité, par les personnes nées en France de parents étrangers (voir p. 219). Le texte provoque un tollé à gauche, bientôt amplifié par les protestations contre le projet de réforme universitaire du ministre Alain Devaquet. Après la mort de l'étudiant Malik Oussekine, frappé par des policiers, le sentiment de colère dépasse les facs et le gouvernement doit faire machine arrière : le « projet Devaquet » est retiré, celui sur la nationalité habilement confié à une commission de sages présidée par Marceau Long, vice-président du Conseil d'État. Des auditions télévisées dépassionnent le débat et aboutissent à des propositions de réforme modérées. Le serment à l'américaine qui devait être exigé des nouveaux Français est abandonné. La commission propose de le remplacer par une simple déclaration, à l'occasion d'une quelconque formalité administrative. Mais cette suggestion n'est pas mise en œuvre du fait de la réélection de François Mitterrand.

Avec le retour de la gauche, le balancier des lois sur l'immigration est reparti. Ses oscillations ne cesseront plus jusqu'en 1997. Davantage de contrôle et de répression avec la droite, davantage de libertés avec la gauche. Mais le pendule ne reviendra jamais à sa position antérieure. À moyen terme, le mouvement général est indéniable : il va dans le sens des contrôles et de la répression tant que la droite et la gauche accepteront de ferrailler sur le terrain de la droite extrême.

Est-il encore temps d'échapper à cette spirale infernale ? Michel Rocard le pense après l'élection présidentielle de 1988 où le Front national culmine à plus de 14 %. Le Premier ministre tente de dédramatiser le débat sur l'immigration et de susciter un consensus politique excluant l'extrême droite. En vain. Il hésite alors à faire abroger la loi Pasqua de 1986. Le président de la République lui force la main en annonçant lui-même un nouveau texte : en 1989, la loi Joxe, d'inspiration libérale, rétablit le contrôle judiciaire sur les reconduites à la frontière et crée une « commission du séjour » appelée à se prononcer à chaque fois que l'administration envisagera de refuser l'attribution d'une carte de résident ou le renouvellement d'une carte temporaire. Mais déjà, l'opinion a les yeux tournés ailleurs : vers un collège de Creil où trois élèves ont été exclues pour avoir porté en classe le foulard islamique (voir

p. 257). Le Conseil d'État, appelé en consultation par le ministre de l'Éducation nationale, Lionel Jospin, pour calmer le jeu, rappelle les règles de la laïcité et recommande un règlement au cas par cas de tels conflits. Mais la France s'est enflammée sur un terrain hypersensible où la gauche comme la droite se divisent. Dans ce contexte, la tâche des deux organismes mis en place par le gouvernement Rocard, le Haut Conseil à l'intégration, présidé par Marceau Long, l'homme de la Commission de la nationalité, et le Secrétariat général à l'intégration, confié à Hubert Prévot, n'est pas aisée. Ces hauts fonctionnaires s'efforcent, avec un certain succès, de cadrer et d'apaiser le débat.

Mais le feu couve à nouveau sur le feu après la nomination d'Édith Cresson à Matignon, en mai 1991. À la xénophobie revendiquée par Jean-Marie Le Pen répond alors la surenchère des dirigeants de droite – J. Chirac évoque les « odeurs » des immigrés tandis que Valéry Giscard d'Estaing s'inquiète de l'« invasion » – mais aussi les glissements de langage d'É. Cresson qui suggère le recours aux charters pour renvoyer les étrangers en situation illégale.

Dans ce climat, le gouvernement ne veut pas être en reste : il multiplie les réformes répressives comme la suppression de l'autorisation de travail pour les demandeurs d'asile, une pénalisation accrue du travail illégal et l'instauration d'un visa de transit. Mais il n'assume pas publiquement les mesures généreuses auxquelles le contraignent des grèves de la faim de demandeurs d'asile kurdes : l'aménagement de la double peine, qui frappe d'expulsion des étrangers délinquants ayant toujours vécu en France, et la régularisation de 20 000 demandeurs d'asile déboutés, victimes des lenteurs de l'Office français de protection des réfugiés et apatrides (OFPRA). Grâce à un considérable renforcement de ses moyens début 1990, cet établissement public réduit à quelques mois le délai d'instruction des dossiers de demande d'asile. Cette accélération de la procédure permet de stopper le fort afflux des demandeurs d'asile. De 60 000 demandes enregistrées en France en 1989, on passe à 50 000 en 1991 et à 29 000 en 1992, au moment où la question de l'accueil des demandeurs d'asile prend des allures dramatiques en Allemagne, avec 438 000 demandes comptabilisées en 1992.

Mais cette fois, le balancier est allé trop loin : pour la première fois, la gauche manifeste contre la politique d'immigration d'un gouvernement de gauche. Un défilé pour la défense du droit d'asile, en janvier 1992, à Paris, contraint le gouvernement à modifier le projet du ministre de l'Intérieur, Philippe Marchand, de création de « zones de transit » dans les aéroports, destinées à filtrer les étrangers arrivant sur le territoire, en particulier les demandeurs d'asile. Dans ces zones, rebaptisées « d'attente » par Paul Quilès, successeur de P. Marchand, les étrangers non admis sur le territoire peuvent être retenus pendant vingt jours.

Le remplacement d'Édith Cresson par Pierre Bérégovoy correspond, en 1992, à un net apaisement du débat sur l'immigration qui n'apparaît que secondairement dans la campagne des élections régionales, et nullement dans l'âpre débat précédant le référendum sur Maastricht, alors que ce dernier prévoit le droit de vote aux élections locales pour les étrangers communautaires. À la marginalisation parlementaire du Front national, à la stratégie d'union revendiquée par la droite, à l'extrême prudence de socialistes accablés, paraît correspondre un retour à un débat politique plus serein sur l'immigration, alors que la banalisation de la xénophobie en Europe semble porteuse de nouveaux périls, et aussi de remobilisations pour la tolérance.

L'illusion ne survivra pas à une nouvelle campagne électorale : de retour au pouvoir après mars 1993, la droite fait de l'immigration l'un de ses tout premiers chevaux de bataille, au risque d'accumuler les amalgames avec l'insécurité. Les débats parlementaires où le ministre de l'Intérieur, Charles Pasqua, prend une place prépondérante aboutissent, dès les premiers mois de la législature, à l'adoption de trois textes fondamentaux réformant à nouveau la législation sur la nationalité, les contrôles d'identité et l'immigration.

La première de ces lois restreint les conditions d'exercice du droit du sol et multiplie les obstacles à l'acquisition de la nationalité française (voir p. 220). La deuxième autorise les contrôles de police administrative « préventifs » « quel que soit le comportement » de la personne contrôlée, annulant ainsi une jurisprudence protectrice de la Cour de Cassation. Elle intègre aussi dans la législation l'obligation, jusque-là réglementaire, pour un étranger, de présenter son titre de séjour « à toute réquisition des officiers de police judiciaire ».

Enfin, la loi Pasqua du 24 août 1993 sur « la maîtrise de l'immigration, les conditions d'entrée, d'accueil et de séjour des étrangers » modifie non seulement l'ordonnance du 2 novembre 1945 sur les étrangers incluse dans le code pénal, mais le code civil sur le mariage et le code de la Sécurité sociale.

Un fraudeur derrière chaque immigré

Le nouveau texte marque un tournant. La loi Pasqua prend le contre-pied de la logique précédemment en vigueur en déniant aux étrangers le droit au séjour stable et en soupçonnant toute personne désireuse d'entrer en France de violer la loi ou de frauder. Elle rend plus difficile l'obtention de la carte de résident pour certains enfants d'étrangers, les étudiants et les époux des Français (en instaurant pour ces derniers un délai d'attente d'un an). L'administration reçoit des pouvoirs accrus pour filtrer les demandes d'asile. Si elle estime que l'« ordre public » est en jeu, elle peut contourner les protections et les recours dont bénéficient les étrangers en instance d'éloignement du territoire. Les maires se voient confier le pouvoir de suspendre la célébration d'un mariage « suspect » et d'empêcher un étranger d'être rejoint par sa famille. Le regroupement familial n'est possible qu'après deux années de séjour au lieu d'une. En matière de santé, le texte oblige les caisses de Sécurité sociale à consulter les fichiers des préfectures afin de radier leurs affiliés étrangers en situation irrégulière, même s'ils travaillent et cotisent. Les étrangers reconduits à la frontière peuvent être placés en « rétention administrative » pendant dix jours au lieu de sept. S'ils refusent de décliner leur identité, un tribunal peut les placer en « rétention judiciaire » pendant trois mois. L'expulsion de certains étrangers jusque-là protégés (étranger marié depuis moins d'un an avec une Française, enfant non entré par le regroupement familial) est rendue possible. De même, la loi de 1993 permet à un tribunal de prononcer une interdiction du territoire à l'encontre de personnes normalement protégées comme les parents étrangers d'enfants français ou le conjoint d'un ressortissant français.

La censure partielle de la loi Pasqua par le Conseil constitutionnel, en août 1993, aboutit à quelques aménagements de détail. L'annulation des dispositions sur le droit d'asile, destinées à mettre en application l'accord européen de Schengen (voir p. 48), soulève cependant une vive controverse entre le gouvernement Balladur et le président Mitterrand, à l'automne 1993. Afin de maintenir l'esprit initial de son projet de loi, Charles Pasqua obtient l'approbation d'une réforme constitutionnelle qui permet de limiter le droit d'asile des personnes ayant transité par un autre pays d'Europe, signataire de l'accord de Schengen.

Alors que les discours, à droite comme à gauche, justifient la lutte contre l'immigration clandestine par la nécessité d'assurer l'intégration des résidents en situation régulière, la loi Pasqua déstabilise plusieurs catégories d'étrangers. Le cas le plus flagrant est celui des « ni ni », autrement dit les étrangers ni régularisables ni expulsables : ceux auxquels la loi ne donne pas un droit à la délivrance d'un titre de séjour, mais que leurs liens familiaux avec des Français (époux, enfant) rendent pratiquement inexpulsables. Le texte voté en 1993 va accélérer la diminution des flux d'immigration légale, mais au prix d'une multiplication des situations d'irrégularité sans issue humaine, dont sont victimes ceux qui vont se baptiser « sans-papiers ».

Appliquée strictement, la loi Pasqua rend plus précaire la situation de certaines catégories d'étrangers (étudiants, demandeurs d'asile, maîtres auxiliaires), aboutissant parfois à des drames humains (couples mixtes dont le conjoint étranger ne peut être régularisé, enfants français ou nés en France dont les parents sont en situation irrégulière). Les effets du texte sont amplifiés du fait de leur application stricte par une administration perméable à la xénophobie ambiante que la loi Pasqua semble précisément encourager.

La mise en œuvre du nouveau texte se traduit d'abord par un apaisement du débat politique sur l'immigration, thème pratiquement absent de la campagne électorale de la présidentielle de 1995. Une grève de la faim de parents étrangers d'enfants français, pendant le duel Chirac-Jospin, aboutit dès le printemps 1995 à une timide circulaire de régularisation signée de Charles Pasqua qui reconnaît ainsi l'une des impasses du texte qu'il a fait voter deux ans plus tôt. Sans crier gare, les nouvelles vagues de l'immigration clandestine viennent de s'inviter dans le débat français. Leur avertissement, symptomatique d'une détresse méconnue, ne sera pas entendue. Un an plus tard, sous le nom de « sans-papiers », ils ébranleront le gouvernement.

L'irruption des sans-papiers

Élu à l'Élysée, Jacques Chirac hésite pourtant à remettre sur le tapis la question de l'immigration, comme le ministre de l'Intérieur, Jean-Louis Debré, l'y incite. Pour satisfaire la frange droitière de la majorité qui trépigne, la création d'une commission parlementaire sur l'immigration clandestine, présidée par Jean-Pierre Philibert, député UDF de la Loire, est acceptée. Mais ses propositions, rendues publiques en avril 1996, apparaissent si radicales et la constitutionnalité de certaines si douteuse qu'elles sont jugées politiquement périlleuses par le Premier ministre Alain Juppé et accueillies avec circonspection. Le projet de J.-L. Debré de faire voter « sa » loi sur l'immigration semble compromis, d'autant que les amis de Charles Pasqua s'opposent à toute retouche de « leur » loi.

Paradoxalement, l'irruption des sans-papiers dans le paysage de l'immigration va permettre au ministre de l'Intérieur de retourner la situation. Plus profondément, elle va modifier la façon dont la France voit ses immigrés. L'entrée en scène des « sans-papiers », c'est d'abord l'invention d'un mot qui inverse la perspective classique : ces immigrés en situation illégale ne sont pas des hors-la-loi mais des victimes. C'est aussi un formidable sens de la communication médiatique marqué par le choix de lieux de lutte hautement symboliques, la mise en avant des femmes et des enfants, le sens politique des énergiques porte-parole que furent les Sénégalais Madjiguène Cissé et Ababakar Diop. Mais c'est surtout la démonstration publique d'une détermination extrême à demeurer en France au prix d'une lutte longue et sans merci qui, déroutante pour les Européens, finit par forcer leur respect.

La saga des sans-papiers a commencé le 22 mars 1996. Ce jour-là, à l'aube, quelque 300 Africains, hommes, femmes et enfants, pénètrent discrètement dans l'église Saint-Ambroise, à Paris, et s'y installent. Évacués par la force de Saint-Ambroise, puis du gymnase Japy, ils trouvent refuge dans les locaux des théâtres de la Cartoucherie de Vincennes, puis dans des entrepôts de la SNCF, rue Pajol, avant d'occuper, à partir de la fin juin, l'église Saint-Bernard de la Chapelle. L'échec des tentatives de médiation proposées par des personnalités conduites par Stéphane Hessel, ambassadeur de France, et les fins de non-recevoir signifiées par le Premier ministre Alain Juppé et son ministre de l'Intérieur Jean-Louis Debré, les conduisent à entreprendre une grève de la faim qui, démarrée dans l'indifférence générale, suscite au cœur du mois d'août 1996 une vague de solidarité qui s'amplifie après l'évacuation de l'église par la police, le 23 août à l'aube. L'incapacité dans laquelle se trouve le gouvernement d'obtenir la reconduite à la frontière des « sans-papiers de Saint-Bernard », du fait de multiples erreurs de procédure et de la mobilisation d'avocats aux côtés des Africains, surprend l'opinion. Les sans-papiers ont fourni à Jean-Louis Debré la preuve qu'il attendait : les textes ne permettent pas des reconduites efficaces. Deux projets de loi, l'un sur la répression du travail clandestin confié au ministre du Travail Jacques Barrot, l'autre sur l'immigration, attribué au ministre de l'Intérieur, sont mis en chantier. Mais le projet Debré ne deviendra la loi du 24 avril 1997 qu'après avoir déclenché un vaste réveil civique lancé par un « appel à désobéir » signé par cinquante-neuf cinéastes, prolongé par une vague sans précédent de pétitions et une manifestation de 100 000 personnes à Paris, le 22 février. Ce mouvement oblige le gouvernement Juppé à revoir son projet sur les certificats d'hébergement. En voulant contraindre les personnes hébergeant un étranger à signaler son départ, le pouvoir a versé la goutte d'eau qui fait déborder la rue, celle qui compromet la liberté, non pas seulement des étrangers, mais de tous les citoyens.

La nouvelle loi retarde l'intervention du juge en cas de placement en rétention d'un étranger et limite les possibilités de mise en liberté ; elle permet aux policiers de pénétrer dans les lieux de travail et de fouiller les camions dans une zone de vingt kilomètres en deçà des frontières Schengen. Le texte contient également des mesures de régularisation pour quelques catégories d'étrangers victimes des impasses de la loi Pasqua. Mais la disposition qui remettait en cause la « carte de dix ans » conquise en 1984, en soumettant son renouvellement à l'« absence de menace à l'ordre public », est annulée par le Conseil constitutionnel.

Peut-on gagner des élections nationales « sur » l'immigration ? Dans le sillage répressif de la « loi Debré », une large partie de la droite est manifestement convaincue que c'est le cas. Le résultat du scrutin du printemps 1997, consécutif à la dissolution de l'Assemblée nationale par Jacques Chirac, montre l'inverse. Les partis qui ont combattu ce texte deviennent majoritaires au Palais-Bourbon. Et la mobilisation contre la « loi Debré » n'est probablement pas étrangère à cette divine surprise pour la gauche. Porté par cette vague, Lionel Jospin, qui s'installe à Matignon en juin 1997, fait immédiatement un signe en direction des sans-papiers et de ceux qui les soutiennent. Une circulaire est publiée, qui prévoit la régularisation de certains sans-papiers, notamment ceux ayant fondé une famille en France et ceux dont la vie serait mise en danger par un retour au pays. Puis, le 19 juin à l'Assemblée nationale, le Premier ministre annonce un « réexamen d'ensemble » de la législation et charge le politologue Patrick Weil de définir une politique d'immigration « ferme mais digne » et de réfléchir à la place du droit du sol dans la législation sur la nationalité. Les deux rapports remis six semaines plus tard jettent les bases des textes qui deviendront les lois Guigou sur la nationalité et Chevènement sur l'immigration, adoptées définitivement au début de 1998[1].

Le balancier des réformes des ordonnances de 1945 est relancé. Il ne s'agit plus de « supprimer » les lois Pasqua, comme l'avait promis le PS pendant la campagne électorale, mais d'abroger certaines des dispositions jugées les plus néfastes sur une base pragmatique consistant à rendre efficients les droits affichés (vivre en famille, asile, etc.), à entrouvrir les frontières pour les étudiants et les chercheurs, à alléger les contrôles excessifs, sur les mariages « mixtes » par exemple, mais aussi à renforcer l'efficacité de la reconduite à la frontière des sans-papiers et de l'expulsion des délinquants. Hormis sur ce dernier point, le gouvernement et le Parlement s'inspirent largement des travaux de Patrick Weil.

Des lois d'équilibre ?

Critiquée à gauche pour sa modération, à droite pour son laxisme, la loi Chevènement dite « Réséda » (relative à l'entrée et au séjour des étrangers et au

1. Patrick Weil, *Des conditions d'application du principe du droit du sol pour l'attribution de la nationalité française et pour une politique d'immigration juste et efficace*, Mission d'étude des législations de la nationalité et de l'immigration, rapport de la Commission sur l'immigration et la nationalité, La Documentation française, coll. « Rapports officiels », 1997.

droit d'asile » ; voir p. 283) balaie certains obstacles mis par la loi Pasqua à l'accès aux titres de séjour et crée des cartes spéciales pour les retraités, les scientifiques, les grands malades et les personnes disposant de liens personnels ou familiaux avec la France. Elle supprime le délai d'un an instauré en 1993 pour obtenir un titre de séjour après un mariage avec un ressortissant français. Elle assouplit les conditions du regroupement familial, remplace les certificats d'hébergement exigés pour les visites privées par de simples attestations d'accueil, et permet aux étrangers en situation régulière de percevoir les allocations aux personnes âgées, aux adultes handicapés et de logement social. Le texte crée deux nouvelles voies d'accès au droit d'asile. Il allonge de dix à douze jours le délai de rétention pour les étrangers en instance d'éloignement et prolonge en contrepartie le délai ouvrant droit à un recours pour l'étranger. Il maintient la possibilité pour les juges, ouverte par la loi Pasqua, d'interdire du territoire un père d'enfant français, mais les oblige à tenir compte de « la situation personnelle et familiale » de l'étranger.

En matière de nationalité, la loi Guigou rétablit partiellement la législation antérieure à 1993 : les enfants nés en France de parents étrangers deviennent français à leur majorité sauf s'ils ne le souhaitent pas. Leurs parents retrouvent le droit d'obtenir la nationalité pour eux à partir de treize ans et non dès la naissance comme avant 1993.

Pour combien de temps le curseur des lois sur l'immigration et la nationalité, en perpétuelle agitation depuis 1981, est-il stabilisé ? Rompant avec des années de tumulte, les textes de 1998 marquent en tout cas le début d'une période de sérénité, sinon de consensus, pendant laquelle l'immigration échappe à la politisation, à l'inverse de ce qui se passe en Italie ou en Grande-Bretagne. La défaite électorale de la droite après la dissolution de 1997, en particulier celle des candidats les plus radicaux sur ce sujet, a modéré les ardeurs. En témoignent la spectaculaire conversion de Charles Pasqua au credo de la régularisation des sans-papiers au lendemain de la victoire française dans la Coupe du monde de football[1] et, surtout, l'appel à la « décrispation » et au « consensus national » sur l'immigration lancé par Alain Juppé critiquant le slogan d'« immigration zéro » et sa propre gestion de l'affaire des sans-papiers[2].

Pourtant, si l'opération de régularisation et la nouvelle législation ont permis d'en finir avec des situations humainement intolérables et désamorcé nombre de conflits, elles n'ont pas permis de rompre avec des pratiques administratives restrictives qui en limitent la portée. Ainsi, la mesure phare de la loi Chevènement, véritable soupape de régularisation continue, qui permet la légalisation du séjour de toute personne présente *de facto* sur le territoire pendant dix ans, connaît une application limitée du fait de l'exigence très extensive de preuves de ce séjour par les services préfectoraux. D'autres dysfonctionnements persistent, voire s'aggravent, comme la saturation des « zones d'attente » dans les aéroports parisiens, les obstacles mis à l'enregistrement des demandes d'asile, dont le nombre croît et le délai

1. Entretien au *Monde* du 17 juillet 1998.
2. Entretien au *Monde* du 1er octobre 1999.

d'instruction s'allonge, ou le drame des « mineurs isolés », ces jeunes étrangers débarquant seuls et livrés à eux-mêmes, ou refoulés.

L'apaisement législatif est allé de pair avec un contexte doublement favorable : à l'embellie économique, qui atténue les tensions sociales, s'est ajouté l'éclatement de l'extrême droite qui modère la démagogie xénophobe. À l'arrière-plan de ce paysage nouveau, le succès black-blanc-beur de l'équipe de France de football au Mondial de 1998 et la formidable popularité de Zinedine Zidane, marseillais, fils d'ouvrier algérien, ont répandu l'image d'une France forte de son immigration. Combien de temps cette accalmie peut-elle durer ? L'irruption des migrations internationales sur la scène médiatique, avec notamment l'accueil des réfugiés de la guerre du Kosovo en 1999, le drame des clandestins chinois trouvés morts étouffés dans un camion à Douvres en 2000, la crise des demandeurs d'asile de Sangatte, ont replacé le débat public sur l'immigration dans un nouveau cadre, mondial ou, au minimum, européen. Sa perception par le public est de plus en plus internationale et l'essentiel des controverses prévisibles est à présent lié à l'harmonisation des législations dans l'Union européenne, notamment à propos du droit d'asile et de l'appel à la main-d'œuvre étrangère (voir p. 57). Trop souvent confondue avec les problématiques d'intégration sociale ou d'identité, la question des migrations est plus normalement resituée dans son contexte planétaire, comme le corollaire des inégalités économiques Nord-Sud, des guerres et du manque de démocratie et de libertés qui sévit sur la planète.

CHAPITRE III

DES CHIFFRES À LA FRANÇAISE

Il y a trop d'étrangers dans le monde.

COLUCHE

« Étrangers », « immigrés », « Français d'origine étrangère », « jeunes issus de l'immigration »... Rares sont les mots aussi piégés, aussi lourds de sous-entendus, que ceux qui désignent les populations concernées par l'immigration. Ce piège s'est refermé sur tous les débats des années 80 et 90. La controverse politique alimentée alors par les slogans abracadabrants de l'extrême droite a aussi été une bataille de chiffres. Bousculé par ces provocations, mis en cause par l'opinion, le système statistique français a affiché sa relative obsolescence. Il a été amené à adapter ses catégories aux problématiques de l'heure. Le lien entre la collecte, la présentation des chiffres et leur utilisation sociale et politique est apparu au grand jour. D'autant que l'intérêt prononcé du public pour ces « chiffres de l'immigration », publiés dans l'indifférence générale jusqu'aux années 80, ne procède pas seulement de l'exploitation politique, il reflète le passage, à partir de 1974, d'une immigration de travail perçue comme passagère à une immigration de peuplement aux conséquences immédiatement visibles.

Démographes et sociologues n'ont pas fini d'affiner les instruments de connaissance, dans un domaine où le pouvoir politique a tendance à redouter toute innovation, source potentielle de polémique publique. Des avancées ont été réalisées et les questions essentielles sont désormais sur la place publique. Mais comment analyser la « différence » dans une société qui rechigne à la reconnaître et, plus encore, à la nommer ? Comment définir des catégories compatibles avec ce rapport très particulier avec l'« autre » que l'on appelle « modèle français d'intégration » ? Comment caractériser des inégalités entre des « communautés » innommables, comment dénoncer des discriminations entre des groupes indéfinissables ? Ces questions ne se posent pas dans les pays anglo-saxons où dénombrer des personnes par référence à une catégorie « ethnique », qu'elles revendiquent souvent elles-mêmes, ne soulève aucune objection. Elles se trouvent, en revanche, au cœur de la problématique des « chiffres à la française ».

Qui compte qui et quoi ?

Tout, en la matière, commence par deux questions simples : qui rentre en France et en sort (ce sont les statistiques des flux d'immigration) ? Et combien d'étrangers et d'immigrés vivent en France (il s'agit alors du « stock » d'une population déterminée) ?

Souvent amalgamées, ces deux interrogations renvoient à des problématiques pourtant bien distinctes.

Dans le premier cas, il s'agit de mesurer un phénomène avant tout international – le nombre de

FIGURE 8

Les immigrés dans la population totale en 1999

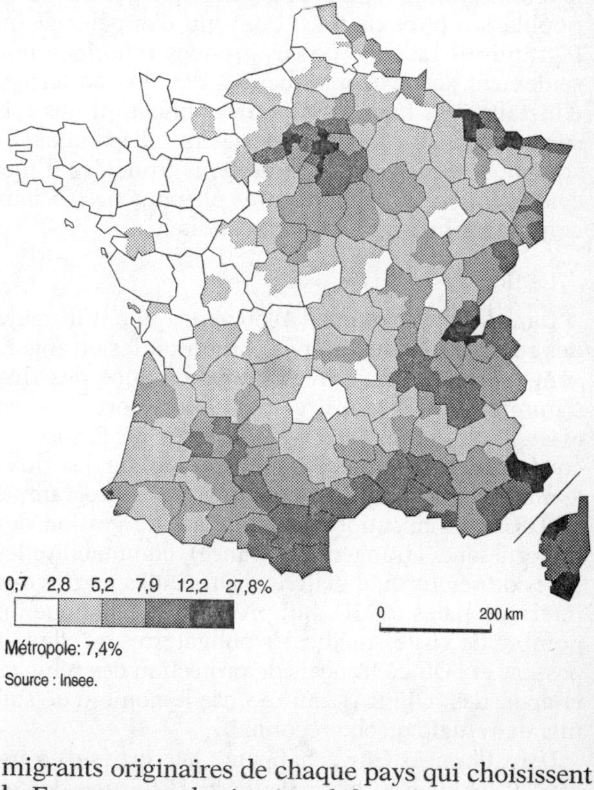

Métropole: 7,4%

Source : Insee.

migrants originaires de chaque pays qui choisissent la France pour destination définitive ou provisoire – dont les évolutions intéressent davantage la police aux frontières que les services sociaux locaux. L'analyse de l'évolution des flux reflète à la fois les tensions internationales et l'efficacité des politiques menées à l'échelon nationale ou européen.

Quant à la seconde question, celle du « stock », elle met plus immédiatement en cause la vie sociale, la cohabitation entre plusieurs catégories de la population et ce qu'il est convenu d'appeler l'« intégration ». Le suivi de ces groupes renseigne non seulement sur les conséquences des flux en termes d'installation, mais aussi sur l'application des lois sur la nationalité, certains étrangers « disparaissant » statistiquement après être devenus français ; il met également en jeu aussi d'autres phénomènes sociaux comme les mariages ou la fécondité.

Le flou des « flux »

Dans les pays comme l'Allemagne qui ont instauré des registres locaux de population où les étrangers sont tenus de s'inscrire, la connaissance des flux d'immigration – entrées mais aussi sorties – est aisée et continue. Ce n'est pas le cas en France où cœxistent trois sources d'information sur les flux : le ministère de l'Intérieur qui, grâce à son programme AGDREF (application informatique de gestion des ressortissants étrangers en France), comptabilise les titres de séjour qu'il délivre ; l'Office des migrations internationales (OMI), qui produit la statistique du nombre de visites médicales obligatoires qu'elle fait passer ; et l'Office français de protection des réfugiés et apatrides (OFPRA), qui recense le nombre de statuts de réfugié qu'elle reconnaît.

Deux données leur échappent : les sorties d'étrangers et les migrations irrégulières. Chacune de ces administrations – le ministère de l'Intérieur pour les titres de séjour, celui de l'Emploi et de la Solidarité pour l'OMI et celui des Affaires étrangères, tutelle de l'OFPRA – enregistre et publie donc à sa façon des données différentes, bien difficiles à mettre en cohérence, au surplus dans un climat de rivalité exacerbé par l'utilisation politique du résultat de leur travail. En outre, aucune des sources n'embrasse la totalité de la réalité, chacune ayant sa logique propre. Le ministère de l'Intérieur n'enregistre les étrangers mineurs qu'à l'âge (seize ou dix-huit ans) où la loi les oblige à posséder un titre de séjour et « oublie » donc une partie de la population. L'OMI n'enregistre plus les Européens depuis qu'ils sont dispensés de la visite médicale d'entrée. L'OFPRA, de son côté, ignore elle aussi les mineurs. Pendant longtemps, la publication parallèle de statistiques discordantes – celles du ministère de l'Intérieur étant plus élevées que les autres car plus complètes – n'avait pas manqué d'envenimer le débat politique, accréditant l'idée d'une incompétence de l'État, voire d'une manipulation. L'un des objectifs fixés au Haut Conseil à l'intégration (HCI) créé en 1989 par Michel Rocard, alors Premier ministre, a consisté à assurer la transparence et à faire cesser cette cacophonie. Cette dernière tâche, en dépit de progrès récents, n'est toujours pas achevée. L'absence de publication statistique par le ministère de l'Interieur entre 1990 et 1996, pour cause de mise au point de l'outil informatique, avait provisoirement apaisé les controverses. Le retour de cette source, qui a vocation à s'imposer de par sa quasi-exhaustivité, et la relance du HCI permettent d'entrevoir une issue favorable. Le principal sujet de controverse concerne les titres de séjour d'un an, que le HCI a décidé de considérer comme « à vocation permanente » alors que le ministère de l'Intérieur les classe parmi les titres provisoires. Outre l'amélioration du traitement informatique de ces données, souvent délaissé par les ministres de l'Intérieur, le nouveau défi à relever en la matière concerne l'harmonisation européenne des statistiques, aujourd'hui très disparates, qui figure au programme du traité d'Amsterdam (voir p. 57).

Concrètement, les données disponibles reflètent principalement les entrées sur le territoire – délivrance de visas et de titres de séjour –, complétées par les données concernant le traitement des demandeurs d'asile. À propos des retours, seuls ceux qui sont aidés financièrement et ceux qui sont obtenus par la force sont comptabilisés.

Ainsi, quelque 124 000 étrangers ont obtenu, en 2000, le droit à un séjour permanent en France[1]. Parmi eux, 93 000 sont des ressortissants de pays extérieurs à l'Union européenne. Ces chiffres bruts ne tiennent pas compte des départs et ne reflètent donc qu'une image partielle des flux.

L'immigration à caractère familial domine largement (63 %), suivie de très loin par celle de travail (17 %) et par l'asile (5 %). Globalement, ce chiffre, après les 111 000 de 1999, confirme la tendance à la hausse constatée depuis 1997 après la chute de la période 1993-1996. L'année 1998, avec 141 000 entrées recensées, apparaît atypique puisqu'elle inclut une large partie des 82 000 bénéficiaires de l'opération de régularisation décidée en 1997. Ces chiffres, non négligeables, contredisent le slogan de l'« immigration zéro », lancé en 1993 par Charles Pasqua et revendiqué explicitement ou non par les gouvernements des années 90. S'il est exact que les frontières ne sont plus « ouvertes » aux travailleurs (voir chapitre IV) depuis 1974, elles le restent assez largement

1. Haut Conseil à l'intégration, Groupe permanent chargé des statistiques, rapport pour l'année 2000, novembre 2001.

FIGURE 9

Évolution de l'immigration en France
en provenance de pays hors de l'Union européenne

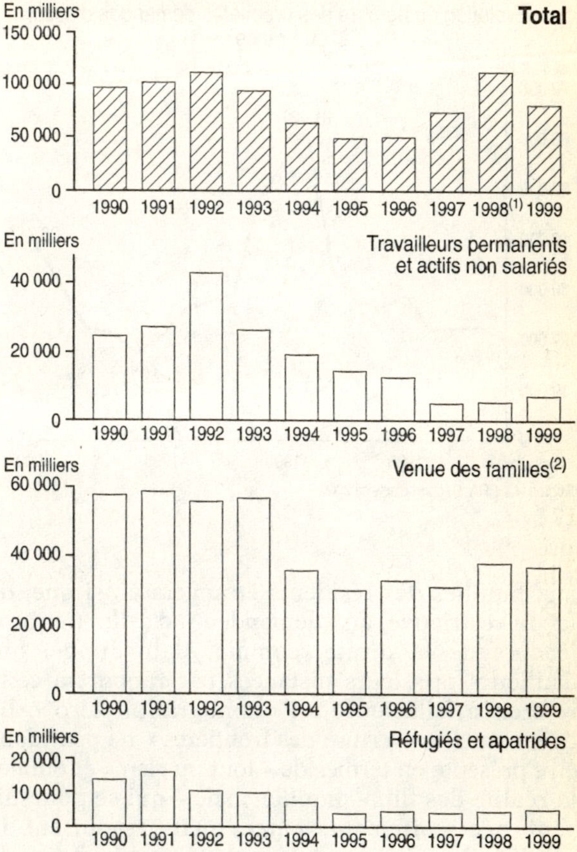

(1) Compte tenu de l'opération exceptionnelle de régularisation.

(2) Regroupement familial, membres de famille de Français et membres de familles de réfugiés apatrides.

Source : OMI et OFPRA (confectionné par l'INED).

FIGURE 10

Évolution du nombre des premières demandes d'asile en France

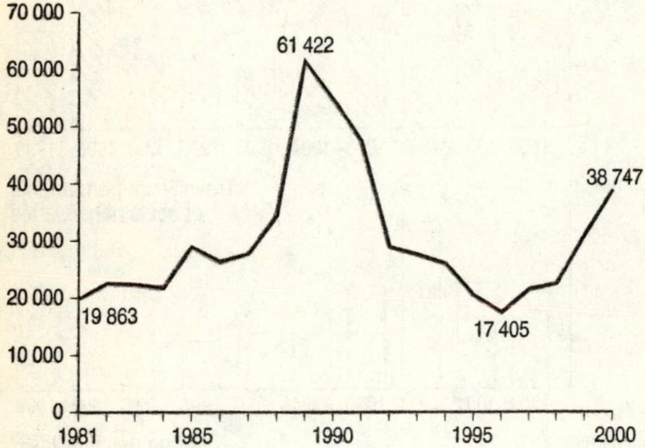

Source : OFPRA, Rapport d'activité 2000.

aux familles des résidents étrangers ainsi que, de façon restrictive, aux demandeurs d'asile. Certains leaders de la droite, comme Alain Juppé, ont d'ailleurs pris leurs distances par rapport à cette référence fallacieuse à l'« immigration zéro ». Le débat sur l'« ouverture des frontières » ne peut donc être présenté en termes de « tout ou rien » et oublier la réalité des flux – famille, asile – qui se poursuivent nécessairement, parce qu'ils traduisent le respect de principes fondamentaux des droits de l'homme (droit à la vie de famille, droit à l'asile en cas de crainte de persécution).

D'où arrivaient les nouveaux venus de 2000 ?

Principalement du Maroc (26 %), d'Algérie (23 %), d'Europe (16 %) et d'Afrique subsaharienne (13 %) s'il s'agit du regroupement familial. Du Maghreb (24 %), d'Asie (23 %), d'Amérique (21 %) et d'Europe (14 %) pour les travailleurs. Principalement du Sri Lanka et, dans une moindre mesure, de Turquie, du Sud-Est asiatique (Viêt-nam, Laos, Cambodge), de Yougoslavie, de République démocratique du Congo et du Rwanda, s'agissant des réfugiés.

À cette immigration permanente s'ajoute une immigration temporaire, elle aussi en hausse. Les chiffres en 2000 sont modestes concernant les travailleurs temporaires (7 500) et les saisonniers (7 900), mais plus conséquents en ce qui concerne les étudiants (55 000 dont 37 % d'Européens et 32 % d'Africains). Les demandeurs d'asile, en forte hausse depuis 1996, après une diminution depuis 1989 (39 000 demandes en 2000 ; contre 21 000 en 1997), émanent principalement de Chinois, de Turcs, de Maliens, de Congolais (RDC), de Yougoslaves, de Sri Lankais, d'Haïtiens et d'Algériens. Seuls 17 % d'entre eux environ obtiendront le statut de réfugié et donc le droit à un statut permanent.

Ces tendances reflètent la situation concrète aux frontières françaises où plusieurs dizaines de millions de passages sont enregistrés chaque année. Il s'agit en grande majorité de touristes. Aucun visa n'est requis pour les ressortissants d'une soixantaine de pays – les États riches en général – qui désirent effectuer un séjour de moins de trois mois. Mais les autres, et en particulier les nationaux de pays d'émigration, ont systématiquement besoin de ce sésame qui apparaît ainsi, avant les titres de séjour, comme le tout premier instrument de régulation des flux migratoires. La France a délivré plus de 2,1 millions

FIGURE 11

Origine des personnes déclarées étrangères dans les recensements depuis 1946

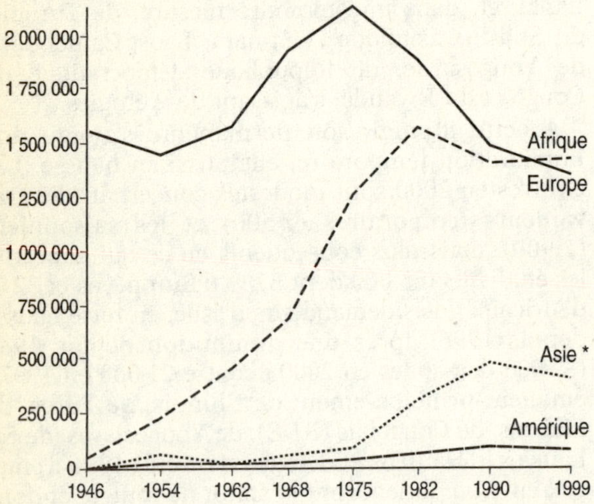

(*) Y compris la Turquie.

Source : INSEE.

de visas en 2000, dont 1,8 million pour un court séjour, principalement à des ressortissants d'Europe et du Maghreb.

Très parcellaires, en revanche, sont les statistiques des retours d'étrangers. S'ils s'effectuent spontanément (retraite, migration de rebond, etc.), ils échappent à tout recensement. Des estimations contestées ont fait état de 40 000 départs par an pour les années 80. Seuls sont réellement connus les quelques « retours aidés » dans le cadre des mesures d'incitation au retour concernant des étrangers licenciés ou en situation irrégulière (moins de 700 en 2000), ainsi que les retours contraints – interdictions du territoire, reconduites à la frontière et expulsions (voir p. 137 et le précis juridique p. 283) –, soit 9 200 en 2000. Une ultime approche des flux consiste à comparer les populations présentes lors de deux recensements successifs. Cette approche contestée évaluerait à environ 40 000 le nombre de départs annuels d'étrangers, soit un solde de 60 000 pour 100 000 entrées comptabilisées. Ainsi, selon l'INSEE, entre les recensements de 1990 et de 1999, il serait entré environ 630 000 étrangers nés hors de France de plus qu'il n'en est parti (par départ ou décès), soit 63 000 par an. Ultime approche possible des sorties, l'étude du non-renouvellement des titres de séjour conduit à estimer la fréquence des départs à 35 % des migrants durant la première année de leur séjour.

La photographie du « stock »

Nettement plus simple est l'enregistrement du nombre d'étrangers et d'immigrés en France. Le recensement, photographie de l'état de la population étrangère ou immigrée à une date donnée, en est l'instrument unique. Il traduit la présence en France mais nullement le statut juridique ou les raisons du séjour. Il enregistre en principe tous les étrangers, qu'ils séjournent régulièrement ou non, qu'ils soient nés en France ou entrés pour suivre des études, travailler, demander l'asile ou suivre leur conjoint ou leurs parents. Le recensement comptabilise en premier lieu les étrangers : la question est systématiquement posée depuis 1851. Sont ainsi considérées comme « étrangères » les personnes qui ont leur résidence permanente en France et déclarent n'avoir pas la nationalité française, qu'elles soient nées en France ou non. Il s'agit d'un critère juridique et objectif mais dont la collecte n'est pas aisée car certaines personnes font des déclarations erronées, liées à la complexité du code de la nationalité et aux possibilités de double nationalité. Ces erreurs concernent non pas les immigrés de nationalité étrangère, mais les personnes nées en France de deux parents étrangers. Certaines se déclarent étrangères alors qu'elles sont françaises, comme les enfants d'Algériens nés en France. À l'inverse, d'autres personnes se déclarent indûment françaises, comme les enfants mineurs, nés en France de parents étrangers, qui ne deviennent français qu'à dix-huit ans.

L'INSEE a ainsi compté 3 260 000 étrangers résidant en France métropolitaine lors du recensement de 1999, soit 5,6 % de la population[1]. Cette proportion accuse une baisse puisqu'elle était de 6,4 % au recensement de 1990 (3 580 000 étrangers) et de 6,8 % en 1982. Entre 1990 et 1999, la population étrangère a diminué de 9 %, soit 320 000 personnes. Cette tendance traduit probablement le résultat de la politique dite de « maîtrise des flux migratoires », mais surtout le succès des procédures d'acquisition de la nationalité qui ont permis à 900 000 étrangers de devenir français en dix ans. Entre 1982 et 1990, une stabilité de la population étrangère avait été

1. Le langage courant évoque les « 58 millions de Français » recensés par l'INSEE – l'affichage d'un nombre élevé traduisant une certaine fierté –, alors qu'il comptabilise en réalité l'ensemble des habitants du pays, étrangers compris.

constatée, reflétant l'équilibre entre le flux des entrées – environ 100 000 par an – et le nombre d'acquisitions de la nationalité. Ce second plateau de la balance, qui tend à faire diminuer le nombre d'étrangers, a pesé plus lourd entre 1990 et 1999. Ainsi, en 2000, tandis que 124 000 nouveaux immigrés se sont installés en France, plus de 150 000 étrangers déjà résidents sont devenus français. Parmi ces derniers, près de la moitié étaient des ressortissants des pays du Maghreb, 20 % étaient originaires d'Asie, 15 % d'Europe et 13 % environ d'Afrique noire.

Cet effet marqué des naturalisations sur la statistique des étrangers explique, sans la justifier, la contradiction entre le constat objectif d'une baisse

FIGURE 12

Évolution de la population étrangère en France au xxe siècle

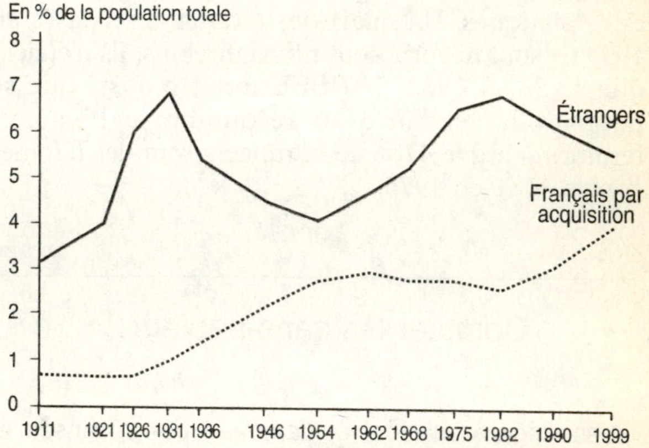

Source : INSEE.

fait par le recensement et l'impression répandue selon laquelle les étrangers seraient « de plus en plus nombreux ». Cette croyance résulte d'une augmentation de la proportion d'habitants ayant acquis la nationalité française au cours de leur vie, que leur apparence physique et leur statut social font souvent considérer comme des immigrés. Ce mécanisme est renforcé par la diversification des origines représentées parmi les naturalisés aussi bien que parmi les étrangers. D'après le recensement, trois nationalités étrangères dominent en France : portugaise (554 000 personnes), marocaine (504 000) et algérienne (477 000), suivies par la turque et l'italienne (environ 200 000 chacune) et la tunisienne (154 000). Quatre étrangers sur dix sont des ressortissants de l'Union européenne, proportion stable par rapport à 1990 mais en baisse sur le long terme. Entre 1990 et 1999, les effectifs de toutes les nationalités ont baissé, à l'exception des Turcs, des Allemands, des Britanniques, des Belges ainsi que des Africains et des Asiatiques. Un quart des étrangers recensés en 1999 ne sont ni européens ni maghrébins. Ils n'étaient que 13 % en 1982. L'INSEE montre aussi que se poursuit la tendance au rééquilibrage hommes-femmes puisque 47 % des étrangers sont des femmes contre 40 % en 1975.

Compter les sans-papiers ?

Les illégaux ne sont évidemment pas recensés et n'apparaissent donc dans aucune statistique officielle.

La difficulté de les dénombrer apparaît d'autant plus forte qu'il existe plusieurs manières d'être illégal. L'illégalité à l'égard des règles du séjour (ordonnance de 1945) peut résulter soit d'une entrée clandestine en France, soit d'une prolongation du séjour au-delà de la période autorisée (trois mois pour un visa de tourisme, un an renouvelable pour les étudiants, ou après un refus de demande d'asile). S'il n'existe évidemment pas de statistique officielle du nombre d'étrangers en situation illégale, des évaluations sont disponibles. Le Bureau international du travail a estimé à 350 000 le nombre de migrants illégaux en France en 1991. Les chiffres de 200 000 à 250 000 sont cités pour les années 90[1]. Une approche du phénomène consiste à considérer les résultats des opérations de régularisation. Ainsi, 142 000 sans-papiers ont déposé un dossier en vertu de la circulaire Chevènement de 1997 permettant une régularisation basée sur certains critères (durée du séjour, attaches familiales, maladie, etc.). Beaucoup de ces dossiers présentaient des situations éloignées des critères de régularisation, ce qui amène à penser que de nombreux étrangers en situation irrégulière sont alors « sortis du bois », et que la statistique des dossiers déposés reflète une grande partie de la réalité.

Une autre référence peut être recherchée dans la première opération de régularisation collective, effectuée sur des critères plus larges en 1981-1982. 150 000 illégaux s'étaient alors présentés dans les préfectures et 130 000 avaient obtenu des papiers. D'autres indica-

1. Une analyse exhaustive des différentes méthodes d'approche du nombre des illégaux est contenue dans le rapport de Daniel Delaunay et Georges Tapinos intitulé *La mesure de la migration clandestine en Europe* publié en 1998 par Eurostat, Office des statistiques des communautés européennes. Disponible sur Internet : http://europa.eu.int/eurostat.html

tions sont fournies par la situation de 1989 : des illégaux étaient accourus dans les préfectures, suite à une rumeur de régularisation née du discours des vœux du président de la République. Dans le Vaucluse, 2 000 illégaux, soit près de 5 % de la population étrangère régulièrement enregistrée, s'étaient ainsi présentés, proportion proche de celle enregistrée lors de l'opération de 1981. Quant au nombre de demandeurs d'asile déboutés qui, en demeurant sur le territoire, alimentent en partie l'immigration illégale, il a été évalué à 70 000 par le gouvernement et à 100 000 par les associations humanitaires en 1991. À cette époque, la situation de détresse des « déboutés », victimes de l'extrême lenteur de l'administration, a conduit le gouvernement à accepter une opération limitée de régularisation qui a permis de régulariser quelque 20 000 d'entre eux.

En tout état de cause, une approximation du nombre d'étrangers en situation illégale doit tenir compte non seulement des entrants mais des sortants, dont on ne parle que rarement. La précarité de la situation du clandestin en France et les réalités de l'immigration qui est faite de flux permanents ne permettent, en aucun cas, de raisonner en termes d'accumulation successive de populations.

Des étrangers aux immigrés

Le décalage entre les statistiques, qui reflètent la stabilité du nombre des étrangers, et l'augmentation de la population socialement perçue comme étrangère mais ayant acquis la nationalité française est une source de malaise qu'utilise l'extrême droite pour jeter le doute sur les chiffres officiels et diffuser ses propres estimations souvent délirantes. Soumise aux intenses controverses des années 80 et 90, la statistique des « étrangers » n'a pas tardé à manifester ses faiblesses. En s'en tenant à une catégorie strictement juridique conforme à la tradition française excluant toute référence ethnique[1], elle masquait une partie de la réalité la plus difficilement vécue par les intéressés eux-mêmes : les conséquences du fait migratoire. Des étrangers peuvent être nés en France et, par conséquent, n'être nullement des immigrés au sens strict du terme, tout en conservant leur nationalité d'origine. Mais à l'inverse et surtout, nombre de Français ont vu le jour à l'étranger et sont donc des immigrés ayant acquis la nationalité française. C'est cette catégorie, ignorée des analyses basées sur la catégorie d'« étrangers » mais extrêmement présente dans la perception sociale des phénomènes migratoires et donc indispensable pour les appréhender correctement, qui a été progressivement construite, puis reconnue officiellement dans les années 90 « pour restituer la cohérence des parcours en se plaçant du point de vue des populations concernées[2] ». Il ne s'est alors nullement agi de coller à l'usage commun, souvent lourd de préjugés, de ces mots.

Ainsi, alors que le *Petit Robert* définit l'immigré comme celui qui est « venu de l'étranger », on donne couramment à ce mot un sens ambigu, mêlant la nationalité à des éléments subjectifs inspirés par la visibilité particulière de certaines personnes. Le terme

1. On retiendra comme caractéristique du fait ethnique la conscience d'appartenir à un groupe, enracinée dans une histoire commune, réelle ou supposée.

2. Patrick Simon, « Nationalité et origine dans la statistique française. Les catégories ambiguës », *Population*, n° 3, 1998.

« immigré » fait ainsi référence à l'apparence physique, à la couleur de la peau, tout comme au statut social, au mode de vie supposé, voire à la crainte qu'inspire quelqu'un. Un diplomate ou un banquier étranger n'est pas considéré comme « immigré », alors que des enfants de travailleurs immigrés, nés en France et de nationalité française, sont couramment qualifiés d'immigrés même s'ils ne sont nullement « venus de l'étranger ».

FIGURE 13

Étrangers et immigrés

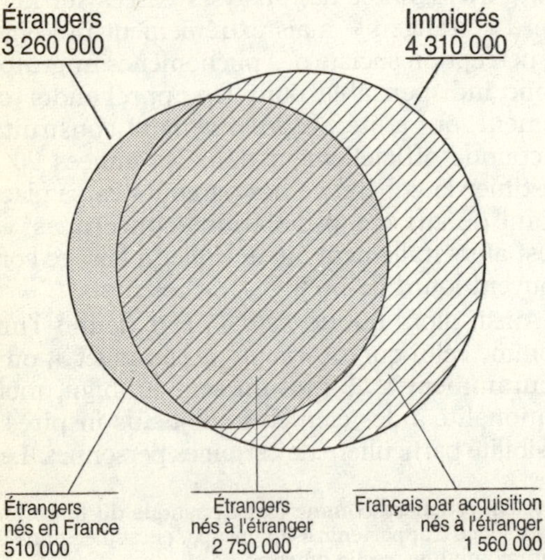

Source : INSEE, recensement de la population 1999.

La définition de l'« immigré » retenue par les démographes tourne le dos à ces approximations qui pèsent négativement dans le processus dit d'intégration. Elle considère simplement qu'est « immigrée » toute personne « née étrangère à l'étranger, qui s'est installée en France[1] ». Cette personne peut être de nationalité étrangère ou avoir acquis la nationalité française. Selon le recensement, il y avait 4,31 millions d'immigrés en France en 1999 (7,4 % de la population métropolitaine), soit 145 000 de plus qu'en 1990. Leur nombre a ainsi progressé de 3,4 %, soit un rythme équivalant à celui de l'ensemble de la population : la stabilité de la proportion d'immigrés, enregistrée depuis 1975, est donc confirmée. Tandis que le nombre d'étrangers a diminué entre le recensement de 1990 et celui de 1999 (voir p. 120), le nombre d'immigrés a donc connu une augmentation.

Parmi ces 4,31 millions d'immigrés, 1,56 million, soit plus d'un sur trois, est de nationalité française et un sur deux est une femme. Si la plus grande partie des immigrés (45 %) provient d'Europe, cette proportion est en baisse constante (elle était de 57 % en 1975), tandis que les non-Européens progressent notablement : près d'un immigré sur trois est maghrébin ; les autres sont principalement originaires de Turquie, du Viêt-nam, du Sénégal et du Cambodge.

L'adoption de la catégorie « immigrés » a constitué une petite révolution, mais elle était largement préparée du fait que les recensements français

1. Une personne née à l'étranger mais française par sa filiation n'est donc pas considérée comme « immigrée ». C'est le cas des enfants d'expatriés par exemple.

répertorient depuis un siècle et demi les lieux de naissance, caractérisant l'immigration. Michèle Tribalat, démographe à l'Institut national d'études démographiques (INED), principale artisane de ce changement avalisé par le Haut Conseil à l'intégration en 1991 et par l'INSEE en 1997[1], a eu beau jeu de démontrer que le glissement pouvait s'opérer à questionnaire égal, sans bousculer le schéma français de la citoyenneté. Elle a aussi souligné que la nouvelle référence aux « immigrés » permettait de prendre en compte plusieurs catégories ignorées jusqu'à présent, comme les enfants nés en France de parents immigrés, qui sont français à dix-huit ans, ou les personnes issues de l'immigration qui, assimilées, sont devenues françaises. La nouvelle nomenclature, ancrée sur une donnée fixe – le lieu de naissance –, a aussi l'avantage de permettre de suivre un échantillon dans le temps. Ses contempteurs protestent contre le démembrement du critère de la nationalité. Ils oublient que, de longue date, l'intérêt manifesté pour l'observation du processus d'« assimilation » a conduit à dépasser la seule référence nationale : depuis 1871, le recensement distingue, parmi les nationaux, les « Français de naissance » des « Français par acquisition », autrement dit les Français d'origine étrangère.

L'augmentation de la proportion de ces « Français par acquisition » est presque continue depuis le début du XXe siècle. Elle reflète les vagues successives d'immigration. Alors que les « Français par acquisition » ne représentaient que 1 % de la population nationale en 1931, ils en constituaient 2 % en

1. *Les immigrés en France*, INSEE, coll. « Contours et caractères », février 1997.

1945 et près de 2,9 % en 1962. Ce taux est resté quasiment stable entre 1962 et 1982, mais la vague d'immigration des années 60-70 se traduit depuis lors par une hausse du taux de Français de fraîche date.

En 1999, la France comptait 5,6 % d'étrangers (6,8 % en 1982) et 4 % de « Français par acquisition »

FIGURE 14

Répartition de la population résidant en France métropolitaine selon le lieu de naissance et la nationalité aux différents recensements

Années	Population totale	Nés en France (métropole et DOM-TOM)			Nés à l'étranger			Ensemble immigrés
		Français de naissance	Français par acquisition	Étrangers	Français de naissance	Français par acquisition (1)	Étrangers (2)	(1) + (2)
1911	39 192	37 652	85	218	127	168	942	1 110
1921	38 798	36 847	80	277	164	174	1 255	1 429
1926	40 228	37 384	45	325	187	204	2 084	2 288
1931	41 228	37 937	56	291	216	306	2 423	2 729
1936	41 183	38 220	100	288	248	416	1 910	2 326
1946	39 848	36 908	301	310	343	552	1 434	1 986
1954	42 781	39 571	295	245	377	773	1 520	2 293
1962	46 456	42 133	336	220	905	931	1 931	2 861
1968	49 756	44 009	297	402	1 766	1 019	2 262	3 281
1975	52 599	45 907	280	667	1 858	1 112	2 775	3 887
1982	54 296	47 169	254	845	1 981	1 167	2 870	4 037
1990	56 652	49 556	472	739	1 719	1 308	2 858	4 166
1999	58 520	51 340	800	510	1 560	1 560	2 750	4 310

En 1911, les frontières de la métropole sont celles de 1871. Avant 1962, les personnes nées à l'étranger sont nées hors des métropoles et des DOM-TOM de l'époque. À partir de 1962, ce sont les personnes nées hors de France métropolitaine et hors Antilles, Guyane, Réunion, TOM selon le territoire de 1990. Les originaires d'Algérie, bien que juridiquement français et nés sur un territoire français avant 1962, sont comptés avec les étrangers nés à l'étranger : de 1964 à 1968, ils ont été dénombrés comme Musulmans algériens. En revanche, les rapatriés d'Algérie, Français de naissance, ne sont pas des immigrés. De 1911 à 1968, le lieu de naissance non déclaré des Français de naissance est supposé être la France, celui des étrangers ou Français par acquisition, l'étranger.

Sources : Recensements de la population ; de 1911 à 1946, résultats des dépouillements exhaustifs ; 1954, estimation à partir de dépouillement exhaustif ; 1962 et 1968, exploitations au 1/20, 1975 au 1/5, 1982 et 1990 au 1/4.

(2,6 % en 1982), soit 2,35 millions de personnes nées étrangères et devenues françaises au cours de leur vie. Parmi elles, plus de 55 % sont originaires d'Europe, 22,7 % du Maghreb, 12,3 % d'Asie et 7 % d'Afrique noire[1].

Les statistiques des immigrés incluent ainsi les personnes ayant acquis la nationalité française et permettent d'affiner la connaissance des mécanismes de l'intégration *via* l'acquisition de la nationalité française. Ces chiffres reflètent une vision plus fine et dynamique d'un phénomène essentiellement transitoire. Ainsi, le rythme d'accès à la nationalité diffère selon les origines. Au total, 36 % des immigrés ont acquis la nationalité française mais ce taux est plus fort chez les originaires d'Italie (57 % de Français) que chez ceux venus du Portugal (17 %) ou du Maghreb (14 %), plus récemment arrivés. Ces statistiques montrent aussi à quel point ont varié les origines des nouveaux arrivants. Alors que près de 80 % des immigrés étaient d'origine européenne dans les années 60, avec une large prédominance des Italiens (32 %), les Européens forment à peine la moitié (45 %) du total actuel. Aujourd'hui, les Portugais sont les plus nombreux (14,4 %), suivis par les Algériens (13,3 %), les Italiens (11,6 %), les Marocains (11 %) et les Espagnols (9,5 %). La part des Africains noirs n'est que de 6,6 % mais elle a doublé en trente ans. Ces évolutions ne sont que relatives puisque 45 % des immigrés présents en France en 1999 restent d'origine européenne (contre 61 % huit ans plus tôt). La population immigrée est atypique, puisque les

1. André Lebon, *Immigration et présence étrangère en France en 1999. Premiers enseignements du recensement*, La Documentation française, 2001.

jeunes y sont presque absents, par définition. Elle l'est aussi, de façon plus inattendue, par la forte présence de personnes âgées. Le phénomène est particulièrement frappant dans l'immigration d'origine européenne, où les plus de soixante-cinq ans forment plus de 30 % du total (contre 14,8 % dans l'ensemble de la population). Ces courants anciens se sont taris, tandis que les nouvelles générations, nées en France, disparaissent du paysage de l'immigration.

Sommes-nous « tous des immigrés » ?

Si les mouvements migratoires vers la France ont toujours eu des motivations économiques, ils répondent aussi à des besoins démographiques. L'apport démographique de l'immigration a été précisé dans une étude menée à l'Institut national d'études démographiques (INED), grâce à un suivi minutieux des processus d'acquisition de la nationalité sur trois générations parmi la population actuelle de la fin des années 80[1].

Aux 4 millions d'immigrés de la première génération, dont plus du quart ont acquis la nationalité française, s'ajoutent leurs enfants. Ces derniers, nés en France, ne sont pas des immigrés. Ils sont 5 millions et quatre sur cinq sont français. Enfin, les petits-enfants des immigrés – la troisième génération – sont tous français et représentent à nouveau quelque 5 millions de personnes. Au total, 14 millions de personnes vivant

1. Michèle Tribalat (sous la dir. de), *Cent ans d'immigration. Étrangers d'hier, Français d'aujourd'hui*, PUF-INED, 1991.

en France sont donc d'origine étrangère, c'est-à-dire soit elles-mêmes immigrées, soit enfants ou petits-enfants d'immigrés. Parmi elles, 10 millions sont de nationalité française. Ainsi, près d'un Français sur cinq a un parent ou un grand-parent étranger. Ces chiffres donnent une idée de la force du processus d'intégration et du poids de l'immigration dans la croissance de la population française.

Aujourd'hui, selon l'INED, près d'une naissance sur cinq est attribuable à un immigré arrivé en France depuis un siècle. Dans le même laps de temps, l'immigration a apporté à la population française 10 millions d'individus dont près des deux tiers sont déjà français. Sans cet apport, la France n'aurait compté que 45 millions d'habitants en 1990 et la croissance démographique aurait été réduite de 40 % depuis 1945. L'immigration a ainsi permis de maintenir la natalité et de freiner le vieillissement de la population. Au total, 11,1 % des enfants nés en France en 1990 avaient deux parents étrangers, la proportion passant à 15,4 % en comptant les enfants de couples mixtes et ceux nés hors mariage d'une mère étrangère. Cependant, cet apport démographique a tendance à s'émousser en raison, d'une part, de la suspension de l'immigration de travail depuis 1974 et de la baisse progressive de la fécondité des femmes étrangères. Celle-ci reste supérieure à la fécondité des femmes françaises. En 1982, le nombre moyen d'enfants était de 1,84 chez les femmes françaises et de 3,16 chez les étrangères. Il a chuté respectivement à 1,71 et 2,81 en 1990. La baisse est particulièrement spectaculaire chez les femmes maghrébines. Les femmes de nationalité algérienne vivant en France, qui avaient en moyenne près de neuf enfants en 1968, n'en ont plus que 3,2 en 1990, alors que leurs compatriotes vivant en Algérie en ont en moyenne 5,4. Les femmes d'Afrique noire, arrivées plus récemment, connaissent une évolution comparable : leur indice de fécondité est passé de 5,1 en 1982 à 4,8 en 1990. La tendance générale au rapprochement de la moyenne française est l'un des signes de la poursuite du processus d'intégration. Les femmes espagnoles et italiennes vivant en France ont même moins d'enfants que les autochtones (respectivement 1,5 et 1,4 en 1990), mais plus que leurs compatriotes restées au pays.

Des catégories à la réalité

Si l'invention de la catégorie « immigré » a permis à l'analyse statistique de quitter les œillères du « tout national », elle ne pouvait suffire à contredire les fantasmes courant sur certaines populations, ni rendre compte des phénomènes, comme la discrimination, à l'œuvre dans une société travaillée par l'ethnicité. Pourquoi des petits-fils d'immigrés, nés en France et de nationalité française, continuent-ils d'accéder plus difficilement que la moyenne à l'emploi, au logement, aux boîtes de nuit ? Les possibilités d'intégration diffèrent-elles selon les origines ? S'améliorent-elles avec le temps ? Qu'en est-il des relations entre populations issues de différentes cultures ? La tradition de l'intégration individuelle, appuyée par l'expérience de l'occupation nazie et de la persécution des juifs, interdit légitimement, en France, toute classification se référant à une « race » ou à une religion. La pratique coloniale, largement refoulée de la mémoire nationale, qui faisait de certains Français – les Européens – des citoyens tandis que d'autres – les sujets –, musulmans notamment, ne l'étaient pas, alourdit encore la méfiance à l'égard de toute classification ethnique.

La voie est donc étroite pour forger, aujourd'hui, d'autres outils destinés à approcher des populations non plus « étrangères » ni même « immigrées » mais « issues de l'immigration ». Cette évolution, en cours, ne va pas sans provoquer de vives controverses qui posent la question des limites acceptables du repérage des origines dans des fichiers et de l'utilisation des données ainsi collectées.

La première percée a été effectuée en 1991 par Michèle Tribalat dans un travail de simulation qui a permis, en « remontant » les générations, d'évaluer l'apport démographique de l'immigration depuis le début du XXe siècle (voir p. 131). Une autre étude, publiée en 1993, a permis d'étudier la concentration de jeunes issus de l'immigration en définissant la notion de « ménage à chef immigré » répertorié en fonction des seules indications du recensement, les caractéristiques du « chef de ménage » étant ensuite attribuées à l'ensemble des personnes vivant sous le même toit. La population ainsi définie englobe les conjoints de couples mixtes et les enfants nés en France de parents immigrés. Elle compte 6,1 millions de personnes, dont 40 % sont nées en France et n'ont donc rien d'immigrés. Focalisé sur les 0-25 ans, ce travail a estimé que 17 % des jeunes de cette classe d'âge, la plus touchée par l'exclusion, était d'origine étrangère dans le pays. En Seine-Saint-Denis, ce taux atteint globalement 45 %. Il dépasse 50 % dans le 19e arrondissement de Paris et dans certaines communes comme Saint-Denis, Aubervilliers, La Courneuve (Seine-Saint-Denis), Sarcelles (Val-d'Oise),

Trappes, Mantes-la-Jolie (Yvelines), Vaulx-en-Velin (Rhône) ou Dreux (Eure-et-Loir)[1].

---

60 % des immigrés sont concentrés dans trois régions

La concentration croissante des immigrés en Île-de-France – 37 % de l'ensemble des immigrés en 1999 – est un autre phénomène perceptible sur le terrain, mais masqué par les moyennes nationales du recensement. Alors que la France compte 7,4 % d'immigrés, plus d'un Parisien sur six est immigré et plus d'un habitant sur cinq en Seine-Saint-Denis. La région parisienne concentre presque la moitié des arrivées de familles étrangères et 70 % des nouveaux demandeurs d'asile. À Paris, la part des immigrés est forte dans les 10e, 11e et 19e arrondissements mais aussi, dans une moindre mesure, dans les quartiers chics du 8e et du 16e où sont concentrés les cadres étrangers, les Portugais, les Espagnols.

D'une manière générale, la carte de France de l'immigration (voir p. 111) correspond à celle des grands centres urbains et industriels alors que les régions de l'Ouest et du Centre comptent très peu d'immigrés (moins de 2,5 %). La part d'étrangers dans une commune est proportionnelle à sa taille : les communes rurales n'accueillent, en moyenne, que

1. Michèle Tribalat, « Immigration », in *La société française contemporaine,* Cahiers français, n° 291, La Documentation française, 1999.

3 % d'immigrés, tandis que les villes de plus de 200 000 habitants atteignent 8 %. Rhône-Alpes et Provence-Alpes-Côte d'Azur sont, hormis l'Île-de-France, les deux régions qui accueillent le plus d'immigrés (11 % et 10 %). Les trois régions les plus peuplées du pays rassemblent ainsi près de 60 % des immigrés. Entre les recensements de 1990 et de 1999, la proportion d'immigrés a augmenté en Île-de-France et en Alsace mais elle a diminué dans toutes les régions méridionales et en région Rhône-Alpes où elle demeure cependant supérieure à la moyenne nationale.

De plus vaste portée, l'enquête « Mobilité géographique et insertion sociale » (MGIS) menée entre 1992 et 1995 par l'INED reposait, elle, sur un échantillon spécifique tiré du recensement (voir p. 194). Seule enquête nationale et globale sur l'intégration effectuée en France, elle a été contestée pour s'être référée au critère d'« origine ethnique », fondé sur le lieu de naissance des individus et de leurs parents, et sur celui d'« appartenance ethnique », défini à partir de la langue maternelle des enquêtés et de leurs parents. Selon le principal accusateur, le démographe Hervé Le Bras, cette démarche remet en cause le modèle républicain qui ne connaît que le critère de nationalité[1]. En se portant au-devant des préjugés raciaux, elle porterait en germe le risque d'une dérive xénophobe, estime Hervé Le Bras, qui, révulsé par le recours à la catégorie des « Français de souche », souhaite que les critères liés aux

1. Hervé Le Bras, *Le démon des origines*. Voir aussi *Le Monde* du 6 novembre 1998.

origines ne soient pas utilisés dans des enquêtes nationales. D'autres critiques portent sur le fait d'ériger, au nom d'une proximité avec le « sens commun », l'ethnicité en critère déterminant d'un processus aux données nettement plus complexes, notamment sociales et politiques[1]. Michèle Tribalat a répliqué que les critères utilisés par elle ont permis de montrer que la France est riche de l'apport des immigrés. Elle estime aussi que les discours fondés sur la seule catégorie des « étrangers » ont donné du sens aux arguments de l'extrême droite destinés à discréditer l'instrument statistique. D'autres auteurs dénoncent le « bricolage » de catégories uniquement fondées sur de prétendues données culturelles, tout en brocardant les « diabolisations outrancières » des classifications ethniques. Appelant à « dépasser les oppositions stériles entre ethnicité et classe », ils prônent des analyses articulant l'origine et la position socio-économique[2].

Expulsions et reconduites à la frontière : entre discours et réalité

S'il est un domaine où les discours publics ne correspondent guère à la réalité, c'est celui de l'efficacité des mesures d'éloignement forcé prises à l'égard des

1. Alain Blum, « Comment décrire les immigrés ? », *Population*, n° 3, 1998.
2. Patrick Simon, « Nationalité et origine dans la statistique française », *op. cit*.

étrangers en situation irrégulière. En dépit de déclarations ministérielles musclées, seul un cinquième des décisions de reconduite à la frontière (étranger sans papiers) et d'expulsion (étranger délinquant menaçant l'ordre public) sont globalement exécutées. Pourtant, chaque réforme de la législation sur l'immigration prétend améliorer l'efficacité du système. En vain ou presque. Alors que le taux oscillait autour de 20 % depuis 1992, il a frôlé 29 % en 1997, chiffre déjà atteint au début de la décennie. En 2000, 9 230 étrangers ont été effectivement éloignés (dont 426 expulsés) sur 43 739 décisions mises à exécution, soit un taux d'exécution de 21,1 %. Ce chiffre moyen recouvre de grandes disparités selon les situations : les décisions d'éloignement pour infraction à la législation sur les stupéfiants sont davantage suivies d'effet que celles concernant des personnes interpellées sur la voie publique. Lorsque la personne n'est connue que par son adresse, moins de 1 % des décisions sont exécutées. La réalité est que la grande majorité des sans-papiers contrôlés est rapidement remise en liberté par manque de place dans les centres de rétention, ou parce que des arguments humanitaires ou les incohérences de la loi convainquent les policiers.

Ainsi, sur 28 000 étrangers en situation irrégulière interpellés à Paris en 1996, 22 000 ont été relâchés dans l'heure et quelque 1 700 effectivement reconduits, soit 7 % du total. Même lorsque l'étranger est incarcéré et se trouve donc à la disposition des autorités, il n'est remis à l'avion que dans un cas sur deux. Ce paradoxe s'explique par le manque de coordination entre l'administration pénitentiaire et la police, les règles complexes des libérations conditionnelles et des remises de peine et le désintérêt des juges d'application des peines pour cette procédure.

Quant aux personnes en liberté échappant à la reconduite, elles y parviennent le plus souvent en ne répondant pas aux convocations ou en faisant disparaître leur passeport et en se déclarant sous de fausses identité et nationalité, ou parce que le consulat de leur pays d'origine traîne les pieds pour délivrer le laissez-passer indispensable à leur retour. Plus rares sont les inexécutions pour refus d'embarquer (5 % du total) ou absence de moyen de transport disponible pendant le délai légal de rétention. Le recours aux « charters », inauguré en 1986 par Charles Pasqua, systématisé par Jean-Louis Debré et abandonné en 1997 par Jean-Pierre Chevènement, permet de contourner ces derniers obstacles. Mais il induit un effet de rafle parmi les nationaux des pays de destination, qui multiplie les risques d'erreurs et de bavures. Coûteux (500 000 à 700 000 francs pour un Paris-Bamako), il n'a jamais représenté guère plus de 10 % du total des reconduites. L'amélioration de l'efficacité des reconduites passe probablement moins par la prolongation du délai légal de rétention, limité à une dizaine de jours par le Conseil constitutionnel (alors qu'il peut atteindre des mois dans certains pays européens), que par la diplomatie, qui permet de s'assurer de la bonne volonté des consuls, et par la coopération internationale, comme c'est le cas avec les pays de Schengen, qui s'engagent à réadmettre les sans-papiers ayant transité par leur territoire.

CHAPITRE IV

EMPLOI, ÉCONOMIE : LES IMMIGRÉS EN PREMIÈRE LIGNE

Les Ritals, on est mal piffés. C'est parce qu'il y en a tellement par ici.

CAVANNA
Les Ritals

L'embellie économique et la pénurie de main-d'œuvre dans certains secteurs (informatique, restauration, bâtiment, santé) rappellent une réalité que la vivacité des débats sur l'intégration, le racisme ou les flux d'entrée avait fini par masquer : le travail reste le motif premier de la plupart des migrations. Certes, le symbole du travailleur immigré, OS dans l'automobile, recruté dans son village d'origine par le patronat français pour être employé à une tâche pénible, a perdu de sa force. L'immigration de travailleurs a été « interrompue » en 1974. Puis, dans les années 80, les étrangers ont été parmi les premières victimes des restructurations qui ont réduit l'emploi ouvrier, sans que les travailleurs français en bénéficient.

Vingt ans plus tard, alors que les retombées de la reprise économique (1998-2001) restent incertaines pour les immigrés, les travailleurs étrangers ou d'origine étrangère demeurent marqués par deux décennies d'explosion du chômage, tendance encore alourdie par la progression de l'emploi féminin. Aujourd'hui, les entrées de travailleurs immigrés s'effectuent principalement par le regroupement familial (femmes et jeunes surtout), l'immigration spécifiquement de travail demeurant limitée à quelques milliers de salariés hautement qualifiés, à des saisonniers, auxquels s'ajoute un nombre indéterminé de migrants irréguliers (voir p. 122). La situation d'expansion des deux décennies d'après-guerre n'est plus qu'un lointain souvenir.

De la chaîne à la précarité

À cette époque d'immigration « facile », entre 1955 et 1973, les étrangers avaient contribué pour plus de la moitié à la croissance de la population active totale de la France. Plus de 200 000 travailleurs pouvaient franchir les frontières et s'installer chaque année. C'est le temps où les Portugais descendant du car, porte de Charenton à Paris, trouvent des offres d'emploi punaisées sur les arbres par leurs compatriotes, et embauchent immédiatement. Des années « glorieuses » pour la croissance économique mais qui ne l'étaient guère pour les immigrés, livrés aux travaux les plus pénibles, aux marchands de sommeil, aux bidonvilles, à la solitude et au racisme.

La décision prise en 1974 de « suspendre » l'immigration de travailleurs (à l'exception de celle des Européens et de personnes très qualifiées) a bouleversé le paysage. Depuis lors, l'immigration a pris une dimension essentiellement familiale, le nombre annuel d'entrées légales de travailleurs tournant entre

10 000 et 20 000. Le taux d'activité des immigrés (rapport entre le nombre de personnes ayant un emploi ou en recherchant un et la population totale), qui dépassait 90 % en 1968, a chuté depuis lors pour s'aligner en 1999 sur la moyenne de la population (54,7 %), sous l'effet du vieillissement et de la féminisation. Les hommes immigrés ont d'ailleurs un taux d'activité supérieur à la moyenne française alors que c'est l'inverse pour les femmes.

En 1999, on comptait 2,1 millions d'actifs immigrés (dont près de 40 % de femmes), soit 8,1 % du total de la population active.

Les immigrés ont été particulièrement concernés par les mutations du marché du travail. Entre 1955 et 1975, la croissance économique s'est opérée, en France plus qu'ailleurs, par le recours à une organisation tayloriste très poussée de la production, très hiérarchisée et grande consommatrice de main-d'œuvre non qualifiée et bon marché, souvent immigrée (les fameux « OS », ouvriers spécialisés). L'immigration a alors permis l'utilisation intensive du capital, favorisé la flexibilité du travail, la baisse des salaires et donc la productivité. Si l'appel massif aux immigrés a pu retarder la modernisation, elle l'a aussi amplement préparée. C'est en effet dans les secteurs les plus friands d'immigrés, comme l'automobile, que la substitution du capital au travail a atteint son maximum à partir des années 80. Employée à des tâches délaissées par les travailleurs français, la main-d'œuvre immigrée était complémentaire et non substituable aux travailleurs français. Elle constituait une donnée structurelle dans certains secteurs[1]. En 1975, les immigrés représentaient ainsi

1. Anicet Le Pors, rapport parlementaire, *Immigration et développement économique et social*, 1976.

FIGURE 15

Comparaison des taux d'activité des nationaux et des étrangers, dans quelques pays de l'OCDE, en 1998

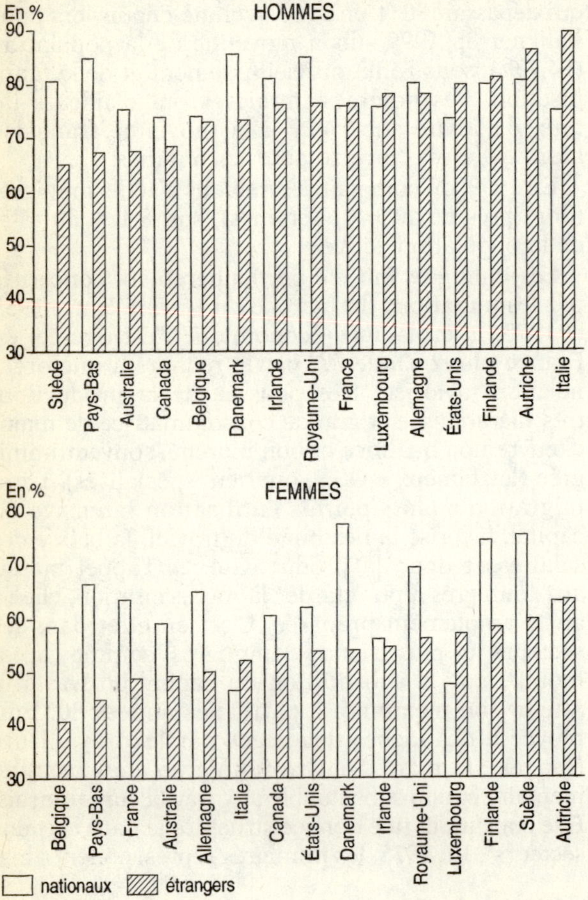

Source : OCDE 2001.

le quart des effectifs salariés du bâtiment et de l'automobile.

La réorganisation brutale de l'économie, par le recours massif à la robotisation et à la sous-traitance, les touche ensuite de plein fouet, mettant en lumière leur rôle d'« amortisseurs » des chocs économiques et sociaux. L'analyse de l'évolution par secteur révèle, pour les étrangers, une amplification des phénomènes constatés chez les Français. Là où les emplois disparaissent, comme dans l'industrie ou le bâtiment précisément, leur suppression affecte encore plus les étrangers. Entre 1975 et 1990, entre 45 et 57 % des effectifs étrangers disparaissent dans l'agriculture, les industries de biens intermédiaires, de biens d'équipement, la production et la distribution d'énergie, contre une baisse de 27 à 40 % en général. Dans l'industrie, plus d'un étranger sur trois, soit 500 000 salariés, voit son emploi supprimé. La réduction de moitié du nombre des salariés étrangers dans les industries de biens intermédiaires et de biens d'équipement s'opère, sans profit pour les nationaux[1].

Les étrangers n'ont gagné des emplois que dans les secteurs où les conditions de travail sont précaires comme le textile et l'habillement, et aussi dans le commerce (alimentation, habillement, cafés, restaurants), avec un quasi-doublement de leurs effectifs en quinze ans.

La crise et l'installation progressive ont donc modifié le profil de la main-d'œuvre immigrée. S'ils restent largement surreprésentés parmi les professions les moins qualifiées – 40 % des immigrés

1. Claude-Valentin Marie, « En première ligne dans l'élasticité de l'emploi », *Plein droit*, mars 1996.

actifs sont ouvriers ou employés non qualifiés – et les plus pénibles, les immigrés ne sont plus majoritairement des ouvriers : ils ont largement investi des secteurs comme le commerce, l'artisanat, le gardiennage, les services scolaires ou hospitaliers qui sont moins stables et demandent moins de qualification que les emplois de bureau. Les personnels de service et les cadres sont aussi de plus en plus nombreux parmi eux. Ouvriers en presque totalité dans les années 70, ils ne le sont plus que pour 44 % d'entre eux en 1999 (les deux sexes confondus), ce qui reste largement supérieur à la moyenne nationale des actifs (26 %)[1]. Si la proportion d'ouvriers (53 %) parmi les hommes immigrés a tendance à diminuer, ce n'est pas le cas chez les femmes : les immigrées, qui comptent pour 7,7 % des femmes actives, représentent plus de 15 % des ouvrières non qualifiées. La majorité – les deux tiers des hommes immigrés et même 84 % des femmes – travaillent aujourd'hui dans les services, un phénomène qui résulte en partie du large mouvement de féminisation et recouvre une disparité géographique : les originaires de Turquie, du Maghreb et du Portugal sont plutôt ouvriers, tandis qu'une part importante des originaires d'Afrique noire, d'Espagne et d'Asie sont employés.

Globalement, les immigrés sont surreprésentés non seulement dans l'automobile (12,8 % des actifs) et la construction (17,4 %), mais aussi dans les services aux particuliers où sont concentrées les femmes : dans le secteur du « nettoyage des surfaces », près d'un salarié sur cinq est une femme immigrée !

1. « L'emploi des immigrés en 1999 », *INSEE Première*, mai 2000.

Plus concentrés dans les emplois non qualifiés, les immigrés occupent aussi plus souvent des emplois précaires – intérim, contrats à durée déterminée, temps partiel – et mal rémunérés. Les originaires d'Algérie, du Maroc et du Portugal ont les salaires moyens les plus bas, tandis que figurent à l'autre extrémité de l'échelle les personnes nées dans l'Union européenne.

Énorme, le taux de chômage apparaît comme la résultante de toutes ces caractéristiques défavorables. Tandis que le taux de personnes sans emploi a été multiplié par 2,75 chez les Français entre 1975 et 1990, il a quadruplé chez les étrangers. En 1999, près de 20 % des hommes immigrés et plus de 23 % des femmes étaient au chômage, soit près de 10 points de plus que la moyenne pour chaque sexe. Alors qu'ils « pèsent » 8 % de la population active, les immigrés constituent 14,4 % des demandeurs d'emploi et même 20 % des ouvriers au chômage chez les hommes ; près d'un homme sur quatre ayant subi un licenciement collectif en 1999 est un immigré. Encore toutes les communautés ne sont-elles pas touchées de la même façon : tandis que les originaires d'Europe (sauf d'Italie) sont moins souvent au chômage que les Français, les Algériens et Marocains subissent des taux de chômage autour de 30 % chez les hommes, voire 40 % chez les femmes.

La plus forte fréquence du chômage s'explique par la modestie des origines sociales, les discriminations et le manque de formation (45 % des étrangers n'ont aucun diplôme contre 35 % des Français, la proportion atteignant 82 % chez les Portugais qui sont pourtant relativement épargnés par le chômage). La précarité relève aussi de l'origine et de l'ancienneté

FIGURE 16

Comparaison des taux de chômage des nationaux et des étrangers, dans quelques pays de l'OCDE, en 1998

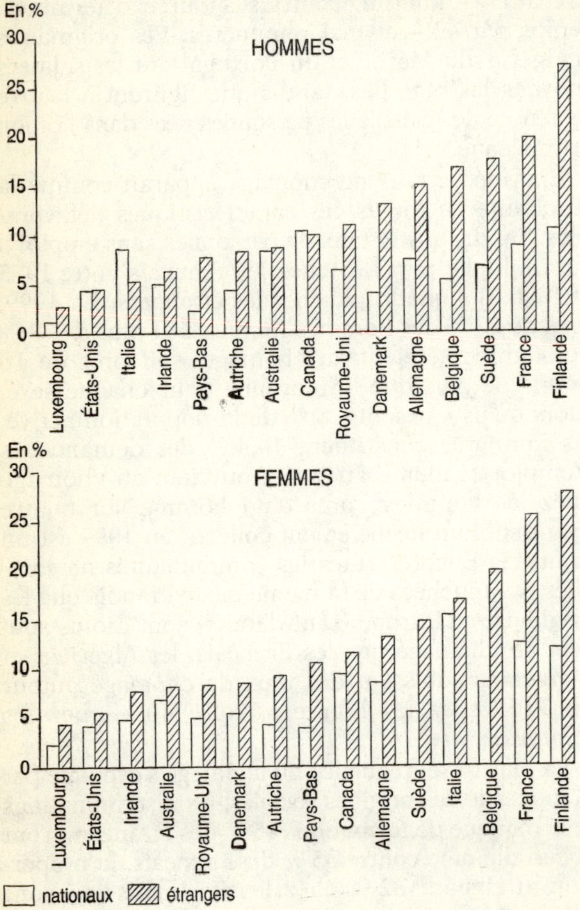

Source : OCDE 2001.

de l'immigration. Le taux de sans-emploi grimpe encore parmi les immigrés récemment arrivés et moins intégrés et parmi ceux qui sont victimes de discriminations à l'embauche. Les immigrés portugais, qui travaillent souvent pour des compatriotes et sont généralement bien considérés par les employeurs, ont un taux de chômage (8 %) moins élevé que les Espagnols (12 %) mais surtout que les Maghrébins (30 %), les Turcs (35 %) ou les Asiatiques et même que les Français. Ils sont plus souvent promus dans l'industrie et tendent à monopoliser les postes qualifiés dans le bâtiment.

Les jeunes, qu'ils soient étrangers, français d'origine étrangère ou issus des DOM-TOM, sont particulièrement touchés. Ils constituent entre 30 et 60 % du public des missions locales destinées aux jeunes en difficulté, dont des responsables assurent recevoir entre un tiers et la moitié d'offres d'emploi discriminatoires[1]. La nationalité n'est pas une protection : la grande enquête de l'INED sur l'intégration (voir p. 194) montre que 11 % des jeunes d'origine française étaient au chômage en 1992 contre 40 % des jeunes Français d'origine algérienne. Ces derniers cumulent deux séries de handicaps : peu qualifiés, ils sont aussi porteurs de certaines caractéristiques (couleur de peau...) rejetées par les employeurs eux-mêmes ou que ces derniers estiment inacceptables aux yeux de leurs salariés ou de leurs clients. Un cercle vicieux s'engage : à la discrimination pratiquée par les entreprises sous prétexte de comportements incorrects, répond l'amplification, par les jeunes discriminés, de leurs attitudes « néga-

1. Rapport de l'Inspection générale des affaires sociales, janvier 1992.

tives ». Face à cette situation, les organismes chargés de l'insertion (ANPE, missions locales…) sont généralement impuissants en dépit de principes antidiscriminatoires clairement affichés. La rareté des emplois à proposer à ces publics ne les place pas en position de force pour négocier avec les employeurs affichant des exigences discriminatoires. Même les formules de formation en alternance, qui supposent l'accord d'une entreprise, sont souvent fermées aux jeunes d'origine étrangère, largement relégués vers les substituts à l'emploi dans des institutions publiques ou des associations[1].

Qui peut travailler ?

Cruciale aujourd'hui, la question se posait à peine pendant les années de forte croissance économique de l'après-guerre, lorsque l'immigration fonctionnait à guichets ouverts. Bien des entreprises recrutaient alors très largement des travailleurs étrangers, certains allant jusqu'à organiser des visites médicales dans les pays d'origine pour sélectionner des hommes. À cette époque, des travailleurs arrivés illégalement en France obtenaient sur-le-champ des autorisations de séjour et de travail. Au début des années 70, entre 100 000 et 200 000 étrangers étaient, chaque année, autorisés à exercer une profession en France. Soumis à une

1. Mouna Viprey et Luc Laroche, « Conditions d'accès à l'entreprise des jeunes d'origine étrangère : nature des résistances », *Migration études*, n° 94, mai-juillet 2000. Disponible sur Internet http://www.adri.fr/

dérogation accordée par le ministère de l'Emploi, ils n'étaient plus que 22 000 en 1990, 11 000 en 1996 et 20 000 en 2000, dont plus de 60 % Européens.

Aujourd'hui, pour introduire en France un travailleur immigré non européen, une règle domine : l'opposabilité de la situation de l'emploi. Méconnue, la formule est en vigueur depuis la « suspension » de l'immigration de travail en 1974. Sibylline, elle signifie qu'une telle embauche est généralement refusée par référence au nombre de chômeurs inscrits localement à l'ANPE pour le même type d'emploi. Les Directions départementales du travail, de l'emploi et de la formation professionnelle (DDTEFP) appliquent ce principe avec rigueur, même depuis l'embellie économique puisque seuls 5 326 étrangers non européens ont été admis en 1999 au titre de salariés permanents. Les ressortissants de l'Union européenne bénéficient de la liberté d'installation et ne sont donc pas soumis à cette restriction.

Trois entorses officielles existent : la loi sur l'immigration de 1998 a permis de délivrer un titre de séjour temporaire à des universitaires venus enseigner ou mener des recherches en France (962 titres délivrés en 1999) et à des artistes (voir le précis juridique p. 286). D'autre part, la circulaire du 16 juillet 1998 permet l'embauche d'ingénieurs informaticiens étrangers (1 136 titres délivrés en 1999). Mais la loi interdit en principe aux étudiants étrangers de convertir leur titre de séjour spécifique en titre autorisant le travail.

Si certaines professions du secteur privé ainsi que la plupart des concours d'accès à la fonction publique ont été ouverts aux ressortissants de l'Union européenne depuis 1991 (à l'exception de ceux conduisant à des emplois participant à l'exercice de la puissance publique tels que policier, magistrat), les non-Européens sont moins bien lotis : près de 7 millions d'emplois leur restent interdits d'accès en France, soit un tiers du marché du travail. Cinquante professions du secteur privé leur sont ainsi fermées : notaire, médecin, dentiste, sage-femme, pharmacien, vétérinaire, architecte, gérant d'une entreprise de pompes funèbres, débitant de tabac, guide-interprète de tourisme, etc. Mais c'est l'État qui, pour l'essentiel, donne l'exemple, avec les 5,2 millions du secteur public interdits aux non-Européens. Impossible pour eux d'être fonctionnaires ou agent de l'État, d'une collectivité territoriale ou d'un établissement public, que ce soit dans l'Éducation nationale, à la Poste ou dans une mairie. Les 400 000 emplois des entreprises publiques (EDF, GDF, SNCF, RATP, etc.) leur sont aussi inaccessibles. Cette situation est périodiquement dénoncée comme discriminatoire par les associations de défense des droits de l'homme. Le gouvernement, sollicité en 2000 pour qu'il « ouvre » ces emplois fermés[1], a opposé une fin de non-recevoir, mettant en avant la facilité d'accès à la nationalité. Seule concession, la condition de nationalité française pour l'accès aux postes de responsabilité de la Sécurité sociale a été abrogée en octobre 2001. Les évidentes réticences des associations corporatives et des syndicats, qui par ailleurs se mobilisent pour les droits des immigrés et des sans-papiers lorsque leurs propres professions ne sont pas en jeu, ne sont probablement pas étrangères à la frilosité gouvernementale.

---

1. *Une forme méconnue de discrimination : les emplois fermés aux étrangers,* note du Groupe d'étude et de lutte contre les discriminations (GELD), mars 2000.

Légaux, illégaux au service de la flexibilité

La montée du chômage, dans les années 80 et 90, en affaiblissant la légitimité de la présence de l'immigré en tant que travailleur, a exacerbé le débat sur l'intégration des familles issues de l'immigration. La crise a redonné de l'audience aux discours des années 30 liant immigration et chômage des Français, l'extrême droite martelant le slogan simpliste selon lequel les étrangers « prennent le travail des Français ». Cette fausse évidence masque un projet d'exclusion des étrangers, grosse de menaces pour la démocratie. Elle est aussi aberrante économiquement si l'on considère que le dynamisme de certains secteurs et le maintien de certaines activités en France reposent sur la présence de main-d'œuvre étrangère[1]. L'emploi n'est d'ailleurs pas un gâteau de taille fixe à partager, mais un ensemble fluctuant qui peut également se développer en fonction du nombre de consommateurs. Certes, la remise en cause de l'organisation taylorienne du travail et la modernisation ont contribué à mettre en concurrence Français et étrangers, ces derniers perdant une partie de leur spécificité. Il reste que certains emplois non qualifiés ne trouvent pas preneurs, ni parmi les Français ni parmi les étrangers installés de longue date. C'est le cas non seulement dans le bâtiment mais aussi dans les services aux particuliers comme les hôpitaux, le forestage, l'agriculture et même dans certains grands chantiers comme le TGV. Se développe, d'autre part, une

1. *Immigration, emploi et chômage. Un état des lieux empirique et théorique*, Les dossiers de CERC association, n° 3, 1999.

demande de main-d'œuvre étrangère qualifiée : informaticiens, hommes d'affaires, industriels, enseignants, médecins, chercheurs, artistes. L'Éducation nationale emploie des maîtres auxiliaires (non fonctionnaires et donc précaires) maghrébins et africains dans certaines disciplines scientifiques et techniques et dans les établissements boudés par les Français.

La main-d'œuvre étrangère continue de remplir un rôle spécifique et n'est donc pas, globalement, substituable à la main-d'œuvre française. Bien que relativisée par la crise, la dépendance de l'appareil productif vis-à-vis des travailleurs étrangers demeure. À court terme, le départ des étrangers et même l'arrêt complet de l'immigration entraîneraient une baisse de la production et une série de dysfonctionnements de la production[1]. L'entrée de travailleurs étrangers ne résulte pas seulement de la pression des pays pauvres, mais aussi d'un appel qui n'a jamais disparu et s'est même fait insistant de la part du patronat pendant les périodes de reprise. En outre, les faiblesses démographiques des pays développés qui compromettent l'avenir des retraites redonnent de l'actualité à l'hypothèse d'une ouverture à l'immigration de travail discrètement formulée par certains experts depuis longtemps (voir p. 166).

La persistance du travail illégal des étrangers est une illustration de cette demande constante. Les étrangers en situation irrégulière, occupant par définition illégalement un emploi, ne sont pas les seuls à travailler « au noir ». Ils ne représentent qu'une part modeste et décroissante (4 % en 1997 contre 9 % en

1. Georges Tapinos et Anne de Rugy, « L'impact macro-économique de l'immigration », in *Tendances des migrations internationales*, OCDE, 1993.

1993)[1] des infractions constatées pour travail illégal, dans une nébuleuse où Français et étrangers en situation régulière tiennent le haut du pavé. Le travail clandestin évoque dans le langage courant l'activité d'un salarié étranger. Il recouvre en réalité l'ensemble de l'activité des entrepreneurs non déclarés ou réalisant tout ou partie de leur activité avec des salariés dissimulés, quelle que soit leur nationalité. Cette activité clandestine n'est elle-même qu'une composante de l'économie souterraine, dont l'INSEE évalue le poids à 4,3 % du produit intérieur brut, et dont la fraude fiscale représente les deux tiers.

Si le Bureau international du travail évalue à 350 000 le nombre de migrants illégaux en France[2], nul ne peut déterminer avec précision l'effectif des travailleurs étrangers illégaux, qui ne correspond pas à la totalité des étrangers en situation irrégulière, compte tenu de la présence de familles (voir p. 122). On peut cependant rappeler que 95 % des 130 000 étrangers ayant bénéficié de la régularisation de 1981-1982 avaient un emploi, et que 178 000 « sans-papiers », dont la plupart travaillent de fait, ont sollicité leur régularisation dans le cadre de la « circulaire Chevènement » de 1997. Dans l'intervalle, l'une des dernières filières d'accès à l'emploi légal, la demande d'asile, a été stoppée avec la suppression, en 1991, de l'autorisation de travail accordée jusque-là systématiquement aux demandeurs d'asile, pendant le temps, alors très long (deux ou trois ans), que durait l'instruction de leur dossier. Plus encore.

1. *La lutte contre le travail illégal*, rapport d'activité 1998 de la Délégation interministérielle à la lutte contre le travail illégal, La Documentation française, 1999.

2. Bureau international du travail, *Revue internationale du travail*, 1991.

que les travailleurs immigrés en situation régulière, les illégaux jouent un rôle déterminant dans la flexibilité de l'emploi, notamment dans le bâtiment, l'agriculture, l'hôtellerie-restauration et le textile-habillement. Ils ont d'ailleurs été les premiers à expérimenter les formes récentes du travail « à durée indéterminée » (travail temporaire, horaires décalés, etc.). Mais la diffusion de toutes les formes de travail précaire au sein même de la population française et parmi les résidents étrangers a affaibli cette spécificité.

La répression contre les étrangers sans papiers ne peut se concevoir en dehors d'une lutte contre l'emploi illégal lui-même et contre les pratiques des employeurs, français et étrangers, qui bafouent le droit du travail et détournent les lois sociales.

L'arsenal législatif et réglementaire réprimant le travail illégal s'est notablement renforcé depuis la « suspension » de l'immigration en 1974. Mais les sanctions contre les sous-traitances clandestines permises par une loi de 1981, renforcée en 1985 et en 1997, sont loin d'avoir permis d'endiguer la multiplication des sous-traitances en cascade, qui exige de remonter jusqu'au véritable donneur d'ordre[1]. La mutation rapide des formes de travail illégal contraste avec l'insuffisance des moyens attribués aux services de l'inspection du travail et à leur manque de coordination avec les magistrats spécialisés[2]. La

1. Claude-Valentin Marie, « Travail clandestin, trafics de main-d'œuvre et modernisation », in rapport au Conseil national des populations immigrées, ministère chargé des affaires sociales, 1992.

2. Haut Conseil à l'intégration, « L'emploi illégal des étrangers », in *L'intégration à la française*, 10/18, 1993.

durée de vie moyenne des entreprises de textile et de confection est de huit mois en région parisienne.

Illustration de ces faiblesses persistantes, le code du travail permet, depuis 1991, en principe, de mettre en cause la responsabilité du donneur d'ordre ou, sur un chantier, du maître d'ouvrage. Mais la preuve doit être apportée qu'il ne pouvait ignorer l'utilisation de sous-traitants irréguliers, ce qui rend le texte difficile à appliquer. Pour lutter contre la dissimulation, la loi oblige aussi les employeurs à déclarer immédiatement l'embauche d'un salarié, obligation qui fait l'objet d'une incrimination explicite depuis 1997 [1]. Le délai toléré auparavant permettait de procéder à la régularisation seulement en cas de contrôle, en arguant d'une embauche de la veille. Enfin, depuis la loi de 1997, les policiers ont le droit de pénétrer librement dans les entreprises, à l'instar des inspecteurs du travail, alors qu'ils ne pouvaient auparavant le faire que munis d'une commission rogatoire délivrée par un juge ou en cas de flagrant délit. Mais la disposition du projet de loi initial, qui rendait les entreprises responsables des pratiques illégales de leurs sous-traitants, a été supprimée par les sénateurs, sous la pression du lobby du bâtiment.

La répression a connu un sérieux tour de vis : de quelques centaines au début des années 80, le nombre des infractions à l'embauche constatées a frôlé, voire dépassé 20 000 dans les années 90. Mais les moyens de l'inspection du travail restent limités face à la réalité du phénomène. L'immense majorité des procès-verbaux concerne d'ailleurs de petites entre-

1. Respectivement lois du 31 décembre 1991 et du 11 mars 1997.

prises, les gros employeurs qui utilisent une main-d'œuvre « prêtée » illégalement étant rarement visés.

Les mirages du retour

La tentation d'inciter des étrangers à rentrer dans leur pays d'origine a été récurrente chez les gouvernements qui se sont succédé depuis 1974. Le fameux « million » de Lionel Stoléru en 1977 (voir p. 87) a eu plus d'écho dans les médias que parmi les immigrés. 65 % des 94 000 bénéficiaires de cette aide au retour (travailleurs et leurs familles) étaient des Espagnols et des Portugais qui, en tout état de cause, avaient décidé de rentrer dans leur pays où se réinstallait la démocratie. Après l'échec de la tentative de retour forcé d'Algériens par Valéry Giscard d'Estaing (voir p. 87), la gauche a stoppé l'aide au retour, mais recréé, en 1984, l'« aide à la réinsertion », qui lie le départ d'un étranger licencié pour raison économique, ou chômeur, à un projet de réinstallation au pays. Au total, 31 000 travailleurs, en majorité maghrébins, auxquels s'ajoutent 40 000 membres de leur famille, ont bénéficié de cette mesure, le projet de réinstallation échouant le plus souvent faute d'un dispositif d'accompagnement sérieux. Cette procédure a été complétée, en août 1991, par un programme de « réinsertion aidée », ouvert aux étrangers menacés de reconduite à la frontière, qui peuvent recevoir 1 000 francs en plus du coût de leur voyage de retour (somme à mettre en regard des quelque 30 000 francs que coûte à l'État chaque reconduite forcée exécutée). L'Office des migrations internationales (OMI) s'est vu confier la charge d'aider à la réalisation du projet de réinsertion qui, dans certains pays, peut être financée sur place. Chaque année, moins de 1 000 personnes (651 en 1999) quittent la France par ce biais. Ce dispositif a été modifié en 1998, la « prime » de retour passant à 4 500 francs pour les sans-papiers ne bénéficiant pas de la régularisation décidée par le gouvernement Jospin ; il a été utilisé par 689 personnes entre 1997 et 1999.

Le bilan toujours plus modeste des actions d'incitation au retour traduit l'impasse de cette idée. Pour la plupart des sans-papiers, les aléas et les angoisses d'un séjour illégal restent préférables à un retour, même la tête haute, dans un pays où sévissent la misère, l'absence de libertés fondamentales, voire la guerre civile. En revanche, l'idée de mettre les retours volontaires d'immigrés au service du développement de leur pays d'origine apparaît nettement plus prometteuse[1]. À condition d'être déconnectée des préoccupations à court terme de gestion des éloignements forcés des étrangers sans papiers. Une telle démarche a été expérimentée à partir de 1995 sous la forme de programmes d'aide aux micro-projets économiques d'émigrés de retour, financé conjointement par les fonds de la coopération et l'OMI.

Vulnérabilité économique et coût social

Les immigrés sont des consommateurs, même si leurs revenus sont inférieurs à la moyenne nationale. Le revenu annuel moyen des ménages immigrés

1. Christophe Daum, *Les Maliens en France,* Karthala, 1998.

varie selon le pays d'origine : il s'établit à 115 000 francs (dont 26 % de prestations familiales) pour une famille venue de Turquie, à 161 000 francs (dont 8 % de prestations) pour des originaires d'Espagne, soit des niveaux nettement inférieurs à la moyenne française : 188 000 francs, dont 10 % de prestations familiales[1]. Cette vulnérabilité économique se précise encore si l'on considère la proportion de ménages situés sous le seuil de pauvreté : 17 % pour les originaires du Portugal, 34 % pour ceux qui viennent d'Afrique noire, 45 % d'Algérie et 54 % du Maroc et de Turquie, alors que la moyenne nationale est de 11 %. Ces faibles ressources n'empêchent pas certains immigrés de contribuer, parfois massivement, au développement de leur pays d'origine par les fonds qu'ils y transfèrent (voir p. 40).

Les habitudes de consommation des étrangers se rapprochent de celles des familles ouvrières françaises, tout en restant plus modestes. Les seuls biens possédés plus couramment par les étrangers sont... les magnétoscopes et les résidences secondaires, celles qu'ils possèdent au pays. En revanche, tous les étrangers, et singulièrement les Maghrébins, sont moins souvent équipés en appareils de type lave-vaisselle ou aspirateur, témoignant probablement du travail ménager des femmes restées au foyer. 71 % des familles ouvrières maghrébines possèdent une automobile contre 94 % des familles ouvrières françaises et 89 % des portugaises. L'engouement des Portugais pour les grosses cylindrées est spectacu-

1. Chiffres de 1991, publiés dans *Les immigrés en France. Portrait social*, INSEE, Coll. « Contours et caractères », 1997. Voir dans la même collection *Les étrangers en France*, INSEE, 1994.

laire : elles constituaient 12,8 % de leur parc automobile en 1989, contre 5,8 % chez les Français.

L'alimentation est logiquement influencée par les cuisines traditionnelles. Personne ne s'étonnera que les Maghrébins consomment davantage de couscous, de farine, de moutons et de légumes secs, tandis que les Portugais se distinguent par une surconsommation de poisson, de pâtes et de vin ordinaire. Le niveau de consommation moyen des ménages ouvriers français, maghrébins et portugais est extrêmement proche : environ 13 400 francs par mois. Mais la taille de la famille, l'absence de deuxième salaire et les contraintes de l'immigration creusent des écarts, que les diverses allocations ne compensent pas.

Les immigrés « coûtent »-ils ou « rapportent »-ils à la France ? La vague xénophobe de la fin des années 80 a suscité ce type d'interrogation sur le coût social des immigrés. Certains discours accréditent même l'idée selon laquelle la qualité de notre système de protection sociale serait le principal facteur d'attraction pour l'immigration. Ce raisonnement revient à considérer l'acte d'immigrer comme un choix, pour ainsi dire sur catalogue, entre plusieurs destinations, en fonction d'avantages matériels connus d'avance. L'immigration est en réalité un processus douloureux de déracinement qui n'a rien d'un choix impulsif et s'oriente en fonction d'une multitude de données familiales, linguistiques, géographiques, autant qu'économiques.

Quant à la question du coût des immigrés, elle n'a que peu de sens, s'agissant de la Sécurité sociale française, système de répartition basé précisément sur la solidarité entre toutes les catégories, les bien-portants payant pour les malades, les actifs pour les retraités, les célibataires pour les familles nombreuses. S'intéresse-t-on au coût des enfants ou des diabétiques pour la Sécurité sociale ?

Aucun bilan social global n'existe en France sur ce sujet qui ne peut d'ailleurs être abordé que dans une perspective dynamique. En effet, jusqu'aux années 70, la population immigrée était surtout constituée de jeunes actifs pourvus d'emploi, et donc largement contributeurs du système de protection sociale. Cette réalité qui a prévalu pendant les Trente Glorieuses s'est modifiée depuis que les immigrés vivent en famille, qu'ils ont vieilli et subi le choc du chômage. Aujourd'hui, l'immigration ne pèse que faiblement dans le déficit des comptes sociaux[1].

Le seul bilan public, déjà ancien, est une étude réalisée en 1984 par des élèves de l'École nationale d'administration (ENA)[2]. Elle estimait à 3,4 milliards de francs le déficit cotisations-prestations des étrangers. Ce document décrivait une balance Français-étrangers excédentaire pour l'assurance maladie et le régime vieillesse mais déficitaire pour les allocations familiales et de chômage.

Confidentiel, lui, un rapport rédigé en 1995 au ministère des Affaires sociales bat en brèche lui aussi l'idée selon laquelle les immigrés seraient nécessairement les grands bénéficiaires du système de protection sociale. Il indique que les étrangers ont une moins bonne couverture sociale que les Français (52 % des non-Européens bénéficient d'un régime complémentaire à la « Sécu » contre 85 % des Fran-

1. Didier Blanchet, « Immigration et transferts sociaux », in *Tendances des migrations internationales,* OCDE, 1997.

2. École nationale d'administration, promotion Léonard de Vinci, publication du séminaire « immigration » de février 1984, *Les immigrés et la protection sociale*.

çais), qu'ils vont moins souvent consulter un médecin (3,7 fois par an pour les Maghrébins, 4,9 fois pour la moyenne des étrangers et 6,6 fois pour un Français), qu'ils vont aussi souvent à l'hôpital mais que les difficultés d'accès aux soins font des étrangers la clientèle majoritaire des centres de soins gratuits et de l'aide médicale. Côté retraites, le bilan paraît encore positif, s'agissant d'une population plus jeune que la moyenne, souffrant d'une mortalité supérieure avant l'âge de la retraite et qui perd sa couverture maladie si elle repart définitivement vivre à l'étranger. La situation est inverse pour les allocations familiales, prestations prioritairement versées aux familles nombreuses et défavorisées : en 1993, les caisses d'allocations familiales ont versé en moyenne 2 940 francs par mois aux étrangers non européens et 1 760 francs aux Français. En réalité, 75 % des allocations versées aux étrangers concernent des enfants de nationalité française ou appelés à le devenir. Les étrangers sont surreprésentés parmi les allocataires de l'aide personnalisée au logement et du RMI, notamment parce que leurs retraites sont plus minces et leur accès au minimum vieillesse restreint, ainsi que dans le domaine des pensions pour accident du travail. Enfin, les chômeurs étrangers « coûtent » plus qu'ils ne cotisent mais apparaissent relativement peu gourmands en allocations, recevant 10 % des dépenses de l'UNEDIC en 1992 alors qu'ils représentaient 12 % des chômeurs.

Une réponse honnête à la question du « coût » de l'immigration devrait aussi tenir compte des apports démographiques (voir p. 131) mais aussi culturels difficilement quantifiables. On oublie aussi souvent que les étrangers comptent un nombre croissant de créateurs d'entreprises. Le nombre des commerçants, artisans et chefs d'entreprise de nationalité étrangère est passé de 60 000 en 1982 à 90 000 en 1989. Plus de 60 % des créations de sociétés individuelles étaient le fait de personnes portant des noms et prénoms étrangers en mai 1989 à Paris. Plus de 15 % des travailleurs indépendants sont nés à l'étranger et plus de 4 % des artisans, commerçants et chefs d'entreprise sont de nationalité étrangère[1]. Franchir le pas de l'immigration n'est pas une démarche facile. Il n'est guère étonnant que parmi ceux qui ont fait ce choix, se retrouve une partie plutôt entreprenante de la population.

Des quotas comme aux États-Unis ?

La persistance d'une faible immigration de travailleurs légale, non assumée politiquement et gérée de façon peu rationnelle économiquement, relance périodiquement l'idée d'un système de quotas d'entrées d'étrangers fixés annuellement selon les besoins. La perspective à moyen terme d'un nouveau recours à l'immigration destiné à compenser les faiblesses démographiques pèse dans le même sens. Des quotas pourraient être fixés par profession – système déjà utilisé dans les années 30 sans succès et rejeté après-guerre (voir p. 78) –, soit même par nationalité.

Cette dernière idée est refusée par les défenseurs

1. *Des immigrés créateurs d'entreprises, un apport à l'économie française*, brochure de la Direction de la population et des migrations du ministère des Affaires sociales, 1990.

de la conception française qui intègre des hommes sans distinction, et non des communautés. Le débat sur les quotas par profession est plus complexe, s'agissant de prévoir annuellement les besoins de l'économie dans telle ou telle branche.

Rejetée officiellement par le Haut Conseil à l'intégration au nom de la spécificité française, l'idée de quotas permet cependant de poser publiquement les questions du degré d'ouverture des frontières et de l'inadaptation de la réglementation actuelle. Celle-ci limite théoriquement l'introduction de travailleurs étrangers aux cas, rares, où l'embauche d'un Français ou d'un étranger déjà titulaire d'une autorisation de travail s'est avérée impossible (voir p. 150). Mais l'absence d'étude sérieuse sur les besoins en emplois encourage la perpétuation de la pratique actuelle : la régularisation, sur « piston » individuel et à une échelle homéopathique, de travailleurs étrangers déjà présents sur le territoire.

Le débat sur les quotas prend classiquement appui sur l'exemple des États-Unis, mais cette référence repose sur un contresens. La conviction domine en France, selon laquelle le Congrès américain fixerait chaque année un quota d'immigrés de chaque origine. Or cette pratique discriminatoire de la sélection ethnique, destinée à favoriser l'immigration européenne, a été abandonnée en 1965, sous la pression du mouvement des droits civiques. Depuis lors, des quotas annuels font seulement référence à certaines situations objectives comme la parenté avec un citoyen américain ou un résident étranger, le statut de travailleur ou de réfugié. Ainsi, plus de 80 % des quelque 800 000 étrangers autorisés à émigrer aux États-Unis chaque année en ce début de XXIe siècle le sont en raison de leurs liens familiaux – l'équivalent de notre regroupement familial –, ou parce qu'ils ont demandé l'asile[1]. Le célèbre tirage au sort – qui permet à un certain nombre de candidats à l'émigration fixé par nationalité, européenne et africaine essentiellement, de gagner leur *green card* (carte de séjour) – ne concerne que 6 % du total. Quant aux travailleurs, leur quota est ventilé en fonction de leur degré de qualification et de compétence.

Ouvrir les frontières ?
Relancer l'immigration ?

Faut-il ouvrir les frontières, relancer l'immigration ? Un quart de siècle après la « suspension » de l'immigration de travail, en 1974, ces questions sont revenues sur le tapis dans des milieux et pour des motifs très variés. La perspective d'une ouverture des frontières a d'abord été évoquée au sein des associations de solidarité avec les étrangers. Les batailles lourdes et répétées pour la régularisation des sans-papiers, à la fin des années 90, ont mis au jour à la fois l'inéluctabilité de l'immigration illégale, les drames humains consécutifs (naufrages, accidents, etc.), et le gâchis social, la xénophobie liés à la persistance de cette population clandestine, mal socialisée. Les risques pour les libertés publiques que fait courir la surenchère politique en faveur de législations toujours plus répressives ont également été analysés. Tout comme les effets pervers de l'arrêt de

1. Philip Martin et Elisabeth Midgley, « Immigration to the United States », *Population Bulletin*, vol. 54, n° 2, juin 1999, Population Reference Bureau, Washington. Voir http://Internet : www.prb.org

l'immigration de travail de 1974. En interdisant les entrées, cette mesure a fait grimper le « prix » des titres de séjour et a dissuadé toute sortie, contraignant les hommes au regroupement familial et interrompant les allers-retours favorables au développement.

À tout prendre, l'ouverture des frontières serait moins néfaste socialement et politiquement que cette prétendue « maîtrise des flux migratoires », ont estimé les militants des droits de l'homme. En ouvrant les frontières, on ne ferait, selon eux, que concrétiser la liberté d'aller et venir. Il s'agirait, dès lors, de rebâtir sur ces principes l'ensemble de la législation sur l'entrée et le séjour des étrangers. À partir d'un point de vue très différent, voire opposé, certains cercles « libéraux » (au sens économique) ont pu prôner, eux aussi, une forme d'ouverture des frontières.

Ces interrogations radicales, venues principalement de la gauche et de l'extrême gauche, se sont atténuées avec l'avènement du gouvernement Jospin. Le front s'est alors renversé : tandis qu'au nom du réalisme, les ministres de gauche arguaient de la persistance du chômage pour refuser un nouvel appel à l'immigration, le patronat et certains responsables de la droite ont appuyé cette idée, la justifiant par la pénurie de main-d'œuvre sévissant dans certains secteurs. Les besoins se manifestent en effet aux deux extrémités du marché de travail : les emplois très qualifiés (dans les secteurs de l'informatique et de l'Internet[1]) et, bien plus massivement,

1. En 2000, 1 622 étrangers ont bénéficié de la circulaire du 16 juillet 1998 du ministère de l'Emploi et de la Solidarité destinée à faciliter l'emploi d'ingénieurs informaticiens. Ils étaient 1 136 en 1999 et 699 en 1998.

ceux ne nécessitant presque aucun diplôme (nettoyage, restauration, bâtiment, travaux publics). Le patronat montre ainsi qu'il préfère la facilité apparente d'un recours à de nouveaux immigrés à l'embauche de chômeurs vivant en France, qu'ils soient français ou étrangers. Sous-jacente, apparaît la conviction, humainement choquante, qu'il existe un volant de chômeurs « irrécupérables », exclus définitivement de la société. Tout se passe comme si, plutôt que de programmer un vaste effort d'action sociale, d'éducation et de formation professionnelle pour réhabiliter les chômeurs, chefs d'entreprise et gouvernants s'accommodaient de la solution de facilité, à court terme que constitue l'immigration clandestine.

L'éventualité d'une relance de l'immigration n'agite pas seulement quelques microcosmes hexagonaux. Elle est débattue au sein de l'Union européenne (voir p. 58) mais aussi de l'ONU, qui l'a présentée comme une réponse au vieillissement de la population des pays développés, notamment à l'inquiétant déséquilibre des régimes de retraite. Cette hypothèse n'est pas nouvelle mais ceux qui la formulaient en période de crise n'avaient guère de chance d'être entendus. En France, elle figurait dès le début des années 90 dans une étude de l'INSEE[1] et fut reprise en 1995 par le Commissariat général du Plan[2]. La perspective n'a plus rien de nébuleux depuis qu'un rapport de la Division de la population des Nations unies publié au début de 2000 a répondu favorablement à cette question brûlante posée à dessein sur un ton

1. Didier Blanchet et Olivier Marchand, « Horizon 2000 », *Économie et statistique*, n° 213, juillet 1991.

2. Jean Boissonnat (sous la dir. de), *Le travail dans vingt ans*, Odile Jacob, 1995.

provocant[1]. Le document ignore en effet la faisabilité politique d'un tel appel à une « migration de remplacement » dans des pays où le chômage reste élevé. De même, il passe sous silence les effets pervers liés à la ponction opérée sur les forces vives des pays en développement (voir p. 43). Mais la polémique, suscitée par ce travail largement médiatisé, en pleine embellie économique, a modifié l'image de l'immigration – perçue comme un apport et non plus sous l'angle de l'« invasion » –, souligné le contraste entre la faiblesse démographique de l'Union européenne et le dynamisme des États-Unis, pays d'immigration, et relancé le débat sur l'ouverture des frontières à l'immigration de travail. L'ONU rappelle ainsi qu'aujourd'hui déjà, la population de plusieurs pays européens (Italie, Suède, Grèce) ne doit sa croissance qu'à l'immigration, tandis que dans d'autres (Allemagne, Italie, République tchèque), l'immigration limite les effets d'une croissance naturelle négative. À l'inverse, cette croissance naturelle domine aux États-Unis, au Japon et en France.

En réalité, le document onusien apporte des réponses plus nuancées qu'il n'y paraît : s'il est absurde de penser l'immigration comme moyen de compenser totalement le vieillissement de la population, il n'est pas irréaliste de favoriser la venue d'étrangers pour atteindre des objectifs plus modestes : maintenir la population active, voire la population totale. Encore tous les pays d'Europe ne sont-ils pas logés à la même enseigne, la France, avec sa natalité relativement élevée et son immigration ancienne, appa-

1. Joseph Chamie (sous la dir. de), *Replacement Migration : is it a Solution to Declining and Ageing Populations ?*, Division de la population des Nations unies, New York, 2000. Disponible sur Internet : http://www.un.org/esa/population/unpop.htm/

raissant comme relativement privilégiée. L'Europe va perdre 40 millions d'habitants, soit 10 % de sa population, au cours de la période 1995-2050, ont calculé les démographes de l'ONU, alors que la population des États-Unis, soutenue par l'immigration, va continuer à progresser. Non seulement les Européens vont être moins nombreux mais ils vont aussi vieillir : il n'y aura plus que deux personnes en âge de travailler par retraité contre quatre actuellement dans l'Union européenne. Parallèlement, des centaines de millions de jeunes vont chercher du travail dans les pays du tiers monde. L'immigration, dont l'efficacité est autrement plus assurée que celle des politiques natalistes car immédiatement porteuse d'une main-d'œuvre jeune et mobile, permettrait-elle de compenser ce déséquilibre ?

À partir de ces projections accablantes, le rapport s'intéresse aux « migrations de remplacement », autrement dit au nombre d'étrangers qu'il faudrait admettre pour maintenir non seulement la population totale, mais – c'est la plus radicale des cinq hypothèses envisagées – l'équilibre entre travailleurs et retraités. Résultat : 700 millions en cinquante-cinq ans (près de deux fois la population actuelle de l'UE), soit 12,7 millions par an, c'est-à-dire... quinze fois plus que la moyenne (857 000) des flux d'immigration annuels de la décennie 90 dans l'Union ! En l'absence de migrants, il faudra fixer à soixante-quinze ans l'âge de la retraite, avertit l'auteur.

La France, qui est l'un des pays les moins mal placés en Europe, avec une natalité soutenue, aurait ainsi « besoin » de 1,7 million d'immigrés par an alors qu'elle n'en a accueilli qu'environ 100 000 ces dernières années. L'Italie, qui cumule faible natalité et immigration modérée, devrait admettre plus de 2 millions d'étrangers par an et l'Allemagne presque 3,5 ! Nettement plus modeste, l'objectif d'un simple maintien de la population totale apparaît plus accessible : s'il suppose que l'Italie ou le Japon accueille un nombre nettement accru d'étrangers, la France, la Grande-Bretagne et les États-Unis pourraient y parvenir en diminuant leurs flux. Il faudrait en revanche accroître les flux globaux d'immigration dans l'UE pour stabiliser les populations actives, à âge de la retraire constant. Dans cette hypothèse, la France pourrait se contenter d'une migration annuelle nette de 100 000 personnes, peu éloignée de la situation de ces dernières années, tandis que l'Allemagne devrait accueillir 460 000 étrangers par an et l'Italie un peu moins de 400 000.

Le caractère mécanique de ces projections spectaculaires a été critiqué, de même que les hypothèses qui les fondent (stabilité de la natalité, de l'espérance de vie, de la croissance et de la productivité). Simpliste, l'équation « immigration contre déclin démographique » aboutit à un accroissement considérable, inenvisageable, de la population totale et de la proportion d'immigrants en son sein. De même, ces simulations ne tiennent pas compte du fait que les immigrés vieillissent, eux aussi, et que leur fécondité s'aligne progressivement sur celle du pays d'accueil. L'exercice tend à démontrer que l'immigration ne peut être que l'une des réponses, à côté d'autres comme l'allongement de la durée d'activité, l'incitation au travail des femmes, à la mobilité en Europe et les politiques de formation.

Les auteurs de l'étude ont d'ailleurs eux-mêmes qualifié d'« absurde » l'exigence de 700 millions de nouveaux immigrés en Europe. En mettant en exergue le poids de la variable « immigration », ils ont voulu inciter les gouvernements à cesser leur « politique de l'autruche » face aux perspectives démographiques, ont-ils expliqué. Reconnaissant au passage qu'ils n'avaient tenu compte ni des conséquences économiques d'une telle évolution, ni de son irréalisme d'un point de vue politique.

CHAPITRE V

LES CAHOTS DE L'INTÉGRATION

J'ai besoin de l'autre pour exister et ne peux pleinement exister si l'autre est mon double.

EDUARDO LOURENÇO

Qui peut imaginer aujourd'hui qu'un président de la République française a été assassiné par un immigré, qu'un « macaroni » a été autre chose qu'un mets à déguster *al dente* ? Qui garde le souvenir d'émeutes anti-Belges ? De l'expulsion de 7 000 Polonais des mines de Lorraine (voir p. 73 à 75) ? Depuis que la France est devenue un grand pays d'immigration, à la fin du XIXe siècle, tout se passe comme si les moutons noirs d'hier faisaient les « bons étrangers » d'aujourd'hui. Ainsi les immigrés se fondent-ils dans le paysage français depuis un siècle et demi. Ainsi va leur intégration dans un pays dont la démographie repose largement sur les apports extérieurs de population mais qui ne s'est jamais vécu comme le grand pays d'immigration qu'il est. Témoins : les 20 % de personnes nées en France qui possèdent au moins un parent ou un grand-parent ayant immigré depuis un siècle ; les 10 millions d'habitants (dont les deux tiers sont français) qui manqueraient à ce pays s'il avait été privé de toute migration au XXe siècle.

Pourtant, à chaque crise économique, à chaque soubresaut politique, à chaque coup de cafard national, resurgit le refrain de l'« inassimilabilité » des étrangers, de leur responsabilité dans la montée du chômage, l'insécurité ou la dégradation des mœurs. La dépression qui a touché la France dans le dernier quart du XXe siècle ne fait pas exception.

Le défi du « vivre ensemble »

Sans doute les leçons de l'Histoire ont-elles permis que la violence xénophobe n'atteigne pas les extrémités des années 30, annonciatrices de l'inimaginable, l'extermination programmée des juifs. Mais la montée en puissance du thème de l'« immigration » dans le débat politique et médiatique depuis les années 80, les succès de l'extrême droite, le clignotement des indicateurs du racisme et de la xénophobie reflètent la tentation de désigner l'étranger comme bouc émissaire des frustrations du moment.

L'exclusion des revenus du travail d'une partie de la population française et étrangère, sa concentration dans des cités de banlieue isolées, la montée des inégalités produisent des effets dont les étrangers ont tôt fait d'être rendus responsables : montée de la délinquance, diffusion de la toxicomanie, violence et échec scolaires. Classique, ce mécanisme de stigmatisation de l'« autre » en période de crise s'est révélé d'autant plus puissant que l'argent triomphait au même moment comme valeur de référence et que disparaissait la contestation par la jeunesse de la société de consommation. Dans ce contexte, l'immigration symbolise l'irruption de la moitié pauvre de la planète dans une société d'abondance idéalisée, où se tailler une place coûte cher. Conséquence, une large partie de l'opinion perçoit l'immigration comme menaçant la cohésion sociale. Deux personnes sur trois ont le sentiment qu'« il y a des groupes dans la société française qui vivent à part ». Une personne sur deux estime que, dans les vingt ans à venir, les personnes d'origines différentes « vivront ensemble mais avec des tensions », plus d'une sur quatre pense qu'elles vivront « séparées mais avec des tensions » et près d'une sur dix imagine un avenir « séparé mais sans tensions[1] ».

Pourtant, la dimension économique paraît insuffisante pour rendre compte du sens profond du débat sur le « vivre avec les immigrés » qui agite la société depuis plus de vingt ans. Les enjeux de ce qu'il est convenu d'appeler « intégration » (voir p. 183) reflètent en réalité de profondes questions identitaires. Ils s'inscrivent dans un contexte général de bouleversements politiques et sociaux : chute du « socialisme » et fin du monde bipolaire, triomphe de la « mondialisation » capitaliste, explosion des moyens de communication, construction de l'Europe. Entre l'uniformisation des modes de vie et le besoin de racines et d'identité, la tension est vive.

En plein vacillement des repères, l'immigration ajoute sa part à l'inquiétude générale, et fait redouter l'avènement, déjà perceptible, d'une société

1. Sondage Louis Harris sur le racisme et la xénophobie réalisé en novembre 2000 pour le Service d'information du gouvernement et la Commission nationale consultative des droits de l'homme. 10 % des personnes interrogées estiment que les personnes de différentes origines « vivront ensemble en bonne entente ».

multiculturelle. L'« autre » paraît décidément trop différent, porteur d'une culture trop éloignée, pour être accepté, d'autant qu'il provient désormais, non pas des pays limitrophes, mais d'autres continents. Les Maghrébins et Africains installés en France, souvent issus de la paysannerie, n'ont pas nécessairement des origines sociales très différentes de leurs prédécesseurs de Silésie ou du *Mezzogiorno*. Ils s'en distinguent cependant par leur repérabilité physique, leurs traditions familiales et religieuses. Le fait qu'une part dominante des étrangers provienne de l'ancien empire français et soit porteuse d'un héritage de conflits et d'humiliations, mais aussi de connaissance réciproque (à commencer par la langue et le fonctionnement de l'administration), n'est pas sans peser lourdement sur leur statut en France.

Nul mieux que le sociologue Abdelmalek Sayad n'a décrit et analysé la fonction miroir de l'« immigration », concept qui questionne immanquablement la notion même d'État, autrement dit la frontière entre le national et l'étranger[1]. Sayad considère la présence d'immigrés dominés et discriminés comme la faille dans l'ordre national qui met à l'épreuve les catégories traditionnelles du politique et du social. Apport décisif de cette analyse, l'idée, généralement négligée, qu'un émigré se cache derrière chaque immigré, sa condition « ici » étant largement déterminée par les causes de son départ « de là-bas », singulièrement l'histoire coloniale. L'exilé vit ainsi entre la tragédie de son départ et l'impossibilité de son retour, piégé par ce « paradoxe de l'altérité ».

1. Abdelmalek Sayad, *L'immigration ou les paradoxes de l'altérité*, Éditions universitaires, De Boeck-Wesmael, 1991, et *La double absence*, Le Seuil, 1999.

Rejeté ici, méprisé là-bas, il continue de se définir par son lien avec un pays d'origine dans lequel il a longtemps rêvé – et imagine encore parfois – de pouvoir revivre un jour, alors qu'il est déjà enraciné dans le pays d'accueil, où ses enfants sont nés. Pour beaucoup, seul le choix du lieu de sépulture scellera définitivement le choix, mettant un terme à la « double absence[1] ». Cette analyse du mythe du retour, prémonitoire dans les années 70 où les « travailleurs immigrés » étaient censés rentrer au pays après avoir servi l'économie française, éclaire aujourd'hui les actuelles difficultés d'intégration. Conséquence concrète de ce douloureux entre-deux, l'impossibilité pour les parents immigrés de transmettre une histoire familiale rompue et tiraillée, explique bien des révoltes et des stratégies de fuite chez les générations suivantes.

Le spectacle de différences prononcées soumet ainsi la société française à des interrogations profondes et répétées sur ses propres valeurs et son propre fonctionnement. Mais les « immigrés » ne sont pas seuls à questionner l'« intégration ». La reconnaissance du communautarisme religieux ou sexuel, le réveil marqué des affirmations identitaires dans l'ensemble de la société font craindre une implosion qui viendrait rompre le consensus social minimum fondé sur les valeurs républicaines. La laïcité qui, en assurant la libre expression des croyances dans le domaine de la vie privée, permet un *modus vivendi* religieux depuis un siècle peut ainsi paraître menacée par l'islam. Même l'acquisition de la nationalité française, massive (voir p. 121), n'est plus un gage,

1. Yacine Chaïb, *L'émigré et la mort : la mort musulmane en France*, Édisud, 2000.

loin de là, de rapports apaisés avec la société, ni d'une insertion dans une culture commune. Vus par les « autres », les Français deviennent des « Blancs » ou, en verlan, des « Céfrancs », tournures de langage qui oscillent entre le refus d'identification et la rage de ne pas être accepté. Depuis longtemps d'ailleurs, le langage courant a oublié le sens premier du mot « immigré » – né ailleurs –, pour désigner, au-delà des ex-colonisés, les « bronzés » de tous continents, même nés en France, même de nationalité française.

L'art de vivre ensemble apparaît, dans ce contexte, comme l'un des défis les plus cruciaux du siècle qui s'ouvre. Comment penser la cohabitation de multiples « différences » afin de mieux l'organiser et d'éviter les logiques de développement séparé ? Comment combattre les inégalités que génère cette réalité identitaire, sans ébranler la démocratie, et même en l'enrichissant ?

À la révélation de l'enracinement de l'immigration maghrébine, au début des années 80, a correspondu l'émergence de ces problématiques. Insertion ? Assimilation ? Intégration ? La controverse s'est focalisée sur une question sémantique (voir p. 192). Puis elle a rebondi explicitement sur les questions de l'altérité, de la nation, et de l'identité française sous la pression de l'extrême droite qui a réussi à valider l'amalgame entre la défense identitaire du pays et l'arrêt des flux migratoires, voire l'expulsion massive des immigrés. Les principaux partis politiques sont tombés dans ce piège, popularisant l'idée selon laquelle l'« intégration » des populations issues de l'immigration supposait une stricte « maîtrise des flux migratoires » et une législation répressive renforcée. Comme si les problèmes sociaux trouvaient leur source dans les migrations. Comme si la réussite scolaire, l'emploi, l'acculturation des enfants d'immigrés dépendaient mécaniquement et principalement du fait que la France ouvre ses frontières à 60 000 nouveaux étrangers plutôt que 100 000 par an ou que le délai maximal de rétention administrative soit prolongé de deux jours pour faciliter les expulsions... Répété sur le ton de l'évidence, le sophisme a contribué au contraire à déstabiliser les populations en question, en les ramenant perpétuellement à une « immigration » qu'elles n'ont souvent pas connue, ou ont simplement subie, en les assignant à résidence communautaire, au risque de masquer la réalité du métissage, de gommer la diversité et l'évolution des stratégies identitaires et des aspirations individuelles.

Les faux-semblants de la délinquance étrangère

« Étrangers égale délinquance. » L'équation fait recette, d'autant qu'elle semble étayée par des chiffres sans appel. Les étrangers, qui formaient 5,6 % de la population totale, constituent 23,6 % des détenus des prisons françaises en 1999, soit 12 500 personnes. Ils sont donc proportionnellement presque cinq fois plus nombreux que les Français. Encore cette moyenne nationale recouvre-t-elle des réalités disparates selon les établissements pénitentiaires : à la maison d'arrêt de Villepinte (Seine-Saint-Denis), 50 % des détenus étaient des étrangers en 1999 ; à la Santé à Paris, ils étaient 60 %. Parmi l'ensemble des détenus étrangers, 46,7 % étaient originaires du Maghreb au 1er janvier 1999, 25,2 % étaient européens, 15,2 % venaient d'Afrique subsaharienne,

8,9 % d'Asie et 3,5 % d'Amérique. « Particulièrement défavorisés », « pour la plus grande part indigents » et illettrés alors que la prison fonctionne au formulaire, ils sont « particulièrement défavorisés », a estimé, en 2000, la commission d'enquête du Sénat sur l'état des prisons[1]. Insistant sur les « conditions d'infériorité » des détenus étrangers, les sénateurs ont souligné qu'ils étaient parfois « parqués dans des quartiers "ethniques" », « chargés des plus basses besognes » et « les premiers à être entassés dans les cellules les plus dégradées en cas de surpopulation ». Exception faite des condamnés à de longues peines, « la plus grande part de cette population n'a rien à faire dans nos prisons », en particulier les étrangers en situation irrégulière, ont écrit les sénateurs. Ils ont ainsi rejoint leurs collègues députés qui, dans un rapport analogue, ont jugé que l'incarcération des sans-papiers « ne correspond pas actuellement aux missions qui devraient être assignées à la prison[2] ».

Selon les statistiques de ministère de la Justice, 23,1 % des détenus étrangers étaient incarcérés pour infraction à la police des étrangers en 1998. Mais parmi eux, l'administration pénitentiaire ne distingue pas ceux qui sont en prison uniquement pour ce type de délit (infraction aux règles d'entrée et de séjour, falsification de passeport, refus de décliner son identité, etc.), de ceux à qui une autre infraction de droit commun est reprochée.

1. Sénat, *Rapport de la commission d'enquête sur les conditions de détention dans les établissements pénitentiaires en France*, juin 2000. Disponible sur Internet : http://www.senat.fr/rap/l99-449/l99-4491.pdf

2. Assemblée nationale, *Rapport fait au nom de la commission d'enquête sur la situation dans les prisons françaises*, juin 2000. Disponible sur Internet : http://www.assembleenat.fr/rap-enq/r2521-1.asp/

Le rapport Weil de 1997 avait proposé de cesser d'incarcérer, sauf exception, des étrangers pour simple infraction au séjour. Mais cette suggestion n'a pas été retenue par le gouvernement. Entre 1975 et 1999, le nombre total d'étrangers détenus a augmenté de 162 %, soit presque deux fois plus que les Français (+91 %)[1]. Cette évolution est loin de traduire une hausse parallèle de la délinquance visible. Elle s'explique largement par l'augmentation de la durée de la détention des étrangers mais surtout par la montée en puissance de la répression du séjour irrégulier (inexistante en matière pénale jusqu'en 1981). Ainsi, le nombre d'étrangers incarcérés pour infraction aux règles sur l'entrée et le séjour a augmenté de 330 % entre 1984 et 1996.

L'existence d'une délinquance spécifique aux étrangers ne suffit pas à expliquer leur surreprésentation en prison. D'autres facteurs pèsent dans ce sens : il s'agit d'une population plus jeune et plus masculine que la moyenne, qui commet des délits (vols, agressions) qui mènent plus souvent en prison que la délinquance financière, fiscale ou routière, où ils sont sous-représentés. Souvent dénués de garanties de représentation, les étrangers sont aussi davantage placés en détention provisoire, car on craint qu'ils ne disparaissent en cas de remise en liberté. En 1998, 90 % des étrangers étaient entrés en prison au titre d'une détention provisoire contre 73 % des Français. Cette situation a pour conséquence d'augmenter les risques de condamnation à une peine de prison, le temps passé en détention étant considéré par les magistrats comme un minimum.

1. *Détenus étrangers*, Cahiers de démographie pénitentiaire du ministère de la Justice, mars 1999.

En amont, on constate que les étrangers sont proportionnellement deux fois plus souvent mis en cause par la police que les Français[1], ce qui traduit la priorité accordée à la répression de l'immigration illégale et la facilité des contrôles au faciès. Mais aucune statistique ne permet de remonter au poids réel des étrangers dans la délinquance constatée par la police (qui ne se traduit pas systématiquement par l'ouverture d'une procédure), et encore moins à leur place dans la délinquance effectivement commise.

Prison + expulsion : le cercle vicieux de la double peine

La pratique de la « double peine » consiste, pour les tribunaux, à punir les délinquants étrangers ayant déjà purgé une peine de prison d'une interdiction du territoire concrétisée par une expulsion vers le pays dont ils ont la nationalité mais où ils n'ont aucune attache. C'est une cause de révolte, de déstabilisation et de non-intégration. L'intéressé, souvent arrivé en France à l'âge de l'enfance et qui y a sa famille, parfois femme et enfant, n'a de cesse de rentrer illégalement après son éloignement forcé. Il y parvient souvent[2]. Sans papiers,

1. Pierre Tournier et Philippe Robert, *Étrangers et délinquances : les chiffres du débat*, L'Harmattan, 1991, et Pierre Tournier, *Délit d'immigration. La délinquance des étrangers en France. Analyse des statistiques pénales*, Commission européenne, 1996.

2. Le récit d'Azouz Begag et Ahmed Beneddif, *Ahmed de Bourgogne* (Le Seuil, 2001), fournit un témoignage percutant.

sans possibilité de travailler régulièrement, il est à nouveau livré à la délinquance. Le cercle vicieux délinquance-expulsion se met alors en marche. La loi prévoit certaines protections contre l'interdiction du territoire français (ITF, décision d'un tribunal) et contre l'expulsion (décidée par le ministre de l'Intérieur ou un préfet) des étrangers résidant en France depuis l'âge de dix ans. Mais cette protection est toute relative et elle disparaît pour certains délits comme ceux liés aux stupéfiants (ITF) et, pour les expulsions, en cas d'« urgence absolue » et/ou de « nécessité impérieuse pour la sûreté de l'État ou la sécurité publique » (voir p. 292).

L'intégration, épuisement d'un slogan ambigu

Comment enrayer l'engrenage de la haine, s'opposer à l'ethnicisation des problèmes sociaux, imposer une logique du respect de l'autre ? Longtemps, une large partie de la gauche a cru trouver des réponses dans la célébration du « droit à la différence ». C'était l'époque où le gouvernement menait une campagne intitulée « Vivons ensemble avec nos différences » (1985), reprenant un slogan élaboré par le MRAP, où SOS Racisme détournait les affiches Benetton pour magnifier la diversité des types physiques et des cultures, jusqu'à la caricature. C'était le temps où l'idée d'« assimilation » évoquait une insupportable atteinte, de type colonial, à la liberté d'être soi-même, où les militants confrontés à la montée de l'extrême droite avaient adopté le doux mot d'ordre d'« insertion », pour désigner l'accueil d'immigrés sans confiscation de leur identité ou de leur autonomie et l'enrichissement de la société qui en résulte.

Mais ces thèmes ont été récupérés par l'extrême droite, qui a fait de l'irréductible différence des étrangers une justification de leur inassimilabilité à l'identité française et de leur exclusion. Dans un contexte d'explosion du chômage et de crise urbaine, l'exaltation des différences pouvait signifier l'acceptation d'inégalités sur une base ethnique. La contradiction entre exigences communautaires et lutte contre les discriminations, attisée par le discours du Front national, est progressivement apparue dans toutes ses dimensions.

Le rejet progressif par les intéressés du mot « beur », comme stigmatisant une partie des Français, était, déjà, significatif de cette évolution. La dénonciation des ambiguïtés du droit à la différence a produit le tournant tardif de la fin des années 80, notamment à l'occasion de l'affaire dite des « foulards islamiques » de Creil (voir p. 257). Cette volte-face a conduit un Premier ministre, Michel Rocard, à célébrer le « droit à l'indifférence ». Il a consacré le succès du terme d'« intégration ».

Curieux retour pour ce mot qui, pendant la guerre d'Algérie, avait symbolisé le mythe du rattachement complet des trois départements algériens à la France, autrement dit l'« Algérie française »... Cette acception paraît totalement oubliée au début des années 90, lorsque, par une sorte de lapsus historique, l'« intégration » revient, cette fois au service de l'harmonie entre Français et immigrés. Le mot est alors au goût du jour car se répand l'idée que les « droits » des immigrés sont la contrepartie de leurs « devoirs ». Il exprime donc l'idée d'exigences réciproques pour les immigrés et la société d'accueil. L'intégration suppose en effet que « chacun accepte de se constituer partie du tout et s'engage à respecter l'intégrité de l'ensemble[1] ».

Les notions de respect et de dynamisme contenues dans le mot « intégration » lui valent alors non seulement d'être adopté par la classe politique, mais aussi d'être consacré par l'État. Au Haut Conseil à l'intégration et à son secrétariat créés en 1989, se sont ajoutés, entre 1991 et 1993, un ministère – l'intégration étant alors jointe au portefeuille des affaires sociales – et un secrétariat d'État.

Réinventé dans un contexte où le Front national impose ses thèmes et son tempo, le concept d'« intégration » est censé agir à la manière d'un répulsif, contre la logique communautaire redoutée. Il s'agit de traduire « assimilation » en langue politiquement correcte, en ôtant à ce mot sa connotation autoritaire, tout en limitant son utilisation aux populations issues de l'immigration. Promue mot d'ordre d'État des années 90, l'« intégration » symbolise alors la volonté des pouvoirs publics d'éviter la marginalisation d'une partie de la population en impulsant une politique volontariste en faveur de l'installation harmonieuse des immigrés dans le paysage français (voir p. 96). Mais ses ambiguïtés apparaissent dès 1992, avec la nomination comme secrétaire d'État chargé de l'intégration du seul immigré admis au gouvernement, Kofi Yamgnane. À ce Français d'origine togolaise, maire d'une commune bretonne, symbole de l'intégration réussie, on fait alors porter un discours de type contractuel qui exige des

1. Jacqueline Costa-Lascoux, *De l'immigré au citoyen*, La Documentation française, coll. « Notes et études documentaires », 1989

immigrés qu'ils respectent leurs « devoirs » en contrepartie des « droits » reconnus par la République.

Dès cette époque, la multiplication des troubles dans les cités où sont reléguées[1] les populations en voie de marginalisation étale au grand jour le terreau d'injustices qui compromet cette promesse républicaine. Décidément, les réalités de l'intégration ne se limitent pas à quelques *success stories* : si les étrangers s'intègrent, c'est souvent au sein de la population déjà la plus exclue. En réponse aux émeutes, la « politique de la ville », alliant rénovation des bâtiments et action sociale, développée depuis la fin des années 70, accède au rang de priorité d'État avec la création d'un ministère spécifique (voir p. 245).

Cette politique d'affichage aux contours flous résiste mal aux réalités d'une société inégalitaire, confrontée à des revendications communautaires ou perçues comme telles. Les injonctions répétées à l'intégration n'empêchent pas la fuite de certains jeunes dans les violences urbaines, la drogue, la délinquance, voire le fondamentalisme musulman. La participation d'enfants d'immigrés à un attentat au Maroc en 1994, puis à la vague d'attentats islamistes de 1995 à Paris et dans la région lyonnaise[2], l'engagement de quelques-uns aux côtés des talibans afghans, en témoignent de façon paroxystique. Sur un autre plan, l'émergence de pratiques inacceptables, comme la polygamie ou l'excision, reflète

1. Jean-Marie Delarue, *Banlieues en difficultés. La relégation*, rapport au ministre de la Ville, Syros, 1991.

2. Lire, dans *Le Monde* du 7 octobre 1995, le témoignage du sociologue Dietmar Loch sur l'itinéraire de Khaled Kelkal, jeune islamiste français soupçonné de terrorisme et tué par les policiers en 1995.

l'extrême isolement de certaines populations. Leur dénonciation par des jeunes femmes issues de l'immigration africaine, y compris devant les tribunaux, témoigne, en contrepoint, d'une acculturation en marche.

Ces manifestations de ghettoïsation, voire de rupture, exacerbées par le chômage, les ratés de l'urbanisation et par l'affaiblissement des instruments traditionnels d'intégration (école, armée, partis politiques et syndicats), nourrissent la crainte de la constitution de « ghettos ethniques ».

Mais l'intégration, euphémisme pour une assimilation qui n'ose plus dire son nom, ou paravent d'une forme de lutte des classes masquée par l'ethnicisation des rapports sociaux, s'épuise surtout à brandir une promesse – l'égalité – trop rarement tenue. Les jeunes issus de l'immigration, les fameuses « deuxième, troisième générations », ne se sont pas « fondus » dans la nation comme l'avaient fait les enfants de Polonais ou d'Italiens et continuent d'être définis par référence à une « migration » qu'ils n'ont pas connue. Enfants de Maghrébins ou d'Africains, ils manifestent leur malaise d'être éternellement sommés de s'intégrer à une société proclamant des droits qu'elle leur concède aussi chichement. Paradoxalement, l'intégration, notion aux relents coloniaux (voir p. 184), a surtout servi à mettre en évidence les obstacles à… l'intégration « en renvoyant les populations qu'elle désigne à une appartenance culturelle irréductible[1] ».

Cette impasse est analysée à partir de la fin des années 90, alors que la levée de l'hypothèque du

1. Nacira Guénif Souilamas, « Au revoir l'intégration ! », *Le Monde,* 13 avril 2000.

Front national et les succès sportifs « black-blanc-beur » allègent le poids du « politiquement correct ». Il apparaît alors nettement que les discours sur l'« intégration » masquent la violence sociale que produisent les discriminations dans l'accès à l'emploi, au logement, aux services publics, face à la police ou à l'entrée des boîtes de nuit. D'autant qu'une grande misère financière, une panne d'idées et une certaine démission devant la ghettoïsation de la société caractérisent l'action d'un État, prétendument posté en première ligne[1].

Fini le salut par l'« intégration » : en 1997, l'organigramme gouvernemental cesse de faire référence à cette notion. L'association SOS Racisme, elle, change spectaculairement de discours en 1999, lorsque Malek Boutih en devient président. Tournant le dos au « droit à la différence » et à la victimisation des jeunes issus de l'immigration, elle oppose désormais la préservation des valeurs républicaines au communautarisme, proclame l'attachement à une France métissée contre le malaise identitaire, prône l'apprentissage de la responsabilité contre les dérives délinquantes et se veut à l'avant-garde des luttes contre les discriminations qui gangrènent la société.

À droite comme à gauche, les politiques commencent à prendre conscience du caractère destructeur de ces injustices, à jauger le poids électoral de leurs victimes, qu'ils soient diplômés-chômeurs ou éternels contrôlés au faciès. En 1998, les premières structures sont timidement créées par le gouvernement Jospin pour lutter contre des discriminations qui, depuis plusieurs années déjà, constituent les

1. Jean Faber, *Les indésirables. L'intégration à la française*, Grasset, 2000.

principales cibles des chercheurs spécialisés et des militants antiracistes (voir p. 271).

Mais quelle posture politique adopter pour lutter efficacement contre les discriminations, faciliter le « vivre ensemble » ? Réactiver l'idéal national unificateur et égalitaire ou admettre des traitements adaptés aux différentes communautés ? « Républicanisme » contre « différentialisme » : le débat sur l'intégration tient de la partie de ping-pong entre deux sensibilités. Aux défenseurs purs et durs de l'idéal national s'opposeraient les tenants du « communautarisme à l'américaine ». Caricature ! Certes, la République est l'héritière du principe d'égalité conquis en 1789 ; elle ne connaît que des individus et entend rester aveugle devant les communautés. Certes, chaque individu-citoyen a, en France, des droits, alors que, dans d'autres pays, l'appartenance à une minorité confère certaines prérogatives. Mais la réalité a toujours pris des libertés avec cette théorie égalitaire déjà largement bafouée du temps de l'empire colonial. Dans la période récente, c'est au nom de la lutte contre les inégalités que la France a mis de bonnes doses de « différence » dans son vin républicain. Le débat politique a ainsi largement mis en scène un dilemme caricatural entre une France implosant sous la pression de communautés agressives organisées « à l'américaine » et une France fidèle à une tradition républicaine transcendant toutes les différences, là où la réalité républicaine a toujours discrètement négocié des compromis.

Des « zones d'éducation prioritaires » (ZEP) à la politique de la ville, une série de dispositifs s'est développée, visant à « donner plus à ceux qui ont moins » pour corriger les disparités qui mettent à mal la devise de la République et alimentent le discrédit des institutions. Des particularismes sont aussi reconnus, qui conduisent à prévoir des repas sans porc pour les élèves musulmans et juifs pratiquants dans les écoles publiques, à enseigner aux enfants d'immigrés les « langues et cultures d'origine », à aménager des salles de prière musulmane dans des foyers de la Sonacotra, ou à accepter des aumôniers dans les lycées et les armées. De même, le Fonds d'action sociale pour les travailleurs immigrés et leurs familles (FAS)[1], établissement public placé sous la tutelle du ministère chargé des affaires sociales, entretient un système spécifique de financement des actions sociales en direction de l'immigration, pour un budget annuel d'environ 1,5 milliard de francs.

Chez les universitaires – sociologues notamment –, le débat entre universalisme républicain et différentialisme culturel n'est pas moins vif mais plus sophistiqué. Pour certains, la réussite de l'intégration suppose la claire conscience d'appartenir à la nation française, puissamment définie non pas comme une entité ethnique mais comme une « communauté des citoyens » librement consentie[2]. D'autres estiment même que seul le cadre de l'État national fondé sur les principes républicains peut garantir l'identité et la sécurité contre les conflits nécessairement induits par une société secouée par la dérégulation économique ; et appellent à une mobilisation civique, à une action sociale

1. Le FAS a été rebaptisé FASID (Fonds d'action et de soutien pour l'intégration et la lutte contre les discriminations) par une loi sur les discriminations de 2001.

2. Dominique Schnapper, *La communauté des citoyens*, Gallimard, 1994, et *La relation à l'autre*, Gallimard, 1998.

renouvelée, pour que l'identité française cesse d'être abandonnée à l'extrême droite[1].

Mais cette vision est critiquée à partir de constats qui témoignent des effets pervers d'une vision excessivement unificatrice et tendent à relativiser la menace des expressions communautaires. Celles-ci apparaîtraient plutôt comme les produits sans cesse réinventés d'une société en mouvement marquée par les métissages culturels et les diasporas. L'individualisme induit par la mondialisation et la consommation de masse entamerait la cohésion nationale bien plus gravement que les affirmations identitaires. Certains prônent la référence à un « universalisme pluriel » dans lequel l'État, plus compréhensif à l'égard de la diversité, sortirait de son face-à-face avec des individus, pour promouvoir une démocratie « horizontale[2] ».

D'autres soulignent le paradoxe qui consiste à chercher à « intégrer les immigrés dans une société en désintégration[3] ». Ils remarquent que le refus de reconnaître un minimum de particularismes peut encourager les réflexes de repli identitaire et tendent à relativiser le « risque » communautaire. Ainsi, soulignent-ils, contrairement aux stéréotypes, les communautés les plus organisées (Portugais, Asiatiques) comptent parmi les moins intégrées, tandis que les Maghrébins, présentés comme peu intégrés, n'ont pratiquement aucune structure communautaire. D'où l'idée d'accepter un « multiculturalisme »

1. Pierre-André Taguieff, « De l'antiracisme médiatique au civisme républicain », *Hommes et migrations*, avril 1996.

2. Joël Roman, « Pour un multiculturalisme tempéré », *Hommes et migrations*, avril 1996.

3. Alain Touraine, *Pourrons-nous vivre ensemble ? Égaux et différents*, Fayard, 1997.

modéré, ouvert à l'expression des identités culturelles à condition qu'elles respectent les valeurs fondamentales de la République. Dans cette optique, l'alternative entre l'abandon de tout particularisme et l'enfermement communautaire serait vain. L'essentiel consisterait à gérer politiquement les contradictions entre des identités souvent forgées par l'Histoire, les droits collectifs du citoyen, et les choix des individus[1].

Assimilation, intégration, insertion : le poids des mots

Le mot d'assimilation recouvre une double acception ancienne : « L'action de rendre semblable dans le sens d'égaler [...] et l'acte de l'esprit qui considère comme semblable ce qui est différent. » Mais une utilisation scientifique a fait de l'assimilation « le processus par lequel un être vivant en transforme un autre en sa propre substance[2] ». Ce dernier sens s'est imposé, donnant à « assimilation » une connotation d'absorption, de négation de l'autre, et donc de violence.

Quant à l'« intégration », le Haut Conseil à l'intégration (HCI) l'a définie « non comme une sorte de voie moyenne entre l'assimilation et l'insertion, mais comme un processus spécifique : par ce processus, il s'agit de

1. Michel Wieviorka (sous la dir. de), *Une société fragmentée. Le multiculturalisme en débat*, La Découverte, 1996, et *La différence*, Balland, 2000.
2. Jacqueline Costa-Lascoux, *De l'immigré au citoyen*, *op. cit.*

susciter la participation active à la société nationale d'éléments variés et différents, tout en acceptant la subsistance de spécificités culturelles, sociales et morales et en tenant pour vrai que l'ensemble s'enrichit de cette variété, de cette complexité. Sans nier les différences, en sachant les prendre en compte sans les exalter, c'est sur les ressemblances et les convergences qu'une politique d'intégration met l'accent afin, dans l'égalité des droits et des obligations, de rendre solidaires les différentes composantes ethniques et culturelles de notre société et de donner à chacun, quelle que soit son origine, la possibilité de vivre dans cette société dont il a accepté les règles et dont il devient un élément constituant ». Pour le HCI, la conception française de l'intégration « doit obéir à une logique d'égalité et non à une logique de minorité ». Il constate « l'importance de la nationalité » perçue comme « un signe de réussite de l'intégration[1] ».

Une machine à « intégrer » performante mais grippée par les discriminations

Mesurer l'intégration. Cette ambition, non dénuée d'ambiguïté – à quoi s'intègre-t-on, y aurait-il une voie unique vers l'intégration ? –, a été satisfaite pour la première fois, en 1995, avec la publication des résultats globalement optimistes d'une enquête à grande échelle, restée unique, sur la vie sociale et les liens avec la France des populations issues de l'immigration. Réalisée à partir de données collectées

1. Haut Conseil à l'intégration, *Pour un modèle français d'intégration*, La Documentation française, 1991.

à la fin de 1992 par l'Institut national d'études démographiques (INED) avec le concours de l'Institut national de la statistique et des études économiques (INSEE), l'étude « Mobilité géographique et insertion sociale (MGIS) conduite par la démographe Michèle Tribalat tend à tempérer les diagnostics alarmistes sur la « panne » du système d'intégration à la française[1].

Ainsi, l'utilisation de la langue française, facteur primordial pour l'intégration, s'impose très rapidement. L'enquête indique par exemple que près de neuf jeunes d'origine algérienne sur dix considèrent le français comme leur langue maternelle alors que ce n'est le cas que de 26 % de leurs parents. La perte de la langue d'origine est rapide elle aussi : 91 % des enfants nés en France de parents espagnols sont capables de converser en espagnol, mais seulement 35 % des petits-enfants d'immigrés. La proportion d'enfants et de petits-enfants d'Algériens parlant arabe est respectivement de 69 % et 24 %. L'INED montre aussi que seuls 11 % des enfants d'Algériens songent parfois à revenir dans le pays de leurs parents, alors que cette tentation effleure 28 % des enfants d'Espagnols.

L'analyse de la formation des couples révèle que la moitié des garçons d'origine algérienne et le quart des filles vivent avec une personne Française d'origine. Le poids des traditions familiales apparaît cependant par le fait que les jeunes d'origine algérienne vivent en couple beaucoup plus tard que les Français d'origine et aussi parce que le concubinage avec un Français d'origine ne débouche pas systé-

1 Michèle Tribalat *Faire France,* La Découverte, 1995.

FIGURE 17

Mariages entre Français et étrangers depuis 1970

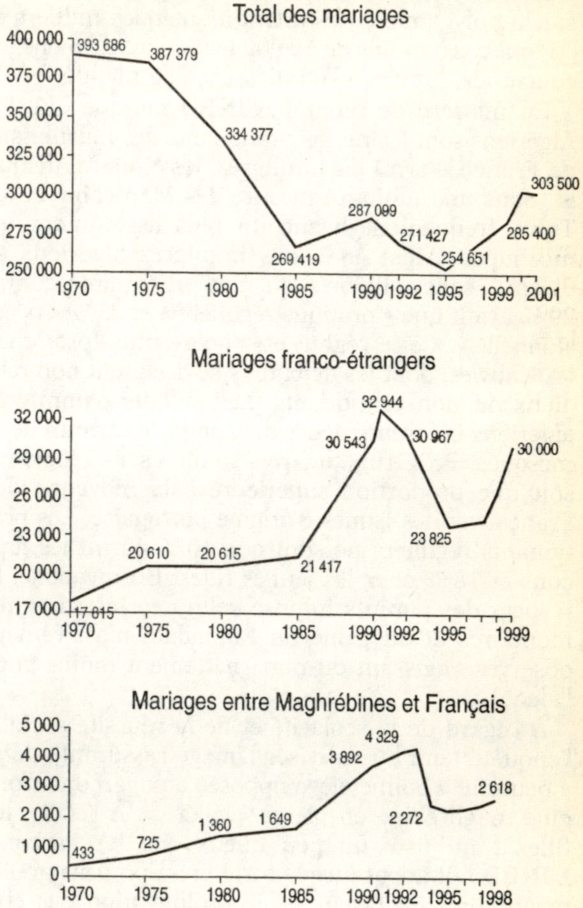

Source : Ministère de l'Emploi et de la Solidarité.

matiquement sur un mariage de ce type. L'enquête tend, d'autre part, à apaiser les discours alarmistes sur la polygamie en estimant à quelques milliers et en tout cas à moins de 10 000 le nombre de ménages concernés, limités à l'ethnie africaine mandé.

En matière de religion, l'INED indique que les Algériens sont les moins pratiquants des musulmans de France. Parmi les immigrés, les Noirs d'Afrique et, dans une moindre mesure, les Marocains et les Turcs fréquentent beaucoup plus assidûment les mosquées. Ainsi 48 % des immigrés algériens se disent « sans religion » ou non pratiquants contre 29 % ayant une « pratique régulière » et 23 % « occasionnelle ». Cette réalité est encore plus forte chez les Kabyles, dont les deux tiers se déclarent non religieux ou non pratiquants. Les enfants d'immigrés algériens ignorent encore davantage le chemin de la mosquée. Près d'un sur trois se dit « sans religion », soit une proportion supérieure à la moyenne des Français et des jeunes d'origine portugaise. Les pratiquants réguliers ne sont que 10 % parmi les garçons et 18 % chez les jeunes filles. En revanche, le respect des parents impose celui des interdits alimentaires et du jeûne du Ramadan, massivement observés s'agissant du porc, nettement moins pour l'alcool.

À l'égard de la scolarité et de la réussite sociale, l'enquête tend à relativiser l'image rassurante de la « beurette » bonne élève opposée aux garçons d'origine maghrébine en pleine « galère ». À l'école, les filles font juste un peu mieux que les garçons. L'INED fait apparaître la forte pression des parents maghrébins en faveur de la prolongation des études, pression qui se heurte aux redoublements et à la relégation dans les filières professionnelles. Mais c'est surtout au moment de l'insertion professionnelle que les « beurs » perdent l'avantage qu'ils ont pu acquérir au moment des études – notamment sur les Portugais. Principales cibles des discriminations, ces garçons battent les records d'instabilité professionnelle : plus de la moitié d'entre eux, parmi les 20-29 ans, subissent une période de chômage de plus d'un an après leurs études, contre 29 % en moyenne nationale. En dépit de ces graves difficultés, l'ascension sociale n'est pas fermée aux enfants d'immigrés. Les fils et filles d'ouvriers espagnols et algériens quittent plus souvent la classe ouvrière que la moyenne des enfants d'ouvriers français.

À propos de l'acquisition de la nationalité française, l'enquête illustre la diversité des attitudes, opposant le vif engouement des Asiatiques aux très nettes réticences des Algériens, pour des raisons historiques évidentes, alors même que la plupart de leurs enfants nés en France sont français de naissance par application du double droit du sol (voir p. 298). Ce lien de citoyenneté avec la France est confirmé par les statistiques d'inscription sur les listes électorales. Parmi les 25-29 ans, 85 % des fils d'Espagnols, 76 % des fils de Portugais et 63 % des fils d'Algériens y figurent, contre 87 % de moyenne nationale.

À côté de ce constat d'une relative bonne santé des mécanismes d'intégration, les investigations de l'INED témoignent crûment de l'effet ghetto lié au type d'urbanisme. Plus les populations étrangères sont logées dans des quartiers où règne la ségrégation, plus s'intensifie la pratique religieuse, plus les relations sociales tendent à s'enfermer dans un cadre ethnique excluant les Français de souche. L'étude tend à montrer aussi que des tendances communautaristes existent, en particulier chez les immigrés turcs, qui font pourtant peu parler d'eux. Elle décrit en particulier une pratique matrimoniale courante dans ces familles, liée aux restrictions imposées à l'immigration. Le mariage avec une jeune fille résidant en France étant devenu l'un des rares moyens d'émigrer légalement, les parents tendent à monnayer, par la dot, les épousailles de leurs filles avec un garçon « du pays », assignant à ces dernières un « choix » communautaire.

L'hypothèque du racisme

Racisme biologique et inégalitaire, « différentialiste », colonial... L'« espace du racisme[1] » se déploie selon des logiques variées qui, enracinées dans des préjugés, nourries de jalousie sociale, convergent dans la « peur de l'autre » pour faire obstacle à la cohabitation de personnes stigmatisées par leurs caractéristiques physiques, telle la couleur de leur peau. L'intégration progressive des immigrés et de leurs descendants se heurte ainsi à la perpétuation de discriminations, d'injures ou de violences raciales. Le phénomène est général en Europe. Un habitant sur trois de l'Union européenne se déclare « très raciste » ou « assez raciste[2] ». La Belgique, la France et l'Autriche paraissent les plus touchées puisque respectivement 55 %, 48 % et 42 % des personnes interrogées se disent « très racistes » ou « assez racistes », tandis que le Luxembourg et la Suède (2 %), le Portugal (3 %), l'Espagne et l'Irlande (4 %) semblent les plus épargnés.

1. Michel Wieviorka, *L'espace du racisme*, Le Seuil, 1991.
2. Institut Eurobaromètre, décembre 1997.

En France, les indices du racisme et de la xénophobie sont remarquablement élevés et stables depuis qu'on les mesure : 43 % des personnes interrogées se disent « plutôt » ou « un peu » racistes à l'automne 2000, proportion pratiquement constante depuis onze ans[1]. À l'inverse, 28 % se disent « pas racistes du tout » et 26 % « pas très racistes ». Réaliste, l'opinion constate à 91 % que le racisme est une chose « très » ou « plutôt » répandue et que les Maghrébins en sont les premières victimes (75 %), juste devant les beurs (55 %), les Noirs (44 %) et les Tziganes (41 %). Cohérentes, 60 % des personnes interrogées estiment qu'il y a « trop de personnes d'origine étrangère » en France (30 % étant de l'avis opposé). Au palmarès du « trop de... », les « Arabes » viennent en tête (63 %), largement devant les « Noirs » (43 %), les « Asiatiques » (21 %) et les « Juifs » (19 %). Une analyse plus détaillée confirme les racines sociales et économiques du racisme : 73 % de personnes sont persuadées que les immigrés sont venus pour profiter de la Sécurité sociale et près de la moitié considèrent les immigrés comme une charge pour l'économie, tandis que 51 % pensent que l'immigration est la principale cause de l'insécurité. Par contraste, l'enquête fait apparaître le fort attachement des Français à des valeurs fondamentales : 62 % estiment qu'« on juge aussi une démocratie à sa capa-

1. Sondages CSA, puis Louis Harris réalisés chaque année depuis 1990 et publiés dans le rapport de la Commission nationale consultative des droits de l'homme (CNCDH) placée auprès du Premier ministre. L'utilisation confuse de catégories ethniques et de stéréotypes racistes par cette enquête est critiquée. Lire notamment « À quoi sert le sondage annuel sur le racisme ? », *Hommes et migrations*, septembre-octobre 2000.

cité d'intégrer ses étrangers » et 51 % voient dans la présence d'immigrés une source d'enrichissement culturel. Politiquement et socialement, les racistes se recrutent davantage à droite, chez les personnes âgées, les agriculteurs et les commerçants. Mais si l'électorat du Front national s'affirme raciste à 70 %, il ne rassemble qu'un tiers des racistes, un autre tiers votant pour la droite modérée et encore près de 30 % pour la gauche et les Verts[1].

Ces réalités ne sont pas nouvelles en France. Des manifestations parfois violentes de racisme et, plus généralement, de xénophobie ont ponctué chaque crise économique. À chaque fois, l'hostilité s'est nourrie des caractéristiques nationales et religieuses des immigrés et des circonstances de leur venue. L'arabophobie aujourd'hui dominante apparaît ainsi comme l'héritage de la colonisation et des conditions de décolonisation (voir p. 260). Dans les années 90, la guerre du Golfe, puis surtout la montée en puissance de la guerre civile en Algérie et les manifestations de terrorisme islamiste en France n'ont pu que raviver ces souvenirs de violence et stigmatiser à nouveau les populations d'origine arabe.

L'installation définitive en France des familles maghrébines, l'intégration progressive de leurs enfants n'ont fait qu'activer le racisme. Selon une analyse avancée dès le XIXe siècle par Tocqueville et approfondie par le sociologue Pierre Bourdieu, l'hostilité redouble quand s'estompent les distances sociales, notamment avec les peuples anciennement colonisés. Plus l'ancien dominé tend à l'assimilation, plus le dominateur cherche à recréer une distance

1. « La société française reste taraudée par le racisme », *Le Monde,* 2 juillet 1998.

fondée sur la nature. Ainsi, paradoxalement, la proximité de l'autre active le préjugé racial. À la différence de l'Africain ou de l'Asiatique, le Maghrébin est aujourd'hui trop proche du Français pour susciter l'attrait de l'exotisme, mais il est suffisamment différent pour être rejeté comme inassimilable. Les représentants de la première génération d'immigrés maghrébins avaient tendance à vivre entre eux, dans des conditions de misère que personne ne jalousait. Les « Sidis » de l'entre-deux-guerres, ouvriers ou marchands de tapis à Paris, avaient d'ailleurs une réputation de courage – ils avaient servi en 1914-1918 – et d'intelligence. Aujourd'hui, les conditions sociales des familles françaises et de celles issues de l'immigration sont équivalentes dans de nombreuses cités de banlieue. La cohabitation avec les immigrés est devenue le symbole du déclassement social et de la marginalisation ; d'où la tentation de les « remettre à leur place » en les enfermant dans une différence culturelle largement artificielle s'agissant d'enfants, voire de petits-enfants d'immigrés, ou en se persuadant qu'ils sont favorisés pour l'accès aux prestations sociales (72 % de telles opinions selon un sondage).

La concentration d'immigrés et de Français défavorisés dans les mêmes logements, avec son cortège de désœuvrement, de délinquance et d'isolement n'a fait qu'alimenter le racisme. « Assignés à résidence communautaire[1] », dans un contexte de relâchement des liens sociaux, des immigrés cultivent à leur tour leurs différences. On les enjoint constamment de « s'intégrer » dans une République qui leur promet

1. Driss El Yazami, « Immigration, laïcité et islam », *Hommes et libertés,* Ligue des droits de l'homme, n° 61, avril 1991.

l'égalité des droits, mais qui simultanément, les soumet à la discrimination pour l'accès au logement et à l'emploi, et rechigne à leur accorder la place qui leur revient dans le jeu politique. Attaqués comme musulmans, comme Arabes, des beurs cherchent le chemin de l'islam, ou se cherchent dans la provocation violente. Pour échapper à l'image négative et uniforme des quartiers de banlieue que renvoie la société, et en particulier les médias, leurs habitants sont conduits à se définir en opposition à leurs voisins : les « Blancs » par rapport aux Arabes et réciproquement. Les « différences » sont montées en épingle avec d'autant plus de vigueur qu'elles sont faibles en réalité. Ainsi, le racisme n'est pas une théorie mais un mode de construction de soi par rejet de l'autre et « affirmation d'une différence essentielle et absolue[1] ». Ce souci impérieux de ne pas être « mis dans le même sac » que ses voisins à la peau basanée apparaît comme une manière de s'affirmer individuellement, selon les règles de la société de consommation. Une telle expression de racisme répond aussi à une volonté de s'intégrer dans une société française qui valorise l'appartenance à une communauté nationale basée sur des valeurs universelles et peu encline à prendre en compte les « différences ».

L'enjeu du débat sur les « différences » s'est précisément trouvé renforcé par l'invalidation scientifique du fondement traditionnel du racisme, l'inégalité des races. En démontrant l'inexistence des races au sens biologique, la génétique moderne a ruiné l'idée

1. Didier Lapeyronnie, « L'ordre de l'informe. La construction sociale et politique du racisme dans la société française », *Hommes et migrations*, janvier 1998.

d'une hiérarchisation entre des êtres humains d'apparence effectivement différente. Des analyses effectuées à l'échelle planétaire depuis un demi-siècle ont en effet démontré que la grande majorité des caractères génétiques de l'espèce humaine est présente dans la quasi-totalité des populations. L'idée de « différence » a ainsi été clairement dissociée de celle d'« inégalité » qui n'a pas de sens pour les biologistes et ne peut avoir que des fondements sociaux ou juridiques. La science a ainsi elle-même invalidé le racisme prétendument scientifique qui dominait en Europe depuis la fin du XIXe siècle, basé sur l'idée d'une division du genre humain en races aux aptitudes inégales.

La déconfiture du racisme inégalitaire a conduit ses théoriciens à se référer non plus directement à l'idée d'inégalité mais à masquer leur volonté d'exclusion sous l'étiquette apparemment respectable du « droit à la différence ». En exaltant les « différences » au nom du respect d'autrui, ils entendent démontrer l'inassimilabilité des cultures et le danger du métissage qui les hante.

Cette théorie, façonnée en France par les penseurs de la « Nouvelle Droite » tels Alain de Benoist (Grece) et Jean-Yves Le Gallou (Club de l'Horloge, aujourd'hui dirigeant du MNR), inspire l'actuelle extrême droite. La nécessité de préserver une identité nationale menacée par l'intrusion d'une différence culturelle indépassable conduit à justifier l'exclusion des immigrés et à dénoncer le « racisme anti-français ». Au nom du respect de la différence de l'autre, on prépare son expulsion. L'immigré a le droit à la différence, mais... dans son pays d'origine. L'argumentation raciste s'est ainsi déplacée de la race vers la culture[1]. Le métissage, présenté comme le tragique effacement des différences, est assimilé à la décadence. Un aspect fondamental du racisme apparaît : l'irréductibilité essentielle de l'autre, qui oblige l'imaginaire raciste à « invoquer ou à inventer des caractéristiques prétendument physiques, donc irréversibles chez les objets de sa haine ». La hantise de se trouver de l'autre côté de la barrière de la haine explique la répulsion à l'égard du métissage et conduit à « lier cette forme extrême de la haine de l'autre à la forme la plus obscure, la plus sombre et la plus refoulée de la haine : la haine de soi[2] ».

Cette mutation du virus raciste a constitué un piège pour les mouvements antiracistes qui, dans les années 80, défendaient eux-mêmes une conception exclusive du « droit à la différence ». Ce slogan, pétri d'intentions tolérantes et généreuses, a été retourné par l'extrême droite à son profit tout en s'avérant bien peu intégrateur. À cette erreur d'analyse s'est ajoutée la tentation, pour des associations antiracistes concurrentes sur le terrain médiatique, de crier systématiquement au racisme à chaque bavure policière, à chaque crime sécuritaire dont la victime avait la peau bronzée. Cette attitude s'est parfois retournée lorsque l'accusation de racisme a été démentie par les faits. De même la focalisation sur « la lutte contre Le Pen » a masqué un vide stratégique et la vanité d'un antiracisme uniquement moral, là où la question posée est d'ordre social. Cette crise de l'« antiracisme de lamentation,

1. Pierre-André Taguieff, *La force du préjugé. Essai sur le racisme et ses doubles,* La Découverte, 1988 ; rééd. Gallimard, coll. « Tel », 1990

2. Cornelius Castoriadis, *Figures du pensable,* Le Seuil, 1999, et *Le Monde* du 9 janvier 1999.

d'indignation et de déploration stupéfiée[1] » a été dépassée par l'affaiblissement électoral de l'extrême droite et par l'émergence du thème des discriminations (voir p. 267).

Mais l'installation d'un racisme plus « différentialiste » qu'« inégalitaire » est une source de difficultés spécifiques dans la France républicaine, précisément hostile à l'expression des différences[2]. Les antiracistes y sont amenés à lutter, au nom de l'égalité, contre l'expression de différences perçues comme des menaces « communautaristes », alors que ces mêmes différences sont présentées comme menaçantes et irréductibles par les discours racistes. Ainsi s'engage un cycle pervers : rejetés vers une différence indépassable, les victimes du racisme répliquent en revendiquant et en amplifiant cette altérité que l'on cherche à leur imposer. Attitude qui nourrit à son tour le racisme et le repli. La difficulté qu'éprouve la société française à traiter la question des différences culturelles est bien au centre de toute analyse du racisme.

Des paroles aux actes

De l'injure verbale au meurtre, en passant par toutes les formes insidieuses ou explicites de la discrimi-

1. Pierre-André Taguieff, *Face au racisme*, La Découverte, 1991 ; *Les fins de l'antiracisme*, Michalon, 1995 ; et, avec Michèle Tribalat, *Face au Front national. Arguments pour une contre-offensive*, La Découverte, 1998.

2. Michel Wieviorka, « La production institutionnelle du racisme », *Hommes et migrations*, janvier 1998.

nation, les diverses manifestations de racisme ont en commun d'être difficiles à recenser et de pouvoir conduire leurs auteurs devant un tribunal pénal (voir précis juridique p. 304). Les statistiques policières des actes de racisme, systématiques depuis 1990[1], même si elles ne reflètent qu'une partie de la réalité, témoignent de leur liaison avec les activités de l'extrême droite et de la mouvance skinhead, et avec l'actualité : par contagion, le procès Barbie ou la profanation du cimetière de Carpentras ont induit une vague d'actes racistes, tout comme la guerre du Golfe ou le conflit israélo-palestinien.

Ainsi, la montée des menaces (graffitis, injures) contre les Maghrébins a culminé au milieu des années 90, au moment des attentats islamistes en France, avec la prolifération de tracts destinés à provoquer la haine des musulmans par des formulations menaçantes à l'égard des Français. Ces feuilles, prétendument signées par des groupes arabes, sont en réalité rédigées et diffusées par des militants d'extrême droite, comme le montrent les quelques interpellations opérées. En matière d'injures publiques, seules sont collectées les condamnations prononcées par les tribunaux, dont le nombre est faible : environ 80 chaque année.

Les actes de violence répertoriés comme racistes avaient tendance à diminuer au fil des années 90, mais le début des années 2000, marqué par la vague de violence antisémite liée à l'Intifada au Proche-Orient, a rompu nettement cette tendance, révélant l'existence d'un antisémitisme d'origine arabe en France. Les attentats et agressions à caractère raciste avéré restent exceptionnels dans leur forme organisée. Le « baro-

1. *La lutte contre le racisme et la xénophobie*, La Documentation française.

mètre » officiel du racisme n'a enregistré aucun meurtre raciste entre 1998 et 2000, mais il avait recensé huit morts en 1995 et trois l'année précédente.

La violence raciale est pourtant présente, notamment dans les rapports entre la police et les jeunes d'origine immigrée. Comment ne pas évoquer le racisme quand meurt Malik Oussekine, frappé par les voltigeurs de la police lors des manifestations étudiantes de 1986, ou quand Aïssa Ihich, asthmatique, sort mourant, en 1991, du commissariat de police de Mantes-la-Jolie où il avait été privé de ses médicaments. Quand Makomé M'Bowole, Zaïrois de dix-sept ans, est tué par un policier dans un commissariat parisien, en avril 1993, ou lorsque Sid Mohamed Amniri, Français d'origine marocaine, est passé à tabac par des policiers marseillais, en août 1995. L'expression du racisme trouve d'ailleurs dans le langage policier une place de choix[1].

Bien d'autres violences traduisent la diffusion des pulsions racistes : depuis les militaires lancés dans la chasse aux « bougnoules », jusqu'aux profanations de cimetières juifs et musulmans, en passant par le cri de haine de « skinheads » sur les stades de football et la longue liste de jeunes beurs tués, depuis les années 70, dans des circonstances où le racisme le dispute parfois à l'obsession sécuritaire ou à l'exaspération des troubles de voisinage. L'ancrage de l'extrême droite dans la vie politique française n'a fait qu'encourager ces tendances. D'Imed Bouhoud, jeune Français d'origine tunisienne mort noyé dans un bassin du port du Havre où il avait été précipité par un skinhead (mai 1995), à Brahim Bouraam poussé dans la Seine le 1er mai 1995 par un sympathisant du Front national. D'Abderaman

1. Michel Wieviorka, *La France raciste*, Le Seuil, 1992.

Rabah, un Français de vingt-six ans précipité depuis les falaises d'Ault (Somme) (août 1994), à Ibrahim Ali, un Comorien de dix-sept ans tué par balle à Marseille par un colleur d'affiches du Front national (février 1995). D'Idrissa Diara, un Malien jeté dans le canal Saint-Martin à Paris en 1994 par sept hard-rockers, sans oublier la profanation du cimetière juif de Carpentras, en mai 1990, perpétrée par quatre skinheads néonazis.

Mais le racisme est un marais autrement plus vaste que ne le laissent croire ses manifestations les plus spectaculaires et repoussantes. Si quelques élus n'hésitent pas à pratiquer ouvertement la « préférence nationale » dans les écoles maternelles, au risque d'une condamnation pénale, le quotidien vécu du racisme passe par les multiples formes subreptices de la discrimination (voir p. 268), qu'elles visent les candidats à l'emploi, au logement ou les clients des boîtes de nuit, qu'elles mettent en cause des chefs d'entreprise, des organismes HLM, voire l'État lui-même.

Un aboutissement symbolique, la nationalité

Devenir citoyen français... Cet acte couronne la démarche d'intégration dans la tradition française assimilationniste. D'ailleurs, la loi permet à l'État de refuser la naturalisation pour « défaut d'intégration »... En 2000, plus de 150 000 étrangers ont ainsi acquis la nationalité française (voir p. 120). Ce nombre évolue tendanciellement à la hausse depuis plus de dix ans, traduisant à la fois la mise en œuvre d'une des législations les plus libérales du monde[1] et l'attrait pour une formalité qui, si elle n'immunise pas contre les discriminations, facilite la vie dans bien des domaines.

Le lien entre l'intégration et l'acquisition de la nationalité est formalisé par le fait que la naissance en France, une certaine durée de séjour, voire, dans certains cas, la pratique de la langue ou la présence à l'âge de la scolarité, qui font supposer une intégration convenable, figurent parmi les critères juridiques d'accès à la nationalité.

Ces principes sont inclus dans le code de la nationalité – ordonnance du 19 octobre 1945 modifiée principalement en 1973, 1993 et 1998 –, monument complexe, dont chaque disposition est le produit d'une histoire séculaire. Cet ensemble de lois définit le Français d'origine : celui auquel l'État impose sa nationalité à la naissance, sans la moindre manifestation de volonté (97 % des Français). Elle fixe aussi les conditions dans lesquelles un étranger peut accéder à la nationalité française, accession qui est un droit dans certains cas (mariage avec un ressortissant français ou naissance en France et résidence pendant cinq ans), une décision souveraine de l'État, dans d'autres, prise au vu d'éléments témoignant de la socialisation de l'intéressé en France (naturalisation), toutes ces décisions pouvant être contestées devant les juridictions administratives. Les évolutions de cette législation jusqu'à ces dernières années reflètent des situations économiques, politiques et démographiques spécifiques. Indispensable à la compréhension du débat actuel sur l'« intégration », leur examen illustre le lien entre le mode de déve-

1. Les législations étrangères sur la nationalité sont succinctement présentées dans le précis juridique (voir p. 300).

loppement d'une société et la manière dont elle absorbe les étrangers en dosant deux principes de base restés immuables au fil des siècles, le droit du sol *(jus soli)* et le droit du sang ou filiation *(jus sanguinis)*.

Ces deux piliers juridiques actuels de la nationalité ne se retrouvent chacun isolément que dans des sociétés primitives. Dans celles, souvent nomades, où la famille, la tribu constituent le lien social dominant, a prévalu le *jus sanguinis* : l'étranger est celui qui ne descend pas des mêmes ancêtres. À cette conception encore présente aux débuts des civilisations grecque et romaine, a succédé le *jus soli* qui convient mieux à une société où le rattachement à un territoire prévaut sur la filiation. C'est le cas dans l'Empire romain, dans la société féodale et les royaumes assis sur un territoire[1]. Au Moyen Âge sont considérées comme des étrangers, autrement dit des aubains[2], les personnes nées hors de la seigneurie où elles vivent, et qui ne sont pas les sujets du seigneur local. Le *jus soli* prévaut dans les seigneuries rurales, conformément à l'intérêt qu'ont les seigneurs à revendiquer la souveraineté sur le maximum de populations. En revanche, le *jus sanguinis* est retenu dans les villes, dont les habitants jouissent de privilèges considérés comme héréditaires. Cette opposition entre droit des villes et des campagnes disparaît à la Renaissance avec l'unification du royaume et la reconnaissance conjointe des deux principes.

Le droit français n'a pas cessé depuis lors d'évoluer

1. Danièle Lochak, *Étrangers : de quel droit ?*, PUF, 1985.
2. À la mort de l'aubain non naturalisé, le seigneur recueille ses biens, en vertu du droit d'aubaine.

dans une dialectique entre *jus soli* et *jus sanguinis*[1]. Le dosage de l'un et l'autre déterminera souvent le degré d'ouverture de la société.

Une conception restrictive de la nationalité l'emportera si sont exigées simultanément les conditions de naissance sur le sol et de filiation. Mais si l'une des deux suffit, l'accès à la nationalité sera beaucoup plus ouvert. Une troisième condition, celle de résidence sur le territoire, servira de régulateur.

Sous la monarchie, le *jus soli* domine. Toute personne née sur un territoire appartenant au roi en est le sujet si elle réside sur ce territoire. Le raisonnement, hérité de la tradition féodale, est antérieur au concept moderne de nationalité et sert à justifier l'allégeance de l'ensemble de la population, même d'origine étrangère, à un souverain. L'introduction formelle du *jus soli* dans le droit français remonte à un arrêt du parlement de Paris du 23 février 1515, qui reconnaît le droit pour un enfant d'étranger d'hériter de son père dès lors qu'il est né et demeure en France. Un peu plus tard, l'autre principe du droit des étrangers, le *jus sanguinis*, hérité du droit romain, est reconnu de façon autonome : l'enfant né hors de France de parents français peut être réputé français s'il vient vivre en France et s'engage à ne pas quitter le royaume (arrêt du parlement de Paris du 7 septembre 1576).

La Révolution s'inscrit dans la continuité de cette tradition qui mêle droit du sol, droit du sang et lieu de résidence, ajoutant dans certains cas la nécessité d'une adhésion volontaire à la République avec

1. Jean-Marie Carbasse, « L'étranger pour l'historien du droit », *Gazette du Palais*, n° 34, 3 février 1993, et n° 35, 4 février 1993.

prestation d'un « serment civique ». Généreuse et ouverte, elle supprime toute ségrégation fondée sur la religion, la couleur de la peau ou la condition. Les juifs, les « gens de couleur » et les esclaves deviennent des citoyens français. La naturalisation des étrangers n'est plus une prérogative royale mais elle est accordée de plein droit si des conditions objectives sont remplies (cinq ans de résidence dans le royaume, acquisition d'immeubles ou mariage avec une Française). La Constitution de 1791 accorde la nationalité ou « citoyenneté passive » non seulement à « ceux qui sont nés en France d'un père français », mais aussi à « ceux qui, nés en France d'un père étranger, ont fixé leur résidence dans le royaume », et à « ceux qui, nés en pays étranger d'un père français, sont venus s'établir en France et ont prêté le serment civique », ainsi qu'à « ceux qui, nés en pays étranger et descendant [...] d'un Français ou d'une Française expatrié pour cause de religion, viennent demeurer en France et prêtent le serment civique ». Les critères d'attribution de la nationalité qui prévalaient sous la monarchie sont maintenus mais l'allégeance au roi est remplacée par un lien juridique entre une personne définie par ses droits et ses devoirs et une entité abstraite, la nation. Tout homme fidèle aux idées révolutionnaires est digne d'être citoyen, quelle que soit son origine. L'éphémère Constitution montagnarde de 1793 va plus loin. Elle accorde la citoyenneté passive (ou nationalité) à « tout étranger âgé de vingt et un ans [...] qui, domicilié en France depuis une année, y vit de son travail, ou acquiert une propriété, ou épouse une Française, ou adopte un enfant, ou nourrit un vieillard » et même à « tout étranger qui sera jugé par le Corps législatif avoir bien mérité de l'humanité ». La nation naît ainsi indépendamment de toute considération ethnique. Cet idéal républicain de la citoyenneté imprègne fortement la tradition française jusqu'à nos jours, même s'il n'a jamais été appliqué dans les termes radicaux de 1793.

Citoyenneté active, passive, nationalité

Si l'idée de nationalité traduit le lien juridique entre un individu et un État, celle de « citoyenneté active », promue par la Révolution, signifie la participation à la souveraineté nationale, notamment par le droit de vote. Par opposition, la « citoyenneté passive » désigne la simple nationalité, sans exercice de ce droit. Car les deux notions – nationalité et citoyenneté – n'ont jamais totalement coïncidé. Au XIXe siècle, alors que s'affirme la frontière juridique entre le national et l'étranger[1], bien des personnes de nationalité française demeurent exclues de la citoyenneté active : le suffrage censitaire exclut les classes pauvres du vote ; jusqu'en 1872, les jeunes gens aisés échappent à leur devoir militaire en rémunérant un remplaçant ; jusqu'en 1946, le droit de vote est dénié aux femmes françaises et, jusqu'aux indépendances, les « sujets » des colonies, pourtant considérés comme français, en sont écartés ou y accèdent parfois (Algérie) dans des conditions profondément inégalitaires.

1. Gérard Noiriel, *La tyrannie du national. Le droit d'asile en Europe (1793-1993)*, Calmann-Lévy, 1991.

Ces discriminations ayant disparu, la nationalité est aujourd'hui une condition à la fois nécessaire et suffisante de l'exercice de la citoyenneté, sauf pour les mineurs et les personnes déchues de leurs droits civiques par décision de justice. Pourtant, depuis l'adaptation de la Constitution au traité de Maastricht, en 1992, les deux principes sont à nouveau disjoints, le droit de vote aux élections municipales ayant été accordé aux étrangers originaires de l'Union européenne.

Avec le Code civil de 1804 – ou Code Napoléon –, le droit du sol s'efface devant le droit du sang, autrement dit le principe de la filiation : l'enfant né d'un père français est français à la naissance, qu'il soit né en France ou à l'étranger. C'est une rupture avec la tradition monarchique du *jus soli* qui rattache l'homme à la terre de son seigneur, et l'ébauche de la législation actuelle. Mais la question des enfants nés en France de parents étrangers divise les responsables politiques d'alors[1] : tandis que Bonaparte défend l'idée que tout enfant né sur le sol français est français parce qu'il a « l'attachement que chacun a naturellement pour le pays qui l'a vu naître » et que sinon, il échapperait à la conscription, ses opposants allèguent qu'on ne peut pas imposer la nationalité à un enfant né en France par le hasard d'un séjour éphémère de ses parents, sans qu'il en ait exprimé le souhait. Un compromis est trouvé : le droit du sang est instauré mais un droit du sol restreint demeure : l'enfant né en France

1. Patrick Weil et Randall Hansen (sous la dir. de), *Nationalité et citoyenneté en Europe*, La Découverte, 1999.

d'un père étranger est étranger, mais il peut réclamer la qualité de Français dans l'année qui suit sa majorité à condition de résider en France et d'y fixer son domicile.

Mais les effets pervers de cette loi ne tardent pas à se manifester, d'autant qu'au milieu du siècle, l'immigration devient un phénomène massif dans certaines régions frontalières, posant avec plus d'acuité la question du devenir des enfants nés en France de parents immigrés et de leur descendance : ils échappent au service militaire alors qu'ils sont sociologiquement français, ce qui contredit le principe d'égalité et peut poser un problème de paix civile.

Dans ce contexte, tout enfant né en France d'un parent étranger qui y est lui-même né n'est-il pas, de fait, un Français dès sa naissance ? Ce principe, celui du double *jus soli,* est posé par la loi du 7 février 1851, adoptée sous la IIe République et toujours en vigueur. C'est l'un des piliers et l'une des originalités du droit français : tout petit-fils d'immigré est un Français de naissance. On considère que le temps, la pratique de la langue française et l'insertion dans le pays en ont ainsi décidé. Mais le texte de 1851 laisse subsister la possibilité de répudier la nationalité française à l'âge de la majorité, qui est amplement utilisée pour échapper à l'armée.

Cette faculté est supprimée par la loi du 26 juin 1889 qui, en pleine vague d'immigration, franchit ainsi un pas supplémentaire vers le droit du sol. Outre le souci d'égalité devant la conscription, la réforme reflète la crainte de voir se constituer des concentrations d'étrangers marginalisés, non seulement dans les régions frontalières mais aussi en Algérie où les colons français sont démographiquement menacés par les Espagnols et les Italiens. En Algérie où, pourtant, la grande majorité des musulmans demeurent exclus de la citoyenneté française.

Au nom de l'égalité, on impose donc la nationalité française à des enfants d'immigrés de la deuxième génération née en France. Mais la loi de 1889 renforce encore, de façon décisive, le droit du sol en faisant Français de plein droit, à l'âge de leur majorité, tous les enfants nés en France d'un père étranger qui n'y est pas né. La seule condition exigée est de résider en France à sa majorité. La possibilité de répudier la nationalité française est laissée, mais seulement dans l'année qui suit cette majorité. La loi dispose, d'autre part, que ce même enfant né en France de parents étrangers nés à l'étranger peut devenir français dès sa naissance si ses parents souscrivent une déclaration en son nom, et qu'il le devient automatiquement s'il participe aux opérations de recrutement.

La pratique républicaine du droit du sol, toujours en vigueur pour l'essentiel, s'affirme ainsi : loin de son sens féodal d'allégeance à la terre et au roi, dominant sous l'Ancien Régime, loin de toute référence ethnique mais aussi loin de toute démarche volontaire, l'acquisition « républicaine » de la nationalité résulte de l'éducation et de la socialisation sur le sol français.

Après l'hécatombe de 1914-1918, le besoin démographique et criant et une grande vague d'immigration rend nécessaire une accélération des naturalisations. Très libérale, la loi du 10 août 1927 facilite considérablement les naturalisations en réduisant de dix à trois ans, et parfois à une année, la durée de résidence exigée. Le texte permet aussi aux Françaises épousant un étranger de conserver leur nationalité, alors qu'auparavant, elles étaient obligées d'acquérir celle de leur époux.

Les grands principes n'évolueront plus, sauf pendant le régime de Vichy. L'« État français » révise alors les naturalisations acquises en application de la loi de 1927 (15 000 personnes dont plus de 6 000 juifs), abroge le décret Crémieux de 1870 qui avait déclaré français les juifs d'Algérie, et applique la déchéance de la nationalité française aux exilés hostiles au régime, dont le général de Gaulle.

Tempêtes sur ordonnance

L'ordonnance du 19 octobre 1945, qui demeure le texte de référence de nos jours, reprend les principes de la loi de 1927. Elle consacre l'approche non ethnique et l'équilibre entre *jus soli* et *jus sanguinis* en vigueur depuis un siècle. Elle fait de certaines condamnations pénales un obstacle à la naturalisation. La loi du 9 janvier 1973 égalise la situation de l'homme et de la femme, des enfants légitimes et naturels. Elle adapte aussi la règle du double *jus soli* aux situations complexes issues de la décolonisation, l'indépendance des anciennes colonies ayant placé des ressortissants français devant le choix entre la nationalité du pays nouvellement indépendant et le maintien dans la nationalité française.

La loi de 1973 permet l'application du double *jus soli* « à l'enfant né en France d'un parent né sur un territoire qui avait, au moment de sa naissance, le statut de colonie ou de territoire d'outre-mer de la République française ». La règle, qui s'applique aux territoires africains anciennement sous souveraineté française (mais non aux protectorats), vaut *a fortiori* pour les départements d'Algérie, assimilés à la métropole par le code de la nationalité de 1945.

C'est ainsi que les enfants d'Algériens nés en France après le 1er janvier 1963, date où l'indépendance de l'Algérie produit son effet sur la nationalité, sont français dès leur naissance, comme étant nés en France de parents nés en Algérie, alors sous souveraineté française. Cela reste vrai même si leurs parents ont perdu la nationalité française en optant pour la nationalité algérienne après l'indépendance. Cependant, cette règle ne joue pas si les parents sont nés en Algérie après le 3 juillet 1962, date de l'indépendance officielle, puisqu'ils sont alors nés sur le territoire d'un pays étranger.

En revanche, le double *jus soli* ne s'applique pas aux enfants d'Algériens nés avant le 1er janvier 1963, qui ont suivi le sort de leurs parents, lors de l'indépendance : ils ne sont devenus français que s'ils ont signé une déclaration de reconnaissance de cette nationalité ; le plus souvent, ils ne l'ont pas fait et sont devenus algériens. Cette circonstance explique que, dans des familles d'origine algérienne, les enfants aînés peuvent être algériens alors que les cadets sont français.

La règle du double *jus soli* s'est appliquée jusqu'en 1994 aux enfants de ressortissants de territoires anciennement sous souveraineté française – Bénin, Sénégal, Mali, Côte d'Ivoire... – qui sont nés en France, après l'indépendance, de parents nés avant l'indépendance (1960), et sont donc Français de naissance. Cette disposition ne valait pas en revanche pour des pays comme le Maroc, la Tunisie (anciens protectorats), le Cameroun ou le Togo (anciens territoires sous tutelle).

En 1986, un projet visant à restreindre l'accès à

la nationalité par une profonde modification de l'ordonnance de 1945 est lancé par le gouvernement de Jacques Chirac sous la pression du Front national. Pour la première fois depuis la Libération, le thème de la nationalité devient un enjeu de controverses et déclenche une tempête politique. L'extrême droite dénonce alors le fait que des enfants d'étrangers deviennent français sans le savoir ni même le vouloir à l'âge de la majorité. Elle oublie de préciser que cette disposition, en vigueur depuis 1889, ne s'applique pas aux enfants d'Algériens, pourtant les premiers visés par le FN, puisque ces derniers bénéficient du double droit du sol en vertu de la naissance de leurs parents en « Algérie française », réalité historique que l'extrême droite est loin de contester puisqu'elle l'a ardemment défendue, parfois par la violence. Pour répondre à cette campagne qui réveille le malaise identitaire, Albin Chalandon, garde des Sceaux, prépare un texte musclé. Il va jusqu'à prévoir de supprimer l'acquisition de la nationalité par mariage sur simple déclaration, et oblige les enfants d'étrangers désireux de devenir français à prêter serment devant un juge. Mais le « projet Chalandon », critiqué par le Conseil d'État et combattu par la gauche, sera abandonné.

Une « Commission de la nationalité », présidée par Marceau Long, vice-président du Conseil d'État, est installée en juin 1987, afin de calmer le jeu et de réorienter la réflexion à l'approche de l'élection présidentielle. Après avoir organisé des auditions télévisées de personnalités très diverses, elle se prononce en faveur d'une modification modérée de l'ordonnance de 1945[1]. Plus question d'exiger un serment

1. *Être français aujourd'hui et demain. Rapport de la Commission de la nationalité,* La Documentation française et 10/18, 1988.

mais une simple manifestation de la volonté de devenir français, de la part des enfants nés en France de parents étrangers. Accueillies avec soulagement par la gauche, les propositions de la commission Marceau Long ne sont pas mises en œuvre par les gouvernements socialistes entre 1988 et 1993. Mais elles font l'objet d'une proposition de loi des sénateurs de droite conduits par Charles Pasqua. Ce texte, approuvé en 1990 par la seule majorité sénatoriale, restera sans suite jusqu'au retour de la coalition RPR-UDF au gouvernement.

La réforme du code de la nationalité, qui figure parmi les priorités du gouvernement d'Édouard Balladur, est le premier texte d'importance adopté sous la législature qui débute en mars 1993. Si le gouvernement proclame sa volonté de s'en tenir à l'équilibre des propositions de la commission Marceau Long, il ne résiste guère, lors du débat à l'Assemblée nationale, aux pressions favorables à un durcissement.

La nouvelle loi introduit deux modifications majeures. D'une part, les enfants nés en France de parents étrangers eux-mêmes nés à l'étranger n'acquièrent plus sans formalité la nationalité française à dix-huit ans : ils doivent manifester la volonté de devenir français entre seize et vingt et un ans. D'autre part, les parents étrangers d'enfants nés en France perdent le droit d'obtenir la nationalité française pour leurs enfants mineurs, possibilité qui leur permettait jusqu'alors d'affirmer leur ancrage en France et de se protéger contre toute expulsion.

Le nouveau texte, défendu par le garde des Sceaux, Pierre Méhaignerie, interdit l'acquisition de la nationalité à un jeune majeur étranger s'il est condamné à six mois de prison ferme. Il oblige aussi l'époux étranger d'un ressortissant français à attendre deux ans au lieu de six mois pour acquérir la nationalité. La loi prévoit qu'à partir du 1er janvier 1994, les enfants nés en France de parents nés avant l'indépendance dans d'anciennes colonies françaises (sauf l'Algérie) ne seront plus français à la naissance. Le rapport Marceau Long préconisait le maintien de ce « double droit du sol » aux enfants d'Algériens, le territoire algérien ayant eu le statut de département français jusqu'en 1962. Sur proposition du gouvernement, cette disposition a été limitée : les enfants nés en France après le 31 décembre 1993, de parents nés en Algérie avant l'indépendance, ne seront français à leur naissance que si l'un de leurs parents réside en France depuis cinq ans au moins.

Ce dernier bémol au principe du double droit du sol est symptomatique de la pression de l'extrême droite sur les débats. Sous prétexte de vagues rumeurs selon lesquelles des femmes algériennes viendraient accoucher à Marseille pour donner la nationalité française à leur enfant, on impose à l'ensemble des Algériens de France une formalité d'apparence anodine mais qui s'apparente à une petite bombe à retardement : bien des jeunes d'origine algérienne, lorsqu'ils réclameront une carte d'identité à leur majorité par exemple, risquent de se trouver dans l'impossibilité d'apporter la preuve que leurs parents résidaient en France depuis cinq ans au moment de leur naissance.

Contrairement aux prévisions pessimistes de ses détracteurs de gauche, la mise en œuvre de la réforme Méhaignerie, à partir du 1er janvier 1994, ne se heurte pas à des obstacles de principe. Les jeunes concernés par la nouvelle « manifestation de volonté », nés de parents portugais, marocains, tunisiens ou turcs pour l'essentiel, effectuent massivement cette démarche nouvelle. Mais ce système, dont l'application est disparate et donc inégalitaire, risque surtout de laisser sur le bord du chemin de la nationalité les jeunes déscolarisés, exclus, et donc mal informés. Ces jeunes-là risquent de rester étrangers « sans l'avoir voulu », voyant leur intégration compromise encore davantage.

Cette réalité en demi-teintes sert à appuyer la nouvelle réforme entreprise par le gouvernement de Lionel Jospin en mai 1997. Ce changement procède de la promesse faite par les socialistes de « rétablir le droit du sol ». Une promesse ambiguë puisque le droit du sol avait été restreint et non pas supprimé en 1993, mais qui traduit l'ambition de supprimer les barrières posées à l'accès à la nationalité. Dès la fin de juillet 1997, le rapport remis au Premier ministre par le politologue Patrick Weil dessine les grandes lignes de ce qui va devenir la loi Guigou[1]. Rappelant que la tradition juridique républicaine faisait de l'éducation en France et non d'une « manifestation de volonté » la condition de l'accès à la nationalité pour les enfants nés en France de parents étrangers, le rapport Weil suggère de revenir aux dispositions en vigueur entre 1889 et 1994 en rétablissant l'acquisition de plein droit de la nationalité à l'âge de la majorité. De plus, la condition de cinq années de résidence continue, exigée de tout temps, doit être assouplie pour éviter que ne se trouvent piégés des jeunes ayant fait un ou plusieurs séjours dans le pays d'origine de leurs parents. Les cinq

1. Patrick Weil, *Des conditions d'application du principe du droit du sol pour l'attribution de la nationalité française...*, *op. cit.*

années seront calculées sur les sept ans précédant la majorité et non strictement sur cinq ans. Le rapport Weil ne propose pas un simple retour à la loi antérieure. Il suggère de maintenir la possibilité d'une acquisition anticipée de la nationalité à seize ans par « manifestation de volonté », mais exclut de redonner aux parents la possibilité d'obtenir la nationalité pour leurs enfants nés en France, comme c'était le cas avant 1994

Le projet de loi déposé par Élisabeth Guigou, garde des Sceaux à l'automne 1997, repose largement sur ces principes. Confirmant le choix du rapport Weil, Lionel Jospin arbitre en effet contre les partisans de l'acquisition de la nationalité par démarche des parents dès la naissance en France. Officiellement, cette position est justifiée par le respect de l'autonomie de la volonté du jeune concerné, point de vue juridique qui avait servi en 1994 à ôter ce droit aux parents. Mais le maintien de la restriction introduite par la droite s'explique aussi par la crainte que des parents en situation irrégulière n'utilisent la nationalité de leurs enfants pour obtenir des papiers. Pourtant, une partie de la gauche continuant à réclamer le retour à la législation d'avant 1994, le gouvernement accepte un amendement prévoyant la possibilité pour les jeunes nés en France de parents étrangers d'obtenir, dès l'âge de treize ans, la nationalité française avec le consentement de leurs parents. Cette disposition ne satisfait pas certains députés communistes et verts qui s'abstiennent, tandis que la droite crie au laxisme. Les autres innovations introduites par la loi Guigou concernent la réduction de deux à un an du délai pour demander l'acquisition de la nationalité après mariage avec un ressortissant français, et la simplification des formalités d'obtention des certificats de nationalité. Après dix ans de tempête, un nouveau point d'équilibre aurait-il été trouvé, comme en matière d'immigration ? Adoptée dans un climat passionné, la loi de 1998 semble avoir mis un terme, au moins provisoirement, à la bataille de la nationalité.

CHAPITRE VI

CINQ DÉFIS POUR LA CITOYENNETÉ

Je n'ai pas le sentiment d'avoir oublié,
mais celui de n'avoir jamais pu apprendre.

GEORGES PEREC
Ellis Island

Se sentir « chez soi », dans un pays où l'on n'a pas toutes ses racines, être reconnu pleinement comme citoyen et jouir de tous les droits liés à cette qualité, ne se décrète pas. Pareil accomplissement résulte d'une évolution progressive, d'une alchimie complexe qui mêle individus et société, volonté personnelle et pesanteurs sociales, legs familial et hasard des rencontres... L'enjeu de ce processus est immense : rien moins que le choix potentiel entre la révolte permanente et l'enrichissement mutuel, la guerre des ghettos et la paix par le respect de l'autre. Si cette équation de l'intégration et de la citoyenneté, aux inconnues multiples, ne peut guère être simplifiée ni modélisée, sa résolution suppose nécessairement que soient relevés cinq grands défis.

L'école est, sans conteste, le premier d'entre eux. Elle enseigne à vivre ensemble, mais reproduit aussi les inégalités sociales et peine à dialoguer avec des familles, dont la solidité peut être compromise par l'épreuve qu'est l'immigration. L'éducation scolaire reste aussi tributaire du grand échec de l'urbanisme populaire depuis un demi-siècle, marqué par la relégation des foyers pauvres, notamment issus de l'immigration, dans des quartiers périphériques marginalisés. Les enjeux sont aussi cultuels et mémoriels. L'acclimatation de l'islam à la laïcité française suppose à la fois un certain *aggiornamento*, et une souplesse de la société pour accepter cette religion, désormais la deuxième du pays. Les drames passés – esclavage, guerres coloniales – ne peuvent être effacés et doivent être au contraire reconnus afin que l'histoire du pays intègre la mémoire des anciens colonisés que sont souvent les immigrés, sans pour autant en faire d'éternelles victimes. L'ensemble de ces préoccupations convergent vers une exigence commune : la lutte contre toutes les discriminations, indispensable à l'accomplissement de la promesse républicaine de l'égalité.

Le creuset de l'école

La scolarisation des enfants de l'immigration remet en lumière la fonction historique fondamentale de l'école en France : intégrer dans la nation les différentes populations qui composent le pays. Depuis la fin du XIXe siècle, l'école publique a permis de fondre dans la République les provinces, au prix d'un écrasement des langues et cultures locales. Cette démarche autoritaire a été contestée après 1968 avec la renaissance des cultures régionales et la poussée régionaliste, voire autonomiste. À la même époque, l'afflux d'enfants immigrés a fait renaître le même genre de débat. Il s'agit cette fois d'intégrer non plus des provinciaux mais des personnes issues d'une culture souvent non européenne, musulmane pour beaucoup.

La présence de ces élèves met en lumière les forces et les faiblesses traditionnelles du système éducatif français. Uniforme et centralisé, il accueille tous les enfants et est censé leur appliquer les mêmes méthodes avec des objectifs égalitaires. Rigide et fermé, il éprouve des difficultés à s'adapter aux publics minoritaires et aux expressions individuelles. Tributaire de la ségrégation sociale qui frappe certains quartiers et de la fuite de parents favorisés, soumis à des revendications identitaires plus que véritablement religieuses, l'école républicaine fonctionne de plus en plus à deux vitesses, « orientant » vers des filières de relégation ceux qui n'adhèrent pas au système et essuyant leur violence en retour.

Le déclin des valeurs civiques, éclipsées au profit d'objectifs d'insertion professionnelle, mal assurés, a aussi affaibli le rôle intégrateur de l'institution scolaire. La crise des valeurs républicaines, l'embourgeoisement du corps enseignant, l'extrême inertie du système ont renforcé cette tendance pour les enfants des milieux populaires et en particulier ceux issus de l'immigration. D'autant que la concentration des élèves d'origine étrangère dans certains établissements génère la tentation de constituer des « classes ethniques » distinctes des « bonnes classes » afin de contrer les stratégies de fuite des parents français. Accusés de « faire baisser le niveau », les enfants de l'immigration sont surtout les symboles d'une concentration de handicaps sociaux et du choc des cultures, que l'école ne peut affronter seule. Les difficultés d'adaptation propres à l'institution scolaire, s'ajoutant à la propension française à concentrer sur elle ses conflits de société, peuvent dégénérer en un psychodrame national, telle l'affaire du « foulard islamique » (voir p. 257). Ainsi, la présence d'élèves étrangers ou issus de l'immigration met l'accent sur la responsabilité de l'école laïque dans la gestion d'identités variées et dans la reproduction des inégalités sociales, avec le risque d'une évolution ségrégative et d'une intégration dans l'échec. En réaction, elle suscite aussi des analyses et des réformes visant toutes les formes de l'échec scolaire. Sur 12 millions d'élèves de la maternelle au baccalauréat, le système scolaire compte environ 6 % d'élèves de nationalité étrangère (5,6 % dans la population totale). Ce taux décroît constamment depuis 1985 dans le premier degré et depuis 1992 dans les collèges et lycées, en raison de la baisse de l'immigration, des acquisitions de nationalité et de la diminution de la fécondité des femmes étrangères. Les élèves marocains sont les plus nombreux (26 % des étrangers), suivis par les Algériens (19,6 %) et les Portugais (12,5 %). Mais cette statistique ne reflète qu'imparfaitement la réalité. Elle est incertaine à cause de la complexité du code de la nationalité et des cas de double nationalité, souvent méconnus dans les établissements scolaires, où ces données sont recueillies. Elle ne traduit pas la présence d'enfants français d'origine étrangère. Enfin, il s'agit d'une moyenne alors que les élèves étrangers se trouvent concentrés dans les régions industrielles et dans certains quartiers où ils peuvent être majoritaires dans les établissements scolaires.

Les statistiques des élèves étrangers traduisent leur mise à l'écart relative des études longues, qui reflète pour l'essentiel leurs origines populaires. Ils constituent 6,2 % des effectifs des écoles élémentaires, et 6,1 % des élèves des collèges et lycées (en 1998-1999). En revanche, ils forment 11 % des « classes d'intégration scolaire spécialisées » (ex-perfectionnement) du primaire, théoriquement réservées aux déficients intellectuels. La relégation est aussi visible dans l'enseignement spécial du secondaire dont 12 % des élèves sont étrangers, taux qui connaît une forte baisse depuis 1991. Même si les écarts se restreignent, la scolarité des enfants étrangers est en moyenne moins longue que celle des Français : les lycées professionnels concentrent 8 % d'étrangers (en 1996-1997) alors que les collèges en comptent 6,2 % et les lycées d'enseignement général et technologique 4,5 %. Plus des trois quarts des élèves étrangers des établissements secondaires ont des parents ouvriers ou chômeurs n'ayant jamais travaillé contre 38 % des Français.

Les élèves étrangers ont cependant bénéficié de l'allongement général de la scolarité, quoique dans une mesure moindre que les Français. Une étude de l'Éducation nationale montre que 59 % des enfants étrangers entrés en sixième en 1980 étaient en quatrième deux ans après (75,3 % des Français) et 27,7 % en terminale sept ans après (contre 46,8 % de Français). La comparaison, à origine sociale égale, réduit considérablement cet écart qui demeure cependant au détriment des étrangers : 20,6 % des Français, enfants d'ouvriers, parviennent en terminale contre 17,9 % des étrangers, enfants d'ouvriers.

Les enfants de l'immigration souffrent-ils d'un handicap culturel spécifiquement lié à leurs origines ou de difficultés strictement liées à leur appartenance aux classes défavorisées ? La première thèse a dominé des années 70 jusqu'au milieu des années 80, parallèlement à la revendication du droit à la différence par la gauche. Cette tendance, née d'une réaction aux excès du jacobinisme scolaire, a donné lieu à la création d'une série d'outils spécifiques développés à partir de 1970, à un moment où prévalait encore l'illusion d'un retour des immigrés dans leur pays d'origine. C'est ainsi que sont nées, dans le primaire, les classes d'initiation (CLIN) et, dans le secondaire, les classes d'adaptation destinées aux enfants non francophones. Puis se sont répandus les enseignements des langues et cultures d'origine (ELCO), qui ont la surprenante particularité d'être assurés par des enseignants étrangers rémunérés par les ambassades dans les écoles primaires publiques, et d'être dispensés, pour certains, à la place des cours normaux. À la même époque sont fondés, dans certaines écoles normales d'instituteurs, les Centres de formation et d'information pour la scolarisation des enfants de migrants (CEFISEM), destinés à former les maîtres au traitement des difficultés particulières des enfants de l'immigration.

Ces dispositifs ont été conçus pour remédier aux difficultés scolaires en introduisant les langues et cultures dites « d'origine » à l'école, afin de les valoriser, ou de préparer le retour. C'était le temps où les mères maghrébines étaient invitées à préparer un repas typique dans les classes. Ces tentatives conçues pour atténuer la coupure entre les familles et l'école ont parfois été lancées au détriment des apprentissages fondamentaux indispensables à la réussite. Brocardées sous le nom de « pédagogie du couscous », elles ont été remises en cause par Jean-Pierre Chevènement, ministre de l'Éducation nationale entre 1984 et 1986. Entre-temps, la volonté de réduire l'ensemble des inégalités avait conduit à la création, en 1982, par le ministre Alain Savary, des zones d'éducation prioritaires (passées à la postérité sous le sigle de ZEP), première application du principe de discrimination positive (« donner plus à ceux qui ont moins ») dans l'Éducation nationale. Les établissements situés dans les ZEP, déterminés en fonction de critères sociaux et scolaires parmi lesquels le taux d'enfants étrangers, reçoivent des postes et des crédits supplémentaires. Ils sont incités à travailler avec des partenaires extérieurs (police, appelés du contingent, associations, etc.) et, depuis 1989, les enseignants qui y exercent perçoivent des avantages financiers et de carrière. Le retour à une conception plus classique de la fonction intégratrice de l'école de la République, la critique de la pédagogie interculturelle aux résultats douteux et l'évidence d'une implantation définitive des familles immigrées ont valorisé les analyses sociales de l'échec scolaire des enfants d'étrangers. Il a été montré qu'à origine sociale égale, élèves français et étrangers ont des taux de réussite similaires[1], autrement dit généralement mauvais pour les étrangers qui sont à 80 % d'origine ouvrière.

Contredisant les théories sur la nécessaire ouverture de l'école aux cultures d'origine, des recherches tendent même à établir que plus la culture scolaire est centrée sur elle-même et hermétique à l'influence sociale, plus elle favorise les enfants des familles défavorisées[2]. La connaissance en la matière a été affinée par une enquête menée par l'Éducation

1. Serge Boulot et Danielle Boyzon-Fradet, « L'école française, égalité des chances et logiques d'une institution », *Revue européenne des migrations internationales*, vol. 4, n°s 1 et 2, 1988.

2. M. Cherkaoui, *Les paradoxes de la réussite scolaire*, PUF, 1979.

nationale qui met en lumière les fortes attentes des parents immigrés à l'égard de l'école[1]. D'après cette étude, les enfants étrangers redoublent beaucoup plus que les Français à l'école primaire (46 % contre 24 %), surtout lorsqu'ils sont nés à l'étranger et arrivés en France en cours de scolarité. À ce stade, l'immigration accroît donc les risques d'échec, même à condition sociale égale. Mais la situation se retourne au collège où, à situation sociale égale, les élèves étrangers réussissent mieux que les Français. Si les résultats de l'évaluation à l'entrée en sixième restent en faveur de ces derniers, les étrangers rattrapent ensuite leur retard puisque, à situation sociale comparable, ils brillent davantage que leurs camarades autochtones et sont plus souvent orientés vers les études longues, surtout s'ils sont nés en France et parlent français à la maison. L'explication tient, selon les auteurs, au fait qu'à situation égale, les parents d'élèves étrangers ont des attentes plus fortes et expriment des souhaits d'orientation plus ambitieux.

Paradoxalement, cette attente, particulièrement vive dans les familles maghrébines, ne facilite pas nécessairement l'intégration sociale. Plus nombreux à demander une poursuite d'études dans l'enseignement général, les parents maghrébins vont au-devant de graves désillusions qui contribuent à donner aux enfants une image très négative de leur scolarité et de l'emploi qu'ils occuperont, source de multiples situations conflictuelles. Alors que les autres parents étrangers d'origine ouvrière (les Portugais notamment) misent sur l'enseignement professionnel ou

1. Jean-Paul Caille et Louis-André Vallet, *Les élèves étrangers ou issus de l'immigration dans l'école et le collège français*, Direction de l'évaluation et de la prospective du ministère de l'Éducation nationale, 1996.

l'apprentissage, donnant le maximum de chances d'accès à l'emploi à leurs enfants, les Maghrébins, sans doute parce que leur situation d'ex-colonisés les rend plus familiers du système scolaire, ont une stratégie ambitieuse mais « moins payante sur le marché du travail[1] ». Hormis la petite proportion qui achève ses études secondaires et réussit dans l'enseignement supérieur, les enfants de Maghrébins se trouvent dans une situation défavorable face à l'emploi : à diplôme égal, ils sont plus souvent au chômage. Les causes de cette situation sont multiples. Elles sont à rechercher dans la faiblesse du potentiel de relations qu'ils peuvent mobiliser pour trouver du travail (leur père est souvent lui-même au chômage ou salarié d'une grande entreprise touchée par les restructurations). Elles tiennent aussi au choix plus fréquent de l'enseignement général et à l'échec massif qui s'y manifeste, renvoyant à l'inadaptation du système aux élèves d'origine modeste.

Chez les parents immigrés domine en effet un sentiment d'éloignement par rapport à l'institution scolaire que celle-ci ignore trop souvent. La maîtrise insuffisante du français (la moitié des mères algériennes, 30 % des Portugaises et 100 % des Turques déclarent parler difficilement ou pas du tout le français) explique les difficultés à accompagner le travail scolaire, et les contacts insuffisants avec les enseignants (38 % des immigrés portugais, 24 % des Algériens et 15 % des Français ne les rencontrent pas). Cette situation traduit l'incapacité des institutions sociales à assurer l'alphabétisation systématique des

1. Roxane Silberman et Irène Fournier, « Les enfants d'immigrés sur le marché du travail. Les mécanismes d'une discrimination sélective », *Formation Emploi*, Centre d'études et de recherches sur les qualifications (CÉREQ), n° 65, janvier-mars 1999.

immigrés adultes dès leur arrivée, condition *sine qua non* d'un minimum de vie sociale. Pourtant, l'abandon progressif de la langue d'origine et le choix du français pour converser avec les enfants signent la volonté d'intégration : c'est le cas de 69 % des pères algériens, 54 % des Portugais, 44 % des Marocains et Tunisiens mais de seulement 17 % des Turcs, derniers arrivants[1].

Ainsi, à niveau social égal, certaines familles de l'immigration s'affirment comme des pépinières de réussite scolaire, alors que dans d'autres, les plus nombreuses, les échecs se succèdent. L'importance du projet migratoire des parents a été mise en lumière pour expliquer ces différences : la famille type de la réussite serait celle pour laquelle l'émigration a traduit un désir d'ascension sociale, celle qui accepte une certaine rupture avec les pratiques du pays d'origine, valorise l'école et parvient à maintenir sa cohésion[2].

L'appartenance sociale n'est donc pas l'unique variable déterminant la réussite ou l'échec scolaire. L'image des différentes communautés chez les enseignants n'est pas non plus sans effet sur les résultats. Un professeur croit *a priori* au succès d'un élève asiatique – dont les résultats sont en moyenne bons mais moins que ceux des Espagnols et Italiens – mais doute de la réussite d'un Maghrébin, sauf s'il s'agit d'une fille, qui est réputée plus travailleuse car désirant s'arracher au milieu familial.

La pratique de la langue française chez les élèves ne joue plus que marginalement, puisque la plupart

1. Enquête éducation INSEE-INED, 1992.
2. Zaihia Zeroulou, « Mobilisation familiale et réussite scolaire », *Revue européenne des migrations internationales*, vol. 1, n° 2, décembre 1985.

des élèves étrangers sont nés en France. Pourtant, la reprise de flux d'immigration, légaux ou non, bouscule certains établissements scolaires des académies d'Île-de-France et du Midi depuis la fin des années 90. Alors que les structures conçues pour apprendre le français à ces « primo-arrivants » accueillis dans le cadre du regroupement familial – « classes d'initiation » des écoles, « classes d'accueil » dans les collèges – étaient devenues marginales, elles reprennent du service. Près de 25 000 élèves étaient accueillis en 2000-2001 dans ce type de structure spécialisée et tous les besoins n'étaient pas satisfaits. L'arrivée d'enfants en cours d'année, d'élèves frisant la limite de l'obligation scolaire (16 ans), parfois seuls, constitue un nouveau terrain de mobilisation.

Curieusement, la remise en cause du traitement spécifique des enfants de l'immigration n'a pas conduit à transformer les outils forgés dans les années 70, en dépit de lourdes critiques. La prise en charge des nouveaux arrivants non francophones dans des classes où ils sont mêlés avec des enfants en échec reste insatisfaisante. En 2001, près de 25 000 de ces « primo-arrivants » ont été dénombrés par l'Éducation nationale, alors que les flux se poursuivaient. Résultat inadmissible dans un pays développé qui prétend poursuivre une politique d'intégration : même l'apprentissage minimum de la langue française est loin d'être systématiquement et efficacement assuré. L'effectif d'élèves inscrits pour les ELCO, qui avait atteint 137 500 en 1985, diminue depuis lors pour s'établir à 87 000 en 2000 (majoritairement des Maghrébins pour la langue arabe, suivie par le portugais, l'espagnol, l'italien et le serbo-croate) dans quelque 3 000 écoles. Personne ne contrôle réellement ni les contenus de ces enseignements ni les méthodes, parfois autoritaires et peu conformes à la laïcité, et qui dégoûtent souvent les élèves de la langue de leurs parents. Il arrive que les enseignants étrangers, liés au régime en place dans leur pays, jouent le rôle d'agents de prosélytisme, voire de renseignement parmi la communauté immigrée. Ce système d'enseignement-ghetto est en perte de vitesse mais perdure, délaissé par l'Éducation nationale pour des raisons tant financières que diplomatiques. Après des années de jachère, le ministre Jack Lang a annoncé, en mai 2001, son intention de renégocier les accords internationaux qui fondent les ELCO et de les transformer progressivement en enseignement de langues de droit commun, permettant sa poursuite au collège.

La mobilisation pour la réussite scolaire et l'adaptation du système ne se limite pas à l'institution : des étudiants, des « grands frères », organisent des séances de soutien scolaire dans le cadre d'associations souvent créées par des jeunes issus de l'immigration qui figurent aussi parmi les « aides-éducateurs » recrutés par l'Éducation nationale comme « emplois-jeunes ». Des professeurs issus de l'immigration maghrébine montrent la voie. La proportion d'enfants de l'immigration dans les lycées et les universités progresse. Mais la confiance dans un système qui tient insuffisamment ses promesses de promotion sociale et tend à exclure ceux qui n'entrent pas dans ses canons est ébranlé. L'école génère elle-même certaines formes de violence (manque de démocratie interne, procédures disciplinaires non articulées avec l'action sociale, orientations autoritaires vers des filières de relégation, enseignement professionnel inadapté) mais elle souffre aussi amplement de la violence d'une jeunesse en panne de repères. Les enfants de l'immigration figurent largement parmi les acteurs de cette insécurité scolaire. Depuis la révolte lycéenne de l'automne 1988, ils sont aussi en première ligne de nombreux mouvements revendicatifs pour exiger tous les moyens de la réussite, manifestant ainsi leurs attentes ardentes vis-à-vis de l'école.

Des familles en équilibre

S'il est un domaine de l'immigration où fleurissent les clichés, c'est bien celui de la famille : « ils » ne tiennent pas leurs enfants, « ils » se marient entre eux, « ils »... Domaine privé s'il en est, la famille est le lieu de tous les fantasmes publics. Au point que l'image renvoyée par quelques faits divers dramatiques finit par masquer la réalité. C'est pourtant au sein des familles que se cherche le difficile équilibre entre identité culturelle et adaptation au pays d'accueil, entre racines et avenir, mémoire et oubli[1]. Si les réalités sociales dominent, si la palette des situations est infinie, les spécificités culturelles et les douleurs liées au fait migratoire lui-même sont la source d'indéniables difficultés non seulement entre générations mais entre les familles et la société.

Essentiel, le parcours d'intégration des jeunes filles et des femmes dépend largement de cet équilibre. Aux discriminations communes s'ajoutent pour elles les multiples obstacles à leur autonomie. En la matière, la gamme des violences s'étend de-

1. « Mémoires familiales et immigrations », *Informations sociales,* Caisse nationale des allocations familiales, n° 89, 2001.

puis les choix matrimoniaux imposés par la famille jusqu'aux viols, en passant par tous les aspects de la coercition familiale : séquestration, retour forcé au pays d'origine, châtiments corporels, crimes d'honneur, excision, contrôle de la virginité, viols. Mais le parcours réel de ces jeunes femmes qui s'inventent un avenir entre révolte et référence identitaire se joue de tous les clichés[1]. Paroxysme de l'exploitation, l'emploi de jeunes « bonnes » venues directement « du pays » par des canaux familiaux, non rémunérées et dont le passeport a été confisqué, s'apparente à une nouvelle forme d'esclavage. Dans un autre registre, la polygamie, étrangère aux pratiques familiales européennes, crée des situations conflictuelles et humiliantes pour les femmes, ingérables affectivement et socialement pour les enfants dans un contexte français. Des femmes luttent pour utiliser de façon autonome des allocations familiales dont le montant relativement élevé est justifié par un grand nombre d'enfants, mais que monopolise souvent leur époux commun. Comme ce dernier, elles affrontent la menace du retrait de leur titre de séjour, depuis que la loi à soumis la délivrance de papiers à une exigence de non-polygamie. Le rôle des pères, affaibli par les épreuves de l'immigration, le chômage et la perte des repères culturels, est un autre point de déséquilibre. La rupture causée par la migration rend difficile, voire impossible, le legs entre parents et enfants. Comme l'a expliqué le sociologue Abdelmalek Sayad, les pères portent

1. Nacira Guénif Souilamas, *Des « beurettes » aux descen dantes d'immigrants nord-africains,* Grasset, 2000. Voir aussi Catherine Quiminal, Babacar Diouf, Hamédy Diarra, Babacar Fall et Mahamet Timéra, « Les jeunes filles d'origine africaine en France. Parcours scolaires, accès au travail et destin social », *Migrations Études,* décembre 1997. Disponible sur http://www.adri.fr

« cette faute originelle qui est consubstantielle à l'acte d'émigrer », cette « absence toujours suspecte » qui brouille les repères, et entrave, pour les enfants, le repérage dans une lignée. Plusieurs générations s'avèrent fréquemment nécessaires pour retrouver le fil de la mémoire familiale : schématiquement, les enfants d'immigrés souffrent du désarroi de leurs parents et transmettent ce malaise à leurs propres enfants. Ces derniers ne veulent plus entendre parler de l'histoire de leurs grands-parents. Mais la génération suivante, élevée dans le silence des origines, part à leur recherche. D'une façon générale, la rupture avec les modèles familiaux des pays d'origine est d'abord un facteur d'incompréhension, voire de violence à l'égard des enfants. Toutes ces situations lourdes de menaces pour l'intégration nécessitent la multiplication de lieux de médiation sociale et familiale.

Mais la famille peut aussi être un lieu de mobilisation des énergies, tournées vers la réussite scolaire (voir p. 232) ou économique avec la mobilisation des solidarités familiales. Elle est en tout cas le lieu d'une constante négociation entre la douloureuse transmission d'une mémoire souvent à vif, les nécessités présentes de la vie dans le pays d'accueil, et la construction d'un avenir français[1].

Du bidonville au droit au logement

Massivement reléguées dans des bidonvilles, des cités de transit, des immeubles insalubres ou des hôtels meublés jusqu'à la fin des années 60, les familles immigrées ont progressivement succédé

1. Ahmed Boubeker, *Les familles de l'intégration*, Stock, 1999.

aux classes moyennes françaises dans les grands ensembles HLM, tandis que des « célibataires » continuent de vivre dans des foyers au milieu de l'indifférence générale. La concentration des habitants, Français et étrangers en difficulté, dans certains vieux centres-villes dégradés ou dans des cités éloignées du centre des villes est à l'origine de réelles difficultés de cohabitation. Pour les Français de ces quartiers, la présence d'étrangers en grand nombre est perçue comme dévalorisante et concurrente. Ces clivages, exacerbés par l'évacuation progressive des grands ensembles par les représentants des classes moyennes, alimentent la xénophobie. Au sens strict, il n'existe pas, en France, de ghetto[1] ethnique car aucun quartier, à la différence des États-Unis, n'est totalement habité par une seule communauté. Mais certaines cités françaises, situées à l'écart de la ville-centre « blanche » et où les populations issues des immigrations récentes dominent largement, évoquent évidemment un ghetto, avec leurs habitants captifs, montrés du doigt par l'extérieur et socialement assignés à résidence. Beaucoup, parmi ces résidents, intériorisent d'ailleurs cette image en repoussant ce quartier qu'ils ne peuvent fuir, où la cohésion communautaire représente souvent une chance de survie. La crise de ces cités architecturalement dégradées et socialement exclues se manifeste périodiquement par des mouvements de révolte animés par des jeunes issus de l'immigration et par des incidents violents avec les forces de l'ordre, souvent déclenchés par la mort brutale d'un jeune suite à un accident de la circulation, à une « bavure » ou à une rixe.

1. Le mot italien de *ghetto* désigne historiquement le quartier où les juifs étaient forcés de résider à Venise.

Dans ces quartiers où l'offre de services publics est réduite et les commerces rares, la police ne s'aventure qu'en force face à certains jeunes qui, minés par le chômage et le désœuvrement, « tiennent les murs » à longueur de journée ou protègent l'économie parallèle dont les ressources, s'ajoutant aux prestations sociales, tiennent bien des familles hors de l'eau.

Les difficultés qu'éprouvent les immigrés à accéder au logement nécessitent-elles une politique spécifique distincte de celle visant les personnes à faibles ressources ? L'État a commencé par répondre positivement au plus fort de la vague d'immigration de l'après-guerre. En 1956, était créée la Société nationale de construction pour les travailleurs algériens (Sonacotral), devenue Sonacotra après la guerre d'Algérie, lorsque ses compétences se sont étendues à l'ensemble des immigrés. À l'origine, il s'agissait d'intervenir pour loger et contrôler les « musulmans » d'Algérie travaillant en métropole ; ensuite, de construire des « foyers de travailleurs » spécifiques pour des immigrés, hommes séparés de leurs familles, qui étaient censés retourner dans leur pays d'origine après avoir contribué à la modernisation de la France. La création du Fonds d'action sociale pour les travailleurs musulmans d'Algérie en France et pour leurs familles (FAS), en 1958, intervient dans le même contexte pour gérer les cotisations sociales des travailleurs migrants au bénéfice de leurs familles restées au pays. Le mot « immigrés » a significativement remplacé « musulmans » après 1966 et les missions du FAS n'ont cessé d'être élargies jusqu'à aujourd'hui. Dans les années 60-70, la politique du logement se focalise sur la résorption des bidonvilles et du logement insalubre. Après un passage, souvent long, dans les « cités de transit », l'accession à l'habitat social, avec ses appartements clairs, ses salles de bains et ses espaces verts, représente un énorme progrès. Le taux de logements inconfortables occupés par les immigrés passera de 48 à 15 % entre 1975 et 1990. Alors que moins de 6 % des étrangers habitaient en HLM en 1968, ils seront 28 % en 1990[1]. En parallèle, les conditions générales de logement s'améliorent : 8 % des étrangers ne disposent d'aucun confort en 1989 contre plus du quart dix ans plus tôt.

Le monde à part des foyers

Le mouvement global de sédentarisation des étrangers n'empêche pas 800 000 d'entre eux, soit près d'un quart, de vivre seuls. La grande majorité n'habite ni en foyer ni dans des HLM, mais dans un habitat social de fait (logements anciens dégradés), des meublés ou en suroccupation. Seuls 100 000 travailleurs étrangers isolés, soit 12 % d'entre eux, logent dans les 660 foyers qui symbolisent l'habitat ségrégatif et dont la Sonacotra ne gère que la moitié. Mais cette minorité est sensible car les foyers défraient régulièrement la chronique. Isolés, relégués sur des terrains souvent enclavés, ils n'intéressent l'opinion que lorsque y sont révélés conflits ethniques, trafics de drogue ou concentration de clandestins. La réalité quotidienne y est autre. Les foyers accueillent un nombre croissant

1. Les statistiques récentes sur le logement (voir p. 249) concernent la catégorie des immigrés et non plus des étrangers.

de chômeurs de longue durée, de retraités ou d'accidentés, coupés depuis des années de leur famille ou totalement isolés. En province, des établissements ferment, victimes du déclin des industries locales ; dans ceux qui subsistent, cohabitent étrangers sans travail et Français en situation de grande précarité. Les foyers accueillent de moins en moins de travailleurs et aussi de moins en moins d'étrangers. Dans la région parisienne, des foyers conçus pour des célibataires, avec leurs chambres de 7,5 mètres carrés, abritent en réalité des familles africaines victimes de la crise du logement, dont la présence, déclarée ou non, gonfle à l'extrême le taux de suroccupation.

Les foyers jouent ainsi un rôle ambigu. Ils sont présentés comme des solutions de logement transitoires, des lieux d'action sociale collective servant de passerelle vers l'intégration pour des travailleurs isolés et sans ressources. En réalité, ils abritent à la fois des exclus du logement de droit commun – vieux immigrés n'accédant pas aux maisons de retraite, familles nombreuses sans logement – et des travailleurs, dont certains auraient les moyens d'habiter ailleurs s'ils trouvaient une chambre ou un appartement. Un tiers des résidents de la Sonacotra ont même des revenus dépassant le plafond d'élection à l'aide personnalisée au logement. Les foyers sont aussi des lieux de convivialité et d'action collective, comme en témoignent les longues grèves de loyer des années 70 et 80, qui ont permis la libéralisation de la gestion autrefois autoritaire, voire militaire. Reste que les résidents des foyers n'ont toujours pas le statut de locataires (ce qui rend difficile leur relogement dans un habitat social de droit commun) et n'ont pas la garantie du respect de leur espace privatif.

Lieux d'asile et parfois de vie communautaire, les foyers sont trop souvent des zones d'exclusion et de misère, livrés à eux-mêmes depuis longtemps et délabrés. Suroccupés autour des grandes villes, ils constituent des lieux de concentrations ethniques dénoncés en 1996 par le rapport du député (RPR) des Yvelines Henri Cuq, qui proposait la destruction de vingt d'entre eux et la transformation des autres en « résidences sociales » intégrées au parc HLM. Mais la mobilisation des résidents, la pénurie de logements de remplacement et le changement de gouvernement en ont décidé autrement. Un plan quinquennal de réhabilitation a été lancé en 1998 mais sa mise en œuvre se heurte à de nombreux obstacles.

L'entrée massive dans les HLM s'opère au moment même où l'arrêt de l'immigration de travail (1974) et la généralisation du regroupement familial (1975) annoncent l'enracinement. Mais l'idée d'une politique ciblée ne passe pas : en 1974, André Postel-Vinay, secrétaire d'État aux travailleurs immigrés, démissionne pour s'être vu refuser par le gouvernement un plan de construction de logements destinés aux travailleurs immigrés. L'année suivante cependant, un financement spécifique du logement des immigrés est mis en place par l'attribution d'une part (un neuvième) du « 1 % logement » versé par les employeurs. Ces fonds, destinés à l'origine à la création de capacités nouvelles d'hébergement pour les immigrés, ont été largement détournés de cet objectif. Mal contrôlés, ils ont été utilisés sans contrepartie par les organismes logeurs et ont été supprimés en tant que tels en 1998. Le budget correspondant a été principalement affecté à un plan quinquennal de rénovation des foyers. Entre-temps, le problème a changé d'ampleur et la politique d'échelle. Les immeubles des cités ont mal vieilli et les enfants du regroupement familial ont grandi. Enfermés dans des quartiers devenus ghettos, ils se révoltent au début des années 80, se lancent dans des rodéos contre la police, et suscitent un large mouvement de solidarité en revendiquant l'égalité lors de la « Marche des beurs » de 1983. La politique de réhabilitation des cités, qui a débuté à la fin des années 70 avec les opérations « Habitat et vie sociale » (HVS), s'amplifie à chaque flambée de violence. Après 1981, la Commission pour le développement social des quartiers (dite « Dubedout », du nom du maire socialiste de Grenoble), les missions locales pour l'insertion sociale et professionnelle des jeunes (dites « Schwartz », du nom de Bertrand Schwartz, leur initiateur), les conseils communaux, départementaux et national de prévention de la délinquance impulsés par Gilbert Bonnemaison (maire socialiste d'Épinay-sur-Seine), les ZEP d'Alain Savary (voir p. 231) jettent les bases d'une politique globale. Celle-ci se développe dans le cadre de la décentralisation, sous forme de contrats signés entre des collectivités territoriales et l'État, où ce dernier promet des financements en échange de la réalisation de certains objectifs. Mêlant réhabilitation des murs, création d'équipements publics, aide à la vie associative et aux interventions sociales, ces actions seront coordonnées, après les émeutes de Vaulx-en-Velin de 1990, par un nouveau ministère « de la Ville », destiné à afficher une priorité gouvernementale et une volonté de cohérence. Le vote de la loi Besson sur le droit au logement et le choix de « soixante sites pilotes pour l'intégration », la loi d'orientation sur la ville (LOV) de 1991 reflètent la volonté de l'État de retrouver des prérogatives rognées par la décentralisation. Aux « contrats de ville », qui concrétisent les engagements financiers complémentaires de l'État et des collectivités territoriales en faveur des quartiers « difficiles » pour la période 1994-1998, se sont ajoutées à partir de 1996 des mesures fiscales dérogatoires visant à attirer des entreprises. C'est principalement le cas des « zones franches urbaines » (ZFU) où est imposée l'embauche d'un quota minimum de 20 % d'habitants du quartier concerné, une forme de discrimination positive inédite en France. Contestées pour leur coût et leur efficacité relativement faible, les ZFU devaient être réformées au début de 2002.

De « plan d'urgence » (1993) en « pacte de relance » (1996), la politique de la ville s'est imposée dans le discours politique mais a trouvé ses limites sur le terrain. Si elle a freiné la dégradation des quartiers, elle n'a pas réussi à la stopper. Épuisée idéologiquement, reléguée politiquement, confrontée à de nouvelles formes de violence et à une politique de plus en plus communautariste d'achat de la paix sociale par certains élus (subventions à des associations communautaires, voire religieuses), la politique de la ville semble désormais se réduire à une programmation de destructions d'immeubles dans les cités les plus dégradées. On fait exploser des barres, imploser des tours dans ces cités où prolifèrent les logements vacants car seuls les exclus acceptent d'y vivre, alors que les logements sociaux manquent dans les quartiers plus recherchés. Sans doute largement indispensable pour des raisons d'obsolescence matérielle et conceptuelle des cités, cette politique de démolitions repose pourtant sur une illusion : la ghettoïsation disparaîtrait avec la suppression de la forme bâtie qui la symbolise. Il n'en sera évidemment rien, tant que la répartition harmonieuse des immigrés continuera de se heurter au veto de certaines communes, à la spéculation immobilière, aux pratiques discriminatoires de certains organismes gestionnaires, à la pénurie de logements sociaux dans les quartiers bourgeois des grandes métropoles et à l'inégale répartition des moyens des services publics (police, justice, poste, transports, etc.). Victimes d'une politique non dite de quotas, voire d'un prétendu seuil de tolérance, les immigrés les plus récents sont, avec le quart monde français, les derniers occupants des taudis. À Paris, l'extrême pénurie de HLM et la politique de rénovation-expulsion, les incendies dans des immeubles anciens entraînent l'exclusion progressive des étrangers. Dans la capitale, près de la moitié des personnes prioritaires pour les demandes de logement sont des étrangers. Abonnés à vie aux listes d'attente, des Africains passent à l'offensive. À Paris, en 1991, ils plantent des tentes, quai de la Gare, sur le chantier de la future Bibliothèque François-Mitterrand puis, l'année suivante, sur l'esplanade du château de Vincennes. Avec l'association Droit au logement (DAL), ils ne cessent depuis lors d'investir des immeubles vides, pour rappeler que le logement figure parmi les droits de l'homme et que Paris doit prendre sa part de populations défavorisées. Adoptée en 2000, la loi de solidarité et de renouvellement urbain (SRU) a pris acte du fait que l'objectif d'un partage plus équitable du logement social entre les communes, visé par la LOV de 1991, n'avait pas été atteint. Elle a imposé un quota de 20 % de HLM à toutes les communes de plus de 1 500 habitants situées dans des agglomérations de 50 000 habitants, sous peine de fortes amendes. Ce texte, comme la loi contre les exclusions de 1998, proclame le « droit au logement » tout en affichant le mot d'ordre de « mixité sociale ». Or cette dernière proclamation revient à promouvoir la dispersion des immigrés et concrètement à leur refuser des logements dans des cités HLM sous prétexte d'un mythique mélange. Ainsi, l'accès d'un locataire répertorié comme « immigré » à un logement libéré par un « Français » peut être strictement contrôlé. D'où le conflit entre l'impératif de « mixité » et le respect du « droit au logement » analysé en mai 2001 par le Groupe d'étude et de lutte contre les discriminations (GELD)[1]. Selon cette étude, le souci d'enrayer la dévalorisation des cités a conduit les organismes HLM à contingenter discrètement l'accès au logement des familles issues de l'immigration considérées comme « à risque », au nom du « rééquilibrage », social, avec la complicité des préfets, qui délaissent leur pouvoir d'attribution, et d'élus prompts à réclamer le « partage du fardeau ». Pour sortir de cette logique qui fonctionne en dehors d'une intention purement discriminatoire et laisse vides nombre d'appartements, le GELD propose que soit affirmé le primat du « droit au logement » sur le principe de mixité et que soient assumées les concentrations d'immigrés qui correspondent souvent au vœu des intéressés. Parmi les pistes proposées figure l'instauration d'une forme de discri-

1. *Les discriminations raciales et ethniques dans l'accès au logement social*, Groupe d'étude et de lutte contre les discriminations (GELD), 2001.

mination positive, autrement dit un traitement préférentiel des demandes des ménages immigrés, qui suppose l'utilisation transparente et non plus occulte des données sur leurs origines.

Un ménage immigré sur trois en HLM

Locataire, souvent d'une HLM ancienne, parfois surpeuplée, qu'il cherche en vain à quitter, ainsi apparaît l'immigré face au logement. Alors que 54 % des habitants du pays sont propriétaires, une proportion équivalente de ménages immigrés est locataire[1]. Cette moyenne traduit une grande disparité selon l'ancienneté de l'immigration : plus de 60 % des originaires d'Italie et d'Espagne sont propriétaires de leur logement, et encore 50 % de ceux qui sont venus du Portugal, mais ils ne sont qu'une minorité parmi les autres communautés. Trois ménages immigrés sur dix habitent un logement social (moins de 16 % en moyenne nationale) et 24 % sont locataires dans le secteur privé. Ainsi, globalement, une large majorité des ménages immigrés n'habitent pas en HLM, contredisant le cliché « immigrés = HLM ».

Pourtant, la réalité est très variable selon les origines : la majorité des originaires d'Algérie vivent en HLM, comme 47 % des ménages du Maroc, 42,5 % de Tunisie et 40 % de Turquie et d'Afrique noire. En

1. Julien Boëldieu et Suzanne Thave, « Le logement des immigrés en 1996 », *INSEE Première,* août 2000. Disponible sur Internet : www.insee.fr

revanche, ce n'est le cas que de 26 % des originaires du Sud-Est asiatique, 22 % des ménages du Portugal et moins de 20 % d'Espagne. La situation doit aussi être appréciée au regard de fortes variations géographiques. Ainsi, les immigrés représentent 8,4 % des ménages en France, mais 15 % des locataires de HLM et même 25 % dans les logements sociaux parisiens, et 36 % dans les HLM de la petite couronne. Autres caractéristiques : les immigrés connaissent des conditions de confort globalement inférieures à la moyenne, occupent plus souvent un appartement trop petit (8 % des ménages en surpeuplement contre 3 % en moyenne) ; ils sont concentrés dans des HLM anciennes, construites avant 1975 et vivent très souvent avec de grands enfants (près de la moitié des jeunes de 20 à 34 ans vivent encore avec leurs parents, soit deux fois plus souvent que la moyenne).

Sur les 855 000 ménages ayant demandé une HLM en 1996, la moitié y vivent déjà et près d'un quart du total sont des immigrés. La proportion de ceux qui attendent depuis au moins trois ans (28 %) est deux fois supérieure à la moyenne. Cela s'explique non seulement par la rareté des grands appartements demandés par les immigrés (les familles de taille réduite attendent aussi longtemps) mais par les manœuvres discriminatoires de dissuasion qu'usent aussi bien les municipalités que les organismes logeurs à leur égard (voir p. 269).

La construction de l'islam français

Présentée comme la deuxième religion de France par le nombre estimé de ses fidèles, l'islam focalise les plus vives des inquiétudes liées à l'immigration. La religion musulmane est perçue comme le signe de l'inassimilabilité des Maghrébins, voire comme un outil au service de puissances étrangères menaçant l'identité française. Son acclimatation en France révèle, en réalité, la sédentarisation des populations issues de l'immigration, et leur intégration en marche. Du temps où les « travailleurs immigrés » courbaient la tête, il n'était pas question de pratique religieuse ouverte. Aujourd'hui, l'implantation de l'islam dans un pays à forte tradition laïque constitue sans doute une chance pour l'adaptation de cette religion au monde moderne.

Le nombre de musulmans en France est estimé à 4 millions de personnes dont la moitié seraient de nationalité française. Cet effectif, qui correspond en réalité aux personnes de « culture musulmane », est incertain car le droit français n'autorise pas la production de statistiques classant les citoyens en fonction de leur foi. Il est obtenu en faisant la somme des ressortissants de pays musulmans et des Français supposés appartenir à cette confession. Au 1,7 million d'étrangers originaires du Maghreb (1,4 million), d'Afrique noire, du Moyen-Orient, de Turquie, de Yougoslavie et du Pakistan, s'ajoutent quelque 450 000 Français musulmans (ex-harkis) avec les membres de leurs familles, les Français d'origine maghrébine (statistique inconnue, évaluée à 1,5 million), et les convertis (quelques dizaines de milliers)[1].

Cette globalisation artificielle de la présence musulmane ne rend pas compte de l'extrême hétérogénéité de cet ensemble qui ne constitue en aucune façon une « communauté » constituée. Les divisions nationales reflètent la diversité des allégeances et parfois des traditions religieuses. Le degré de pratique est, lui aussi, extrêmement variable, révélant une large palette entre le pratiquant fervent et le simple musulman sociologique. Seuls 36 % des musulmans interrogés par sondage[2] en septembre 2001 se sont déclarés croyants et pratiquants (37 % en 1989 et 27 % en 1994), tandis que 42 % se disaient simples croyants (38 % en 1989 et 42 % en 1994), 16 % seulement d'origine musulmane et 5 % sans religion. Les Turcs et les Marocains apparaissent comme les musulmans les plus pratiquants (respectivement 50 % et 46 %), alors que les Algériens ne sont que 24 % de pratiquants. Interrogés sur leur respect de la prohibition de l'alcool, 64 % des musulmans ont affirmé qu'ils la respectaient, tandis que 35 % déclaraient qu'il leur arrivait d'en boire. S'agissant de mariage « mixte », 78 % d'entre eux s'étaient affirmés, en 1994, non hostiles à ce que leur fils ou leur frère épouse une personne non musulmane, le taux tombant à 67 % si la question concerne les filles et sœurs. Confrontés à la même question, 59 % des Français assuraient qu'ils accepteraient le

1. Rémy Leveau, Khadija Mohsen-Finan et Catherine Wihtol de Wenden (sous la dir. de), *L'islam et France et en Allemagne. Identité et citoyennetés*, La Documentation française, coll. « Notes et études documentaires », 2001.

2. Sondages IFOP, *Le Monde* du 13 octobre 1994 et du 5 octobre 2001.

mariage d'un de leurs proches parents avec une personne musulmane. Le sondage de 2001, venant après ceux de 1989 et 1994, traduit un renforcement de l'affirmation identitaire et des pratiques religieuses dans la période récente. Le jeûne du Ramadan est massivement suivi : 70 % des personnes disent avoir jeûné pendant tout le Ramadan (60 % en 1994 et 1989) et 7 % pendant quelques jours (10 % en 1994 et 21 % en 1989), tandis que 22 % n'ont pas du tout jeûné. Quant à la prière du vendredi à la mosquée, elle n'est suivie que par 20 % des musulmans (16 % lors des précédentes enquêtes) qui sont cependant 33 % à déclarer prier quotidiennement.

La dernière « vague » de cette enquête reflète aussi une meilleure acceptation de l'islam par l'opinion publique. Interrogés quelques jours après les attentats de New York et Washington du 11 septembre 2001, les habitants de la France, toutes origines confondues, n'ont été que 22 % à placer « fanatisme » en tête de la liste de trois mots qu'on leur proposait d'associer à l'islam ; ils étaient 37 % en 1994. Les réponses hostiles à l'élection d'un maire d'origine musulmane ont nettement diminué parmi la population, passant de 63 % en 1989 à 35 % en 2001. De même, la construction de mosquées ne semble plus guère sujet à polémique : 46 % des personnes interrogées y sont indifférentes et seules 22 % s'y déclarent hostiles (38 % en 1989). La dernière indication n'est pas la moindre : la laïcité française est massivement acceptée par les musulmans de France : selon l'enquête, 76 % d'entre eux estiment que ce principe « permet aux croyants de toutes les religions d'exprimer leur foi ».

Ces évolutions apparaissent d'autant plus intéressantes que l'histoire de l'islam français est encore très jeune. Sa découverte par l'opinion publique ne remonte qu'à 1982, lors des grandes grèves de l'automobile. Les images d'immigrés faisant leur prière près des chaînes de montage ont alors provoqué déclarations gouvernementales hâtives et commentaires scandalisés. Auparavant, les missionnaires du mouvement Tabligh[1] avaient discrètement réveillé la pratique religieuse des résidents de foyers Sonacotra en grève de loyer à la fin des années 70. L'islam apparaît alors comme une valeur refuge pour les immigrés victimes de l'exclusion sociale et du chômage, en quête d'une communauté perdue. Dès le début des années 80, l'islamisation portée par les groupes piétistes touche certains beurs déçus par l'absence de perspectives après la « Marche pour l'égalité » de 1983. Ils voient dans une application littérale des textes sacrés (port de la barbe et de la djellaba pour les hommes, du voile pour les femmes) une marque de rupture avec la société impie qui les exclut[2]. Ce mouvement de défi s'amplifie avec la crise économique et sous l'impulsion d'événements extérieurs mettant en cause des musulmans (guerre du Golfe, guerre en Bosnie, crise algérienne, conflit israélo-palestinien, attentats de septembre 2001 et guerre en Afghanistan). La révélation de l'itinéraire de jeunes élevés en France et impliqués dans des affaires de terrorisme islamiste témoigne aussi de l'éventualité de déviations effarantes, bien qu'ultra-

1. Le Jama'a at-Tabligh, fondé en Inde en 1927, est le plus grand mouvement missionnaire de l'islam. Implanté en France depuis 1968, il est connu sous l'appellation de Foi et pratique. Ses fidèles se consacrent à l'activité missionnaire, prêchant la stricte imitation des attitudes du Prophète. Il est soupçonné d'être un sas vers l'islam radical.

2. Gilles Kepel, *Les banlieues de l'islam,* Le Seuil, 1991

minoritaires. C'est le cas des trois jeunes de La Courneuve arrêtés après un attentat à Marrakech en 1994 et dont deux ont été condamnés à mort au Maroc ; de Khaled Kelkal, un jeune de Vaulx-en-Velin impliqué dans la vague terroriste de 1995 et tué par des gendarmes près de Lyon ; et de plusieurs personnes suspectées, après les attentats de 2001, pour leurs liens avec les réseaux d'Oussama ben Laden.

Plus généralement, la montée des revendications touchant l'exercice de la religion sur le sol français traduit au contraire une volonté de reconnaissance sociale et donc d'intégration. De 500 lieux de prière musulmans en 1975, on est passé à 1 500 en 2001, grâce à la multiplication des associations islamiques (1 200 créées entre 1969 et 1991). La plupart des lieux de culte sont de simples pièces situées dans un entrepôt, un appartement, voire une cave, et les deux tiers accueillent moins de 150 fidèles. Les véritables mosquées, de plus de 1 000 mètres carrés, ne sont qu'une quinzaine (une à Paris, six en Île-de-France, une à Marseille, Lyon, Saint-Étienne, Halluin, Mons-en-Barœul et Armentières), et seules certaines comportent un minaret.

Le développement de la pratique musulmane se heurte à plusieurs séries de difficultés : pauvreté matérielle et intellectuelle des communautés, allégeance à des pays étrangers pour le financement et la formation des imams, hostilité des collectivités locales à l'égard d'une religion trop souvent réduite à l'image qu'en donnent les intégristes, débat sur la compatibilité avec la laïcité à la française.

Face à la mosquée de Paris et à son réseau d'associations modérées contrôlé de près par l'Algérie, se sont constituées deux fédérations, qui diffusent un discours plus militant, l'Union des organisations islamiques de France (UOIF), à financement saoudien, et la Fédération nationale des musulmans de France (FNMF), dominée par les Marocains.

La reconnaissance de la place de l'islam dans le processus d'intégration a conduit l'État, en mal d'interlocuteur représentatif, à favoriser la constitution d'un pôle regroupant les principales tendances de la communauté. L'éphémère Comité de réflexion sur l'avenir de l'islam en France (CORIF), créé en 1989 à l'initiative du ministre de l'Intérieur, Pierre Joxe, a pu faire avancer quelques dossiers précis comme celui de l'abattage rituel, de la distribution de nourriture hallal aux appelés musulmans dans les casernes, et des carrés musulmans dans les cimetières. L'ambition, caressée par les gouvernements successifs, d'une émancipation de l'islam français et de son organisation autonome s'est longtemps heurtée à l'absence de formation d'imams nationaux, aux vives rivalités entre obédiences, aux enjeux de pouvoir et aux préférences du ministère de l'Intérieur, liées aux choix diplomatiques de la France. La guerre civile algérienne n'a fait qu'aviver ces conflits, renforçant l'hostilité d'une partie des Algériens de France, notamment les jeunes, à l'égard des lieux de culte liés à la mosquée de Paris, jugés trop proches du régime algérien. Le dossier de l'organisation de l'islam de France a franchi un pas décisif sous l'impulsion de Jean-Pierre Chevènement. Alors ministre de l'Intérieur, celui-ci a obtenu des principaux responsables de l'islam, en janvier 2000, la signature d'une charte par laquelle ils « confirment solennellement leur attachement aux principes fondamentaux de la République française », dont la laïcité, et reconnaissent notamment la jurisprudence du

Conseil d'État à propos du port du foulard islamique (voir ci-dessous). Au début de 2002 devait être organisée l'élection, dans chaque lieu de culte, de représentants devant siéger dans une assemblée générale chargée de désigner les membres d'une instance représentative dénommée « Conseil français du culte musulman ». De la réussite de cette « consultation » contestée à la fois parmi les associations cultuelles (dont l'élection exacerbe les rivalités de pouvoir) et par certains élus politiques (qui brandissent le risque d'une promotion d'obédiences à tendance fondamentaliste), dépendra l'avenir des relations entre l'islam de France et la République.

Fichus foulards

La sensibilité de l'opinion à la question de l'islam est apparue à travers des conflits entre musulmans et collectivités locales pour l'implantation de lieux de culte, et surtout l'affaire dite des « foulards islamiques ». En novembre 1989, l'exclusion de trois élèves musulmanes d'un collège de Creil (Oise) pour port d'un foulard en classe a servi de prétexte à une vaste polémique sur l'islam et la laïcité. À la provocation de cercles musulmans ravis de dénoncer l'ostracisme de l'école française à leur égard a répondu la provocation d'un principal de collège, futur député RPR, auquel l'irruption des médias avait fait tourner la tête. L'affaire a fait resurgir la vieille ambiguïté du concept de laïcité, à la fois arme de guerre anticléricale et principe de liberté et de tolérance. Les foulards ont ainsi bouleversé la géographie politique. L'extrême droite raciste, la droite prompte à défendre l'école privée et la gauche anticléricale et féministe se sont curieusement retrouvées, pour des raisons différentes, dans le camp de l'école laïque pure et dure, face aux foulards. Les chrétiens modérés, la plupart des musulmans et la gauche libérale ont défendu la tolérance. L'affaire a relancé le débat sur l'intégration des Maghrébins pour le plus grand profit du Front national et... des musulmans radicaux. Elle a aussi illustré le talent de l'école française pour transformer un conflit local dérisoire en affrontement idéologique national. Ses déclarations ambiguës n'ayant pas ramené le calme, Lionel Jospin, alors ministre de l'Éducation nationale, a demandé l'avis du Conseil d'État, immédiatement transcrit dans une circulaire qui sert désormais de référence. La haute juridiction a estimé que le port de signes religieux « n'est pas incompatible avec la laïcité de l'école publique », mais elle précise que la liberté d'expression et de manifestation des croyances religieuses « ne saurait permettre aux élèves d'arborer des signes d'appartenance religieuse qui, par leur nature, par les conditions dans lesquelles ils seraient portés individuellement ou collectivement, ou par leur caractère ostentatoire ou revendicatif, constitueraient un acte de pression, de provocation, de prosélytisme ou de propagande, porteraient atteinte à la liberté ou à la dignité ou à la liberté de l'élève ou d'autres membres de la communauté éducative, compromettraient leur santé ou leur sécurité, perturberaient le déroulement des activités d'enseignement et le rôle éducatif des enseignants, enfin troubleraient l'ordre dans l'établissement ou le fonctionnement normal du service public ». La décision du Conseil d'État et la circulaire qui la répercute dans les établissements prônent le règlement local de ce type de conflit et invitent au dialogue avec les familles avant toute mesure d'exclusion.

L'affaire de Creil a conduit des familles musulmanes à porter devant la justice des contentieux analogues. La première décision du Conseil d'État a contraint, en novembre 1992, un collège de Montfermeil (Seine-Saint-Denis) à réintégrer une élève exclue pour port du foulard. Elle sera suivie de nombreuses autres, généralement dans ce sens, ce qui contribuera à accréditer dans le corps enseignant l'idée d'un Conseil d'État pro-foulards par principe. En réalité, la jurisprudence de la haute juridiction tend à annuler les exclusions décidées sur la base d'une interdiction pure et simple du foulard décidée dans les établissements. Mais elle confirme les exclusions que l'Éducation nationale a justifiées soit par le refus d'assister à certains cours (éducation physique, biologie), soit par le trouble causé par des mouvements de protestation. Cette position balancée entre laïcité et liberté d'expression, transposition à l'islam de la jurisprudence adoptée du temps des affrontements entre la République laïque et le cléricalisme catholique, est mal comprise par les enseignants. Soucieux de sa popularité auprès d'eux, François Bayrou, ministre de l'Éducation nationale, tente en vain de forcer la main du Conseil d'État, à la rentrée de 1994, en publiant une circulaire incitant les établissements d'enseignement secondaire à inclure dans leur règlement intérieur une disposition interdisant les « signes ostentatoires » tout en admettant le port de « signes discrets » d'attachement religieux. La « circulaire Bayrou » sert de support juridique à plusieurs exclusions, relance la polémique de 1989, mais ne modifie en rien la position des hauts magistrats. Même si le règlement intérieur d'un établissement prévoit l'interdiction générale des « signes ostentatoires », l'exclusion ne sera confirmée que dans le cas où des faits de prosélytisme ont été constatés et allégués. Les polémiques répétées sur le foulard et la pression de l'extrême droite et d'une partie de la droite sur ce sujet ont amené Jacques Chirac à se prononcer en faveur d'une loi de prohibition, en décembre 1996. Un texte hypothétique dont la faisabilité politique et la constitutionnalité apparaissent douteuses ; et qui n'a plus été évoqué, depuis l'apaisement de la querelle, dû, entre autres, à une meilleure compréhension du phénomène et à l'activité d'une médiatrice spécialisée nommée par l'Éducation nationale[1].

Du colonisé à l'immigré,
la mémoire au service de l'intégration

Du *fellagha* au « travailleur immigré », de l'indigène au beur de cité, de l'esclave à l'Antillais, bref du colonisé à l'immigré, la mémoire émerge depuis peu comme un enjeu déterminant pour comprendre et améliorer les relations entre la société française et ses étrangers. Pour tenter – élément majeur pour l'« intégration » – de réconcilier la mémoire des immigrés eux-mêmes avec celle de leurs enfants nés en France, pour rompre avec l'héritage inégalitaire du colonialisme et admettre les ambiguïtés qu'il nous a léguées.

Ce n'est pas un hasard si le racisme prend pour

1. Françoise Gaspard et Fahrad Khosrokavar, *Le foulard et la République,* La Découverte, 1995. Enquête à l'appui, ces auteurs expliquent que les jeunes filles qui acceptent le foulard le font pour rassurer leur famille, et manifester leur double identité de Française et de musulmane.

première cible les Algériens, plus que les Tunisiens ou les Marocains. Huit années de prétendues « opérations de maintien de l'ordre » (entre 1954 et 1962), que le Parlement a attendu 1999 pour nommer officiellement « guerre », 400 000 morts de part et d'autre, une accumulation d'atrocités, une défaite politique et la perte, pour la France, du dernier symbole de son empire colonial ont creusé un fossé que seuls le temps et le dialogue des mémoires peuvent combler. Les hasards de l'immigration ont fait le reste. L'ironie de l'histoire franco-algérienne a voulu que l'immigration, loin de cesser pendant le conflit, redouble et se poursuive de plus belle après l'indépendance de 1962. Et que les immigrés algériens en France, qui avaient pourtant activement lutté pour la libération nationale, refusent en grand nombre d'aller vivre dans l'Algérie indépendante et choisissent de faire souche dans l'ancienne puissance coloniale, sous les yeux des anciens « appelés » français rescapés mais à jamais marqués par la guerre d'Algérie. Du *fellagha* à l'immigré, l'identification a pu s'opérer et se transmettre aux nouvelles générations. Près de quarante ans après la fin des hostilités, l'ultime guerre coloniale qu'ait menée la France continue de peser son poids de racisme et de difficultés d'intégration. Un « transfert de mémoire[1] » s'est ainsi opéré pour les 4 à 5 millions de Français qui, aujourd'hui, gardent l'Algérie au cœur. Mais il s'agit d'une mémoire plurielle, écartelée entre la nostalgie des pieds-noirs (un million de personnes avec leurs enfants), les blessures des anciens appelés et des harkis (près de 2 millions de personnes), et le

1. Benjamin Stora, *Le transfert d'une mémoire. De l'« Algérie française » au racisme anti-arabe*, La Découverte, 1999.

trouble des immigrés (plus d'un million avec leurs enfants) qui ont bien du mal à expliquer à leurs descendants pourquoi ils ont choisi de s'installer dans le pays qui leur a fait la guerre. Entre les jusqu'au-boutistes de l'Algérie française et le Front national, la filiation est évidente et d'ailleurs revendiquée. D'autant que les lois d'amnistie successives, dont celle de 1982 qui, votée sous François Mitterrand, a réhabilité les putschistes, ont blanchi les responsables des crimes commis. Depuis quarante ans, se succèdent des phases d'oubli et de résurgence de la mémoire de la guerre d'Algérie. Ce retour du refoulé s'est manifesté en 2000 avec la publication, dans *Le Monde*, de témoignages inédits sur la torture. Il traduit l'émergence d'une nouvelle exigence de vérité et de justice portée non seulement par les acteurs vieillissants de la guerre, mais par les jeunes générations. Celles-ci n'ont aucune mémoire personnelle du conflit, mais ne comprennent pas que des crimes commis au nom du pays des droits de l'homme aient pu ainsi rester impunis. Parmi elles se trouvent des centaines de milliers d'enfants d'Algériens auxquels leurs parents n'ont généralement pas pu ou pas su transmettre leur mémoire de militants de la cause nationaliste – comment expliquer à ses enfants que l'on s'est installé dans le pays que l'on a combattu ? Les immigrés ont ainsi renforcé leur statut de victimes aux yeux de leurs enfants, et les difficultés de ces derniers à se sentir pleinement français, comme en ont témoigné, par exemple, les incidents survenus au cours du match de football amical France-Algérie, à l'automne 2001. L'équilibre de ces générations de Franco-Algériens suppose que soient enfin réconciliées leur histoire de Français et celle de leurs parents, partisans de l'indépendance algérienne. Ou, à tout le moins, que l'histoire algérienne de la France, y compris celle touchant l'immigration, devienne partie prenante de l'histoire nationale. En apprenant d'où ils viennent, les enfants de l'immigration comprendront mieux où ils sont. Mais cette nécessaire clarification restera inaboutie tant que l'Algérie elle-même ne rompra pas avec son histoire officielle qui gomme le rôle des militants algériens de France hostiles à l'hégémonie du FLN pendant la guerre d'indépendance et les sanglantes luttes d'influence menées dans l'Hexagone, y compris à l'intérieur du FLN. Cette mise au jour, au nom de l'Histoire, s'impose notamment à propos du massacre du 17 octobre 1961 à Paris, comme à propos de celui des harkis (voir p. 80 et 265).

Le même type d'exigence anime les Français des départements d'outre-mer, Antillais en particulier, pour faire resurgir la mémoire de la traite négrière, enfouie par la République, précisément au nom de l'appartenance à la France et du rôle de la Révolution française dans la première abolition de l'esclavage, en 1794. Première concrétisation de cette revendication, une loi reconnaissant la traite des Noirs comme « crime contre l'humanité » a été adoptée en 2001 par le Parlement.

Plus généralement, l'immigration interroge l'ensemble de l'histoire coloniale, avec d'autant plus d'acuité que la grande majorité des migrants récents sont originaires d'anciennes possessions françaises. Ainsi le colonialisme qui, sous couvert d'égalité républicaine, a ethnicisé les rapports entre le citoyen français – devenu le « Blanc » ou l'« Européen » – et le sujet français – l'« indigène » non citoyen – continue d'imprégner la manière, parfois condescendante, dont la société française considère l'« autre[1] ». En particulier le fait de continuer de percevoir comme « immigrés » des Français issus de l'immigration, dont la légitimité citoyenne pose apparemment question. Ou la coexistence d'un discours républicain égalitaire fermé aux différences, et les nombreuses politiques implicitement ciblées sur les populations issues de l'immigration, parfois par des organismes créés en pleine période coloniale, comme la Sonacotra ou le FAS. De même, l'image négative du musulman n'est-elle pas l'héritière du temps où cette religion était considérée comme la principale force de résistance à la conquête et à l'assimilation ? Cette assimilation dont les discours d'aujourd'hui sur l'« intégration » ont, à l'évidence, hérité. Prendre toute la mesure de ce legs encombrant et de ses répercussions actuelles suppose un retour critique qui suscite bien des réticences. Sans doute parce que l'histoire de la colonisation appartient au socle identitaire de la République en France[2].

Pour autant, faut-il considérer que la République a, aujourd'hui, une dette envers les descendants de ceux qu'elle a opprimés ? Aux États-Unis, les mesures de « discrimination positive » en faveur des Noirs sont officiellement justifiées par la nécessité de compenser des siècles d'esclavage. Nombre d'Antillais, d'Africains, de Maghrébins, victimes de discrimina-

1. Claude Liauzu, « Migration, colonisation et racisme : pour une histoire liée », *Hommes et migrations,* novembre-décembre 2000, sur le thème *L'héritage colonial, un trou de mémoire*. Voir aussi « Pour une histoire critique de la colonisation », *Hommes et migrations*, mai-juin 2001.

2. Nicolas Bancel et Pascal Blanchard, « Le colonialisme, "un anneau dans le nez de la République" », *Hommes et migrations*, novembre-décembre 2000.

tions en France, sont tentés de transférer ce raisonnement qui revient à reconnaître le droit de « minorités », en contradiction avec la tradition républicaine. Dans la logique française, l'exigence légitime de mémoire ne devrait donc pas aboutir à transférer aux générations actuelles le statut de victimes par procuration, éternellement marginalisant. Plutôt qu'en activant la simple « mémoire », qui risque de perpétuer un rapport coupables-victimes, mieux vaut sans doute tenter de solder la dette de l'oppression coloniale en prenant le risque de l'inscription d'une histoire complexe et plurielle dans les programmes scolaires, de la levée des tabous esclavagiste et colonial dans les déclarations officielles et, plus largement, dans le débat national[1]. Mais cette version minimale de l'acquittement d'une dette séculaire ne peut être acceptée que si elle s'accompagne d'un réel recul de la manifestation actuelle la plus tangible de ce sombre héritage : les discriminations.

Harkis et pieds-noirs, les oubliés de la guerre d'Algérie

On les appelle les « oubliés de l'histoire ». Les 200 000 musulmans qui, de gré ou de force, ont combattu du côté de l'armée française pendant la guerre

1. Le projet de création d'un Musée de l'immigration accepté par le gouvernement en novembre 2001 va dans ce sens. Cf. El Yazami, Driss et Schwartz, Rémy, Rapport pour la création d'un centre national de l'histoire et des cultures de l'immigration. Remis à Lionel Jospin le 22 novembre 2001.

d'Algérie sont honnis par les Algériens et refoulés de la mémoire française. Près de quarante ans après leur drame, les harkis (du mot *harka* qui désigne les unités supplétives formées par les Français dans les villages musulmans) ne sont parvenus à effacer ni l'image de « traîtres » que leur a collée l'historiographie algérienne, ni celle de « soldats perdus » qu'ils ont été pour l'armée française[1]. Pour les autorités algériennes, leur présence écorne le mythe du soulèvement national unanime. Pour les Français, ceux que l'on persiste à appeler pudiquement « Français musulmans » rappellent l'échec algérien et la honte de leur abandon. Car les harkis furent les premières victimes de la paix, abandonnés en 1962, dans des conditions mal éclaircies, aux représailles du FLN triomphant. Une sinistre directive du ministre Louis Joxe menaçait même de sanction les officiers qui souhaitaient sauver « leurs » harkis en les rapatriant. Les estimations du nombre de tués oscillent entre 30 000 et 150 000. Seuls 20 000, soit un dixième des supplétifs, furent ramenés en France, puis généralement parqués dans des « hameaux forestiers » isolés, souvent dirigés par des militaires. Masqués au reste de la société, assignés à la misère, les harkis ont survécu le plus souvent en vase clos, sans cesse assistés mais privés de toute possibilité d'intégration. Cette tragédie jamais vraiment assumée par la France nourrit, aujourd'hui encore, le malaise et la colère des jeunes générations frappées par un chômage massif, par un sentiment persistant d'exclusion. Certains enfants de harkis ont été actifs, aux côtés des enfants d'immigrés, dans le mouvement « beur » des années 80 pour l'égalité des droits. Depuis, dispersés dans une myriade d'associa-

1. Mohand Hamoumou, *Et ils sont devenus harkis,* Fayard, 1993.

tions rivales, ils s'expriment périodiquement par des mouvements de violence ou des grèves de la faim désespérées, alors qu'une minorité d'entre eux connaissent une remarquable réussite sociale. Il a fallu attendre 1994 pour qu'une loi exprime la « reconnaissance de la République française », et alloue à quelque 15 000 familles une « allocation forfaitaire » de 110 000 francs pour solde de tout compte.

Les pieds-noirs, Européens d'Algérie, ont été en comparaison mieux traités. Au cours de l'été 1962, un million d'entre eux ont été contraints d'abandonner brutalement leurs biens et de quitter le pays où ils vivaient depuis des générations[1]. Rapatriés, ils ont été mal accueillis en métropole mais ont souvent fait preuve d'un dynamisme qui leur a assuré une intégration rapide. À partir des années 70, plusieurs lois ont organisé leur indemnisation et prévu des aides de l'État pour les plus endettés.

Lutter contre les discriminations

Refus d'embauche, obstacles à l'accès au logement, brimades policières, orientation scolaire au rabais... La France découvre le vaste champ en jachère des discriminations depuis qu'à la fin des années 90, la promesse de l'intégration s'est brisée sur l'écueil des inégalités. Même s'ils ont acquis la nationalité française, même s'ils sont nés en France et n'ont donc jamais « migré », des générations continuent à être perçues comme « issues de l'immigration » et, à ce titre, à subir des traitements inégalitaires, des dis-

1. Jean-Jacques Jordi, *1962 : l'arrivée des pieds-noirs*, Autrement, 1995.

criminations. Aux confins de la problématique du racisme et de l'intégration, le thème des discriminations reflète la prise de conscience de la montée d'inégalités autres que strictement socio-économiques, celles fondées sur la « race » ou l'origine ethnique. Ces traitements illégitimement différenciés rendent « anormalement limité » l'accès de personnes ou de groupes à des droits, des services ou des biens de consommation[1].

Moins spectaculaires mais incomparablement plus fréquentes que les injures ou les violences racistes qui focalisaient jusqu'à présent l'essentiel des énergies antiracistes (voir p. 198), les discriminations relèvent de pratiques plus subtiles, plus perverses et plus hypocrites aussi, surtout dans un pays qui se targue d'être aveugle aux différences. La loi française réprime depuis les années 70 les discriminations directes, celles qui résultent d'une intention de brimer une personne – refuser de servir à boire à un Arabe en joignant le geste à la parole, fermer l'entrée d'une boîte de nuit aux « bronzés ». Les textes existent (voir le précis juridique p. 304), mais les procès et *a fortiori* les sanctions sont rarissimes car la preuve du délit, qui appartient à la victime, est le plus souvent impossible à apporter[2]. En revanche, la législation ignore les « discriminations indirectes » qui, au sein d'organisations collectives, aboutissent à rejeter certaines catégories de population sans que quiconque ait individuellement et délibérément fait ce choix. Une entreprise aura pris pour habitude de recruter exclusivement parmi les

1. Patrick Simon, « Discrimination et emploi. Repérer et agir », *Les Cahiers de Profession banlieue,* novembre 2000.

2. *Le recours au droit dans la lutte contre les discriminations : la question de la preuve,* note du Groupe d'étude et de lutte contre les discriminations (GELD), octobre 2000.

enfants de son personnel, Français d'origine à 100 % ; une agence pour l'emploi ne proposera jamais à un chômeur d'origine africaine, pour ne pas le mettre en situation d'échec, une place dans un magasin qui n'embauche jamais personne de cette origine. De ce type de discriminations désormais bien analysées[1] et qui mobilisent les syndicats, s'en détache une forme particulière, celle que génèrent les pratiques mêmes de certaines institutions. Les organismes HLM qui refusent des logements à des familles immigrées sous prétexte de préserver une « mixité sociale » sont dans ce cas (voir p. 248). Les administrations d'État, censées donner l'exemple, sont aussi visées, notamment lorsqu'elles « font comme si » chacun se trouvait sur un pied d'égalité alors qu'à l'évidence, il n'en est rien. Les écoles qui, subrepticement, placent les enfants issus de l'immigration dans des classes spécifiques pour en réserver d'autres aux petits « Blancs » et satisfaire certains parents relèvent de ce schéma ; comme, plus généralement, l'Éducation nationale, qui, prétendant ignorer les inégalités entre familles, reste largement impuissante devant leur échec et a tendance à « orienter » les élèves d'origine étrangère vers les filières dévaluées.

Cette réalité n'est d'ailleurs pas niée. Ainsi, 75 % des Français voient dans « les Maghrébins » les principales victimes des discriminations ; 53 % des Français reconnaissent que les personnes d'origine étrangère sont « plutôt défavorisées » pour l'accès à l'emploi (22 % pensent qu'ils sont au contraire favorisés), ce pourcentage est encore de 44 % pour l'accès aux loisirs (boîtes de nuit, cafés, etc.) mais une majorité (52 %) estime au contraire qu'ils sont

1. Philippe Bataille, *Le racisme au travail*, La Découverte, 1997.

favorisés pour obtenir un logement, et surtout pour percevoir des prestations sociales (72 %)[1]. Les personnes d'origine étrangère, sans doute plus réservées dans leur expression, sont paradoxalement moins nombreuses à partager ce constat. Un quart des originaires du Maghreb et de Turquie et un tiers des Africains déclarent avoir expérimenté des discriminations dans le domaine du logement, surtout dans le secteur privé, contre moins de 5 % chez les originaires d'Espagne ou du Portugal[2]. La perception de ce type d'inégalités apparaît particulièrement aiguë parmi les jeunes issus de l'immigration, en particulier chez ceux qui, étant de nationalité française, ont encore moins de raisons de les admettre. Ainsi, 61 % des jeunes d'origine algérienne considèrent que la police les traite différemment des autres. Recherchant un emploi, il leur arrive qu'une réponse téléphonique encourageante (ils n'ont aucun accent particulier) débouche sur un refus d'embauche plus ou moins gêné dès qu'ils révèlent leur nom à consonance étrangère et leur apparence physique typée. Le chômage général des jeunes et le manque de formation ont leur part dans ces refus. Mais le taux de chômage record parmi les populations issues de l'immigration, même chez les diplômés, confirme la réalité des discriminations à l'embauche[3], tout comme leur orientation massive vers les formules

1. Sondage Louis Harris effectué en novembre 2000, in *La lutte contre le racisme et la xénophobie,* La Documentation française, 2001.

2. Enquête « Mobilité géographique et insertion sociale » menée par l'INED et l'INSEE en 1992 et résumée dans *Faire France* de Michèle Tribalat, *op. cit.*

3. Jean-Luc Richard, *Dynamiques démographiques et socio-économiques de l'intégration des jeunes d'origine immigrée en France,* Institut d'études politiques de Paris, 1997.

de substitution à l'emploi (CES, emplois-jeunes, etc.). Les jeunes Maghrébins du quartier populaire de Lille-Sud, par exemple, sont plus souvent diplômés que la moyenne des habitants mais souffrent deux fois plus souvent du chômage[1]. Le choix de filières d'enseignement général, plus fréquent chez les jeunes d'origine maghrébine que parmi les autres enfants d'ouvriers et menant à des impasses, génère aussi une insatisfaction plus forte à l'égard des études et de l'emploi qui nourrit, sans doute, un cercle vicieux « discrimination-révolte » (voir p. 236).

La reconnaissance de la problématique de la discrimination par les pouvoirs publics sous la pression des chercheurs, du milieu associatif et syndical, et de l'Union européenne, s'est traduite par la mise en place, à partir de 1999, d'un dispositif spécialisé. Des commissions d'accès à la citoyenneté (CODAC), placées auprès de chaque préfet, peuvent être saisies par les victimes, soit directement, soit par l'intermédiaire d'un numéro vert national, le 114. Un Groupe d'étude et de lutte contre les discriminations (GELD ; dénommé GED lors de sa création) est chargé d'impulser la réflexion et l'action de l'État. Les dysfonctionnements de cet assemblage n'ont pas tardé à se faire sentir : les victimes ont été incitées à sortir de leur silence, mais aucune instance n'a été chargée d'instruire réellement les dossiers, encore moins de proposer des solutions. Cette situation traduit le refus gouvernemental de créer une autorité administrative indépendante, dotée d'un pouvoir juridictionnel propre, sur le modèle de celles qui

1. Michèle Leclerc-Olive, « Vivre dans les quartiers sensibles », *Profils*, INSEE, août 1996.

fonctionnent dans plusieurs pays européens, en particulier en Grande-Bretagne depuis 1976[1].

Au-delà du constat général, accablant, et de cette mobilisation institutionnelle balbutiante, passer à l'action contre les discriminations suppose une connaissance précise de la réalité qui passe nécessairement par une définition des catégories qui en sont victimes. Or le repérage et le dénombrement de personnes définies en fonction de leurs origines vont à l'encontre de la tradition républicaine française (voir chapitre III).

Comment lutter contre les discriminations sans verser dans la stigmatisation ? La voie est étroite mais incontournable. Elle suppose une adaptation prudente de l'outil statistique, mais surtout des politiques de discrimination positive et de répression compatibles avec l'idéal républicain. Le Conseil d'État lui-même a ouvert la voie, dès 1997, en reconnaissant que l'égalité réelle des chances passe parfois par des inégalités juridiques ; et que la lutte contre les inégalités économiques, sociales et culturelles peut exiger une « discrimination justifiée[2] ». La politique de la ville, celle des ZEP, l'instauration de la parité hommes-femmes aux élections municipales, certaines politiques spécifiques en direction des Français originaires des DOM-TOM ou des descendants de harkis montrent la capacité d'adaptation du « modèle républicain ». En témoigne aussi le volontarisme qui a présidé au recrutement de personnes issues de l'immigration parmi les « emplois-

1. La création d'une telle institution était proposée par Jean-Michel Belorgey, conseiller d'État, dans un rapport intitulé *Lutter contre les discriminations*, remis à Martine Aubry en avril 1999.

2. *Rapport sur le principe d'égalité*, La Documentation française, 1997.

jeunes » de la Police nationale, avec l'objectif, affirmé par le très républicain Jean-Pierre Chevènement, d'une « police à l'image de la population ».

Passer ainsi de l'égalité à l'équité, de l'égalité formelle à l'égalité des chances suppose aussi que le « bricolage » socio-ethnique à la française soit rendu plus transparent avec l'affichage d'objectifs clairs. On sortirait alors de l'hypocrite « jeu de montré-caché de l'ethnicité[1] » qui consiste à produire des normes ciblant en réalité des catégories de population que l'on se refuse à caractériser. On reconnaîtrait alors que les « jeunes issus de l'immigration », dont on parle tant sans être en mesure de les dénombrer, s'ils sont avant tout des citoyens français nés en France en très large part, souffrent, pour des raisons complexes mais analysées, de difficultés particulières d'embauche et ont besoin d'une vigoureuse campagne pour favoriser leur promotion sociale et leur embauche.

Il n'existe donc pas de voie royale, linéaire, pour gérer les « différences » à l'hexagonale, surtout dans le contexte de la construction de l'Europe des migrations, aux traditions nationales différentes. Pas de remède souverain pour sortir le pays d'une ethnicisation implicite masquée par le discours égalitaire, sans le précipiter dans l'ornière mortelle du « tout ethnique ». La moins mauvaise voie reste à débroussailler, entre la référence opiniâtre à l'égalité républicaine et la pratique raisonnée et revendiquée de

1. Véronique De Rudder, Christian Poiret et François Vourc'h, *La prévention de la discrimination raciale, de la xénophobie et la promotion de l'égalité de traitement dans l'entreprise*, CNRS-URMIS, Paris VII et Paris VIII, mars 1997, et *L'inégalité raciste. L'universalité républicaine à l'épreuve*, PUF, 2000.

la discrimination positive. Dans la recherche d'une équité qui préserverait la société, à la fois du déni des discriminations, lié à une conception intégriste de la République, et des dérives de l'ethnicisation à l'anglo-saxonne.

Droit de vote des étrangers : l'éternelle promesse

La promesse de permettre aux étrangers de voter aux élections locales faite par le candidat François Mitterrand, en 1981, reste à concrétiser vingt ans plus tard, alors qu'une proposition de loi, votée en 2000 à l'Assemblée nationale à l'initiative des Verts, n'attend qu'une initiative gouvernementale pour devenir la loi. Dans l'intervalle, le thème du « droit de vote » a suscité quelques-unes des plus virulentes empoignades politiques des années 80, avant que, à la fin des années 90, des ténors de la droite, tels Gilles de Robien ou Philippe Séguin, ne s'y rallient. L'hostilité de l'opinion à cette évolution s'est, il est vrai, estompée (39 % d'opinions favorables en 2000)[1].

Pour ses partisans, l'octroi du droit de vote résulte du principe d'égalité des droits, s'agissant d'étrangers résidant de longue date et contribuant par leur travail et par leurs impôts à la vie du pays. Le droit de vote, déjà accordé aux étrangers en Suède (depuis 1975), au Danemark (1977), en Norvège (1978) et aux Pays-Bas (1985), serait un puissant facteur d'intégration en

1. Sondage Louis Harris, in *La lutte contre le racisme et la xénophobie*, *op. cit.*

même temps qu'un outil de reconnaissance politique, qui permettrait aux habitants de certains quartiers délaissés par les élus de se faire entendre. François Mitterrand avait utilisé à plusieurs reprises ces arguments pour justifier sa position personnelle favorable, tout en repoussant régulièrement la réforme aux calendes. Les socialistes, refusant de braver la forte majorité d'opinions défavorables attestée, à l'époque, par les sondages, avaient fini, en 1990, par renoncer à revendiquer le droit de vote des étrangers. Certaines municipalités de gauche, comme celle de Mons-en-Barœul (Nord), avaient innové, dès les années 80, en expérimentant la formule des « représentants associés » élus par les étrangers et ayant voix consultative. La formule, sans lendemain, a été reprise à Paris en 2001 avec l'annonce, par Bertrand Delanoë, de la création d'un « Conseil de la citoyenneté des Parisiens non communautaires » au pouvoir consultatif.

Les adversaires du droit de vote des étrangers font valoir que la réforme reviendrait à instituer une citoyenneté de seconde zone (limitée aux élections locales), alors que citoyenneté et nationalité sont intimement associées depuis la Révolution française, et inciterait à la constitution de lobbies ethniques. Au surplus, notent-ils, la loi française ouvre largement aux étrangers les portes de la nationalité, et donc du droit de vote. La question ne se pose donc que pour les immigrés de la première génération et pour les nouveaux arrivants, bénéficiaires du regroupement familial et travailleurs. D'ailleurs, les jeunes issus de l'immigration, qu'ils soient Français de naissance (pour les enfants d'Algériens) ou qu'ils le deviennent à la majorité (pour les autres, s'ils sont nés en France), ont le droit de vote et d'éligibilité. Ils deviennent d'ailleurs de plus en plus un enjeu électoral, même si les principaux partis politiques rechignent à leur faire une place comme candidats et même s'ils s'inscrivent relativement peu sur les listes électorales (voir p. 197)[1]. Si nombre d'entre eux siègent dans les conseils municipaux depuis 1989, les voies menant à l'Assemblée nationale et au Sénat leur restent fermées.

La nécessité de modifier la Constitution a aussi souvent été invoquée par les adversaires du droit de vote des étrangers. La réforme contredirait le principe constitutionnel qui veut que députés et sénateurs soient l'expression de la souveraineté nationale. En effet, les sénateurs, désignés notamment par les représentants des conseils municipaux, auraient été élus avec les voix des étrangers. Mais l'adaptation de la Constitution au traité de Maastricht, approuvée par référendum en 1992, montre que cette possibilité existe pour peu qu'elle soit portée par une réelle volonté politique.

L'adoption du principe de « citoyenneté européenne » et du droit de vote des résidents européens aux élections locales a, d'une certaine manière, tranché le débat. Citoyenneté et nationalité sont désormais déconnectées, mais au profit d'une seule catégorie d'étrangers, les communautaires, qui, pour la première fois et sans grand enthousiasme, ont voté aux élections municipales de mars 2001.

---

1. Vincent Geisser, *Ethnicité républicaine : les élites d'origine maghrébine dans le système politique français,* Presses de Sciences-Po, 1997, et Jean-Luc Richard, « Comment votent les jeunes Français issus de l'immigration », *Migrants-formations,* Centre national de documentation pédagogique, septembre 1999.

CONCLUSION

Séculaire, la tradition française d'intégration est-elle menacée par la mondialisation des phénomènes migratoires, la montée de la tentation communautaire, le piège mortel des discriminations ? Au terme de ce périple sur la planète des migrations, la réponse ne va pas de soi. Non, la vision idyllique d'une France généreuse à l'égard de tous ses enfants, transformant l'« autre », quel qu'il soit, en citoyen par la simple magie de son verbe républicain, de sa geste égalitaire, n'est pas de mise. Ce scénario naïf procède de l'idéalisation d'un passé méconnu. Il n'a jamais correspondu à la réalité. Peut-on oublier les pogroms anti-Italiens, les enfants polonais privés d'« école obligatoire » pour être envoyés à la mine, les camps pour républicains espagnols, les « Français musulmans d'Algérie » citoyens de seconde zone ? Mais les perspectives apocalyptiques brandies par les prophètes de malheur, avec leurs guerres ethniques et l'éclatement de la République, ne sont pas davantage inéluctables. Cette fois, le passé illustre les capacités de la démocratie à surmonter les périodes de crise, les réserves de résistance populaire, la capacité d'une société à refuser l'inacceptable. Dans ce domaine aussi, si le meilleur apparaît peu probable, le pire n'a rien de fatal.

Les chemins du possible passent par un paysage complexe, que les dernières décennies ont entièrement redessiné et clarifié : la France n'intègre plus des provinces mais elle naturalise des populations plus lointaines, plus diverses tant par la religion que l'aspect physique. De longue date, on peut résider à Paris et s'affirmer « breton », « du Nord » ou « de l'Aveyron ». De la même façon, on devrait pouvoir se dire « kabyle », « portugais » ou « tamoul » de Paris et se sentir parfaitement français. La France n'est plus seulement multiprovinciale mais multiraciale ; de moins en moins hexagonale et de plus en plus européenne, voire planétaire.

Inéluctable, cette mondialisation progressive de la population met à l'épreuve les prétentions universalistes de la France car elle se heurte à des obstacles considérables : des banlieues en voie de ghettoïsation où se recréent parfois sur une base ethnique les solidarités détruites par l'urbanisation ; un système scolaire tiraillé entre des ambitions égalitaires affichées et les exigences de la production d'élites ; une toute-puissance des marchés qui, conquise au détriment des États, propage la précarité économique ; un islam qui peine à se séculariser ; des inégalités mondiales qui vont s'aggravant, une guerre d'Algérie mal éteinte et un conflit qui s'éternise au Proche-Orient, entrant sans cesse en résonance avec les humiliations subies ici.

Mais la République est-elle si faible qu'elle ne puisse relever ces défis ? La force de sa culture, son expérience déjà ancienne de la laïcité et de l'incorporation d'étrangers lui donnent des atouts déterminants. À condition d'affirmer haut et fort ses valeurs – l'égalité homme-femme, le refus des discriminations, l'éducation pour tous, la séparation des religions et de l'État –, tout en tempérant son jacobinisme pour laisser la place à l'affirmation d'identités nouvelles, métissées à l'image de la planète et, pourquoi pas, inspirer la future législation de l'Union européenne. Car si les phénomènes migratoires ne se jouent plus seulement aux frontières nationales mais dans un cadre européen, voire mondial, les croisements qu'ils génèrent supposent une évolution de l'identité française, un changement d'échelle et de cadre de référence. Dans ce contexte neuf, le maintien d'un « vivre ensemble » exige un arrimage indéfectible à la tradition des droits de l'homme, à la laïcité, à tout ce que les drames de l'Histoire ont légué en matière d'accueil de l'autre. Jamais définitivement acquis, ce fragile équilibre est à conquérir chaque jour. S'il s'en approche, ce vieux pays d'immigration qu'est la France pourra continuer de s'imaginer en creuset, ce *melting pot* mythique où des éléments différents viennent se fondre en un alliage homogène, plutôt que de se vivre en *salad bowl*, ce saladier américain où, quoique mêlés, les ingrédients demeurent inexorablement distincts, comme étrangers les uns aux autres.

ANNEXES

PRÉCIS JURIDIQUE

La législation sur l'entrée et le séjour

L'ordonnance du 2 novembre 1945 « relative aux conditions d'entrée et de séjour des étrangers en France » contient l'essentiel des règles françaises en matière d'immigration. Elle a été modifiée pour la vingt-cinquième fois par la loi Chevènement de 1998. Quelques-unes de ces dispositions ne s'appliquent pas aux Algériens et aux Tunisiens, qui bénéficient de conventions bilatérales particulières[1], ni aux ressortissants de l'Union européenne. D'autres dispositions concernant les étrangers se trouvent dans le code civil (nationalité, mariage), le code pénal (interdiction du territoire), le code de la Sécurité sociale (règles d'affiliation), le code du travail (accès à l'emploi), la loi du 25 juillet 1952 créant l'OFPRA (droit d'asile). En voici la synthèse tenant compte des modifications apportées en 1998.

1. LES CONDITIONS D'ENTRÉE EN FRANCE

Pour pénétrer sur le territoire français, un étranger doit, en principe, être muni non seulement de son passeport, mais aussi d'un visa (si le pays dont il est ressortissant y est soumis), des justificatifs concernant l'objet, les conditions de son

1. La convention franco-algérienne de 1968 a été amendée en juillet 2001 afin d'aligner leur statut, devenu pénalisant, sur celui des autres étrangers.

séjour, ses moyens d'existence en France et ses garanties de rapatriement.

Certaines catégories d'étrangers ne sont toutefois pas soumises à l'ensemble de ces exigences. Il s'agit principalement des Européens, des étrangers résidents titulaires d'un titre de séjour, et des demandeurs d'asile.

II. LES VISAS

Depuis 1986, un visa est exigé des ressortissants de la plupart des pays du tiers monde, tandis que ceux des pays industrialisés en sont exemptés. Ce document, uniquement délivré dans les consulats de France des pays de départ, constitue le principal moyen de contrôler les flux d'immigration. Il existe des visas de deux types : des visas de court séjour dits « de tourisme » délivrés pour trois mois au maximum, et des visas « de long séjour », exigés par exemple des étudiants ou des membres de famille rejoignant un résident étranger en France. L'octroi d'un visa est une prérogative de l'État et les refus ne sont pas motivés sauf, depuis la loi Chevènement de 1998, pour quelques catégories d'étrangers (membres de la famille de ressortissants européens ou de tout résident étranger bénéficiant du regroupement familial, conjoint, enfant et parent de Français, enfant adopté en France, travailleur autorisé à s'installer en France, etc.).

III. JUSTIFICATIFS DU SÉJOUR

Outre le visa de court séjour, le voyageur doit présenter les documents justifiant la durée et l'objet de sa venue en France et, pour les voyages d'affaires, indiquer les organismes qui l'attendent. Il doit aussi prouver qu'il possède les moyens d'existence nécessaires à son séjour (espèces, chèques, carte de crédit) et produire des garanties de rapatriement (billet de transport aller-retour ou attestation bancaire). Pour les visites privées, l'étranger doit obtenir de son hôte une « attestation d'accueil » signée par le maire de son lieu de résidence. Certains étrangers, comme les Européens de l'UE, les conjoints de Français et les familles rejoignant légalement un résident sont dispensés de ces formalités.

IV. LA CIRCULATION DANS L'ESPACE SCHENGEN

Les étrangers séjournant légalement en France peuvent se déplacer librement à l'intérieur du périmètre constitué par les pays ayant ratifié la convention de Schengen, sous couvert de leur passeport et de leur titre de séjour. Mais ils ne peuvent séjourner plus de trois mois dans un autre pays. La « déclaration d'entrée sur le territoire » imposée aux étrangers pour leurs déplacement dans l'espace Schengen a été supprimée en 1998.

V. LE REFUS D'ENTRÉE EN FRANCE

Un étranger peut se voir refuser l'entrée en France s'il ne présente pas les documents exigés par la loi ou si sa présence en France « constituerait une menace pour l'ordre public ». Une telle décision doit être écrite et motivée et un exemplaire doit être remis à l'intéressé. Celui-ci doit être mis en mesure d'avertir la personne chez qui il devait se rendre, son consulat et un avocat. Dans ce but, aucun rapatriement forcé ne peut avoir lieu avant l'expiration d'un délai d'un jour franc.

VI. LE PLACEMENT EN ZONE D'ATTENTE

Un étranger non admis sur le territoire ou qui demande l'asile peut être maintenu dans une « zone d'attente » pendant le temps « strictement nécessaire » à son départ ou à l'examen de sa demande d'asile. La « zone d'attente » peut se situer dans un port, un aéroport ou une gare ouverte au trafic international. À Paris, deux bâtiments situés à proximité de l'aérogare de Roissy peuvent héberger 296 personnes.

La police peut décider du maintien en « zone d'attente » pendant un délai de 48 heures renouvelable une fois, soit quatre jours et après avoir informé le parquet. Au-delà, seul un magistrat peut prolonger le placement, pour une durée de huit jours renouvelable une fois « à titre exceptionnel ». L'étranger peut faire appel de la première décision de prolongation, la décision devant être rendue par la cour d'appel dans les 48 heures. Ainsi au total, le temps maximum passé en zone d'attente ne peut excéder vingt jours.

VII. LES DIFFÉRENTS TITRES DE SÉJOUR

Tout étranger âgé de plus de dix-huit ans et séjournant plus de trois mois en France doit être titulaire d'une carte de séjour temporaire ou d'une carte de résident (dix ans). Le titre de séjour a la forme d'une carte plastifiée ou d'une vignette apposée dans le passeport. Lors de la première demande de carte ou de son renouvellement, l'étranger se voit remettre un récépissé ou une convocation qui vaut autorisation de séjour. Quant aux demandeurs d'asile au titre de la convention de Genève ou de l'asile territorial, ils bénéficient d'une « autorisation provisoire de séjour » (APS) valable trois ou six mois.

VII. LA CARTE DE SÉJOUR TEMPORAIRE

Délivrée pour un an maximum renouvelable, elle ne donne pas en soi le droit de travailler (sauf la carte « vie privée et familiale » et celle attribuée au bénéficiaire de l'asile territorial), droit qui suppose une autorisation spécifique.

Il existe deux catégories de cartes temporaires : celles dont la délivrance est soumise à l'appréciation du préfet et celles qui sont attribuées de plein droit à certaines catégories d'étrangers. Parmi les premières on trouve celles portant les mentions « visiteur » (étranger vivant de ses ressources et s'engageant à ne pas travailler), « étudiant » (à condition de justifier de la réalité des études), « salarié » (à condition d'avoir obtenu l'autorisation de travailler, ce qui est rare), « commerçant » et, depuis la loi de 1998, « scientifique » (pour les enseignants du supérieur et les chercheurs) et « profession artistique et culturelle » (artiste professionnel titulaire d'un contrat de plus de trois mois). La délivrance de ces cartes est soumise à des conditions communes : entrée et séjour réguliers en France, absence de « menace pour l'ordre public », visa de long séjour et certificat médical délivré par l'Office des migrations internationales (OMI).

La carte de séjour temporaire est, d'autre part, délivrée de plein droit au titre de la « vie privée et familiale » ou de l'« asile territorial » aux catégories d'étrangers suivantes, à condition qu'ils ne menacent pas l'ordre public.

Bénéficient ainsi d'une carte portant la mention « vie privée et familiale » :

— l'étranger âgé de moins de dix-neuf ans entré par regroupement familial dont l'un des parents a une carte temporaire ;

— l'étranger âgé de moins de dix-neuf ans résidant habituellement en France depuis l'âge de dix ans ;

— l'étranger non polygame qui justifie de dix ans de résidence habituelle en France, ou de quinze ans s'il a séjourné en qualité d'étudiant ;

— le conjoint non polygame de Français, sans condition de délai après le mariage (à condition qu'il justifie d'une entrée régulière en France et que l'acte de mariage ait été transcrit dans l'état civil français s'il a été célébré à l'étranger) ;

— le conjoint non polygame d'étranger s'il a été autorisé à entrer en France par la procédure du regroupement familial ou si le résident est titulaire d'une carte « scientifique », à condition de justifier d'une entrée régulière ;

— le parent non polygame d'enfant mineur français, même en situation irrégulière (à condition qu'il exerce même partiellement l'autorité parentale ou s'il subvient effectivement aux besoins de l'enfant) ;

— l'étranger non polygame n'entrant pas dans les catégories précédentes, dont « les liens personnels et familiaux en France » sont tels qu'un refus de séjour « porterait à son droit au respect de sa vie privée et familiale une atteinte disproportionnée au regard des motifs de refus » ;

— l'étranger né en France justifiant y avoir résidé pendant huit ans de façon continue ou dix ans de façon discontinue, à condition de demander la carte entre seize et vingt et un ans ;

— l'étranger titulaire d'une rente d'accident du travail ou de maladie profesionnelle dont le taux est au moins égal à 20 % ;

— l'apatride et sa famille ;

— l'étranger résidant habituellement en France et « dont l'état de santé nécessite une prise en charge médicale dont le défaut pourrait entraîner pour lui des conséquences d'une exceptionnelle gravité, sous réserve qu'il ne puisse effectivement bénéficier d'un traitement approprié dans le pays dont il est originaire » ;

— l'étranger bénéficiant de l'asile territorial ainsi que son conjoint et leurs enfants mineurs.

IX. LA CARTE DE SÉJOUR « RETRAITÉ »

Valable dix ans, elle est délivrée à un étranger qui, « après avoir résidé en France sous couvert d'une carte de résident », vit à l'étranger et perçoit une pension du régime français de Sécurité sociale. Le conjoint bénéficie du même document. Cette carte permet d'entrer en France à tout moment mais seulement pour des séjours d'un an maximum et sans droit au travail.

X. LA CARTE DE RÉSIDENT

Délivrée pour dix ans, elle donne automatiquement le droit de travailler. Son attribution est soumise à plusieurs conditions : absence de menace pour l'ordre public et de polygamie et séjour régulier en France. La condition d'une entrée régulière en France a été supprimée en 1998. Son renouvellement est de plein droit, sauf si l'étranger s'est absenté de France depuis plus de trois ans ou en cas de polygamie.

Bénéficient d'une carte de résident les catégories suivantes :

a) Sur décision de l'administration, qui tient compte de ses « moyens d'existence » et de son « intention de s'établir durablement en France ».

— l'étranger justifiant d'une résidence continue et légale de trois années en France.

b) De plein droit :

— le conjoint étranger d'un ressortissant français, à condition qu'il soit marié depuis un an et que la communauté de vie n'ait pas cessé ;

— l'enfant étranger d'un ressortissant français s'il est âgé de moins de vingt et un ans ou à sa charge, ainsi que ses parents s'ils sont à sa charge ;

— l'étranger qui est père ou mère d'un enfant français résidant en France, à condition qu'il exerce l'autorité parentale ou subvienne à ses besoins ;

— l'étranger titulaire d'une rente d'accident du travail ou de maladie professionnelle dont le taux d'incapacité permanente est égal ou supérieur ou égal à 20 % ;

— le conjoint et les enfants mineurs d'un étranger titulaire de la carte de résident, s'ils ont été autorisés à séjourner en France au titre du regroupement familial ;

— l'étranger ayant combattu dans l'armée française, dans les FFI, dans une armée alliée ou dans la Légion étrangère ;

— l'étranger qui a obtenu le statut de réfugié, l'apatride résidant depuis trois ans en France, ainsi que leurs conjoint et enfants ;

— l'étranger qui est en situation régulière depuis plus de dix ans sauf s'il a séjourné en tant qu'étudiant ;

— l'étranger titulaire d'une carte de séjour temporaire mention « vie privée et familiale » ou « asile territorial » lorsqu'il remplit l'une des conditions précédentes ou lorsqu'il réside régulièrement en France depuis cinq ans.

XI. LE MARIAGE

La situation irrégulière d'un étranger ne fait pas obstacle à son mariage. Mais si un maire soupçonne une union de complaisance, il peut saisir le procureur de la République qui dispose de quinze jours pour faire opposition au mariage ou décider qu'il sera sursis à sa célébration pendant un mois au plus. Le mariage ne peut être célébré que si, au terme des quinze jours, le procureur n'a pas fait opposition ou si, au terme du sursis qu'il a décidé, il ne fait pas opposition. Les époux disposent d'un droit de recours contre la décision de sursis au mariage, devant le président du tribunal d'instance qui doit statuer dans les dix jours.

XII. LES EUROPÉENS

Ils bénéficient, ainsi que leur famille, d'une carte de séjour de dix ans s'ils exercent « une activité économique salariée ou indépendante », à condition de ne pas menacer l'ordre public. Après son premier renouvellement, la carte est permanente. Mais le défaut d'un titre de séjour n'est pas un délit et ne peut justifier une reconduite à la frontière.

XIII. LE REFUS DE DÉLIVRER UN TITRE DE SÉJOUR OU DE LE RENOUVELER

La « commission de séjour » qui siège dans chaque département doit être saisie par le préfet lorsqu'il envisage de refuser ou de renouveler une carte de séjour temporaire « vie privée et familiale » ou une carte de résident « de plein droit ». L'étranger qui y est convoqué peut se faire assister par un avocat ou la personne de son choix. Mais le préfet n'est pas obligé de suivre l'avis que donne la commission. Si le séjour est refusé, l'étranger reçoit une « invitation à quitter la France » dans un délai d'un mois.

XIV. LES SANCTIONS DU SÉJOUR IRRÉGULIER ET DE L'AIDE AU SÉJOUR IRRÉGULIER

L'étranger qui a pénétré ou séjourné en France illégalement encourt une peine de prison d'un an éventuellement assortie d'une amende de 3811 euros ainsi que d'une interdiction du territoire d'une durée maximale de trois ans.

Une personne qui aide directement ou indirectement l'entrée, la circulation ou le séjour irrégulier encourt une peine pouvant atteindre cinq ans de prison et 3750 euros d'amende, éventuellement assortie d'une peine complémentaire telle que l'interdiction du séjour ou la suspension du permis de conduire. En 1998, ces peines ont été portées respectivement à dix ans de prison et 750 000 euros d'amende si le délit est commis « en bande organisée ». Mais certaines personnes liées à l'étranger en situation irrégulière ne peuvent être poursuivies dans ce cadre. Il s'agit de ses parents, de ses enfants et de leurs conjoints, de ses frères et sœurs et de leurs conjoints, de son conjoint ou de la personne qui « vit notoirement en situation maritale avec lui ». Sont aussi exemptés de poursuites les « associations à but non lucratif à vocation humanitaire, dont la liste est fixée par arrêté du ministre de l'Intérieur, et les fondations, lorsqu'elles apportent, conformément à leur objet, aide et assistance à un sans-papiers.

XV. LES MESURES D'ÉLOIGNEMENT FORCÉ

Elles sont de plusieurs types que le langage courant regroupe abusivement sous le terme d'« expulsion » :

— La reconduite à la frontière est la décision par laquelle le préfet ordonne l'éloignement d'un étranger qui a contrevenu à la législation sur l'entrée et le séjour.

— L'expulsion, elle, est décidée par le ministre de l'Intérieur ou par un préfet, et vise un étranger dont la présence « constitue une menace grave pour l'ordre public ». C'est en particulier le cas s'il a fait l'objet d'une condamnation pénale pour un délit de droit commun.

— L'interdiction judiciaire du territoire est une décision d'un tribunal correctionnel ou d'une cour d'appel prononcée en complément d'une peine de prison ou d'amende.

— La remise aux autorités d'un État européen est une procédure allégée de renvoi autorisée par des accords bilatéraux ou la convention de Schengen.

XVI. LA RECONDUITE À LA FRONTIÈRE

Peut faire l'objet d'un arrêté préfectoral de reconduite à la frontière (APRF) :

— l'étranger qui ne peut justifier être entré régulièrement en France (sauf s'il possède un titre de séjour) ;

— celui qui est resté sur le territoire après l'expiration de son visa ;

— celui qui s'est maintenu en France plus d'un mois après s'être vu notifier un refus ou un retrait de titre de séjour ;

— celui qui n'a pas demandé le renouvellement de son titre de séjour et s'est néanmoins maintenu un mois après son expiration ;

— celui qui a été condamné pour défaut ou falsification de titre de séjour ;

— celui qui s'est vu retirer ou refuser le renouvellement d'un récépissé de demande de carte ou d'une autorisation provisoire de séjour ;

— celui qui s'est vu retirer, refuser la délivrance ou le renouvellement d'un titre de séjour pour « menace à l'ordre public » (sans délai) ;

— celui qui a été signalé « aux fins de non-admission » par l'un des pays de l'espace Schengen.

XVII. LES ÉTRANGERS PROTÉGÉS CONTRE LA RECONDUITE À LA FRONTIÈRE

Il s'agit des catégories suivantes :

— mineurs ;

— étrangers qui justifient résider en France, même irrégulièrement, depuis l'âge de dix ans ;

— étrangers qui justifient résider en France, même irrégulièrement, depuis plus de quinze ans ;

— étrangers qui résident régulièrement en France depuis plus de dix ans, sauf si c'est en qualité d'étudiant ;

— étrangers mariés avec un ressortissant français depuis au moins un an ;

— étrangers père ou mère d'un enfant français résidant en France, à condition qu'ils exercent l'autorité parentale ou subviennent effectivement à ses besoins ;

— étrangers titulaires d'une rente d'accident du travail dont le taux d'incapacité permanente est égal ou supérieur à 20 % ;

— étrangers résidant en France dont l'état de santé nécessite une prise en charge médicale.

XVIII. LES RECOURS CONTRE UN ARRÊTÉ DE RECONDUITE À LA FRONTIÈRE

L'annulation d'un arrêté de reconduite peut être demandée au président du tribunal administratif. Si l'arrêté est notifié par lettre recommandée, l'intéressé dispose de sept jours pour que son recours parvienne au tribunal. Si la notification a eu lieu à la suite d'une interpellation, l'étranger doit être immédiatement mis en mesure d'avertir un avocat, son consulat ou une personne de son choix, et il n'a que quarante-huit heures pour déposer son recours. Dans tous les cas, le recours suspend l'exécution de l'arrêté.

Le tribunal doit statuer dans les quarante-huit heures en audience publique. Dans le mois qui suit, l'étranger peut faire appel de sa décision devant le Conseil d'État, mais cet appel n'empêche pas la reconduite. L'étranger peut aussi demander au ministre d'abroger l'arrêté de reconduite qui le frappe.

Si l'étranger se soustrait à la reconduite (en refusant de monter dans l'avion par exemple), il peut être condamné à une peine allant jusqu'à trois ans de prison par un tribunal correctionnel, éventuellement assortie d'une interdiction du territoire de dix ans maximum. La même peine est applicable s'il refuse de montrer son passeport ou s'il donne une fausse identité.

XIX. L'EXPULSION

La condition de « menace grave pour l'ordre public » qui justifie l'expulsion ne peut s'appliquer à un étranger résidant régulièrement en France que s'il a été condamné à une peine d'au moins un an de prison ferme. Cependant, l'expulsion peut être décidée si une peine de prison a été prononcée, quelle qu'en soit la durée, en cas de condamnation pour aide au séjour irrégulier, travail clandestin, emploi d'un étranger sans titre, ouverture d'un hébergement collectif non déclaré et proxénétisme.

XX. LES ÉTRANGERS PROTÉGÉS CONTRE L'EXPULSION

Ce sont les mêmes que ceux qui sont protégés contre la reconduite à la frontière. Toutefois, en cas de condamnation au moins égale à cinq ans de prison ferme, ces protections disparaissent, sauf pour les mineurs, les personnes entrées en France avant l'âge de dix ans et les malades.

XXI. LA PROCÉDURE D'EXPULSION

La commission départementale d'expulsion doit être saisie avant toute décision de ce type. L'étranger y est convoqué et peut se faire assister par la personne de son choix. Mais le ministre de l'Intérieur n'est pas obligé de suivre l'avis de cette commission qui est rendu dans un délai d'un mois.

XXII. L'EXPULSION DÉROGATOIRE

Les protections qui entourent la procédure d'expulsion disparaissent dans trois cas.

— Si l'administration invoque l'« urgence absolue », la commission d'expulsion n'est pas consultée et la mesure peut être exécutée sans délai. Mais les personnes protégées le restent.

— Un degré plus haut, si le ministre justifie l'expulsion par une « nécessité impérieuse pour la sûreté de l'État ou la sécurité publique », la commission est saisie mais les protections ne jouent plus, sauf pour les mineurs.

Enfin, si les deux conditions précédentes sont réunies (« urgence absolue » et « nécessité impérieuse... »), tout étranger majeur peut être expulsé sans avis de la commission.

XXIII. LES RECOURS CONTRE UN ARRÊTÉ D'EXPULSION

Un recours en annulation est possible devant le tribunal administratif mais il n'empêche pas l'exécution de l'expulsion qui, contrairement à l'arrêté de reconduite, interdit le retour en France à moins d'une abrogation par le ministre ou d'une annulation par le tribunal administratif.

En revanche, si l'étranger obtient de ce tribunal un « sursis à exécution », il pourra rester en France ou y revenir jusqu'au prononcé du jugement sur le fond. L'étranger peut ensuite demander au ministre d'abroger l'arrêté d'expulsion mais seulement s'il réside hors de France.

Si l'étranger se soustrait à l'expulsion (en refusant de monter dans l'avion par exemple), il peut être condamné à une peine allant jusqu'à trois ans de prison par un tribunal correctionnel, éventuellement assortie d'une interdiction du territoire de dix ans maximum. La même peine est applicable s'il refuse de montrer son passeport ou s'il donne une fausse identité.

XXIV. L'INTERDICTION JUDICIAIRE DU TERRITOIRE

Prononcée par un tribunal correctionnel ou une cour d'appel en complément d'une peine pour infraction à la législation sur l'entrée, le séjour, le travail des étrangers, l'hébergement collectif ou pour certains crimes ou délits de droit commun, l'interdiction du territoire français (ITF) peut être temporaire ou définitive. Elle entraîne la reconduite à la frontière, éventuellement après la fin de la peine de prison.

XXV. LES ÉTRANGERS PROTÉGÉS CONTRE L'INTERDICTION DU TERRITOIRE

Seuls les mineurs bénéficient d'une protection totale. D'autres catégories sont très relativement protégées :

— l'étranger parent d'enfant français ;

— le conjoint de Français marié depuis au moins un an ;

— l'étranger résidant en France même irrégulièrement depuis l'âge de dix ans ou depuis plus de quinze ans ;

— le titulaire d'une rente d'accident du travail ou de maladie professionnelle dont le taux est égal ou supérieur à 20 % ;

— l'étranger « résidant habituellement en France dont l'état de santé nécessite une prise en charge médicale dont le défaut pourrait entraîner pour lui des conséquences d'une exceptionnelle gravité, sous réserve qu'il ne puisse bénéficier d'un traitement approprié dans le pays dont il est originaire ».

À leur encontre en effet, un tribunal peut prononcer une interdiction du territoire, mais il doit « spécialement » motiver sa décision « au regard de la gravité de l'infraction et de la situation personnelle et familiale de l'étranger ».

De plus, toutes les protections disparaissent (sauf pour les mineurs) si certaines infractions graves ont été commises (crime contre l'humanité, espionnage, participation à des groupes de combat, atteintes aux intérêts fondamentaux de la nation, falsification de monnaie, production, fabrication, importation, exportation de stupéfiants, blanchiment d'argent issu de ces dernières infractions).

XXVI. LES RECOURS CONTRE L'INTERDICTION DU TERRITOIRE

Un étranger condamné à une interdiction du territoire français (ITF) peut demander au tribunal qui a prononcé cette sanction de la « relever ». Mais cette demande n'est possible que six mois après la condamnation et seulement si l'étranger réside hors de France. Si la demande de « relèvement » est rejetée, il est possible de saisir le président de la République d'un recours en grâce.

XXVII. LA REMISE AUX AUTORITÉS D'UN ÉTAT EUROPÉEN

Les étrangers qui sont interpellés en situation irrégulière, venant d'un pays européen lié à la France par un accord de réadmission ou signataire des conventions de Schengen ou Dublin, peuvent être « remis » à ce pays sans délai et sans recours possible.

XXVIII. LA RÉTENTION ADMINISTRATIVE

Un étranger en instance d'éloignement peut être maintenu en rétention si sa reconduite ou son expulsion n'est pas possible immédiatement. C'est le cas par exemple lorsqu'une place d'avion n'est pas disponible ou que, l'étranger ayant fait disparaître son passeport, le consulat du pays d'origine ne le reconnaît pas comme l'un de ses ressortissants et empêche son retour.

Sont concernés les étrangers faisant l'objet d'un arrêté de reconduite à la frontière ou d'expulsion, d'une procédure de « remise » à un autre État européen, ou d'une interdiction du territoire.

Le lieu de rétention n'est pas une prison. C'est un local de police ou un centre spécifique, comme celui du Mesnil-Amelot, près de l'aéroport de Roissy ou d'Arenc sur le port de Marseille. Les étrangers retenus peuvent téléphoner et recevoir des visites.

Décidé par le préfet qui avertit immédiatement le procureur de la République, le placement en rétention est limité au « temps strictement nécessaire » au départ de l'étranger. Sa durée ne peut en aucun cas excéder douze jours.

Si la rétention n'a pas cessé au bout de quarante-huit heures, le président du tribunal de grande instance ou un magistrat délégué par lui est saisi. Lors d'une audience publique, ce « juge délégué » peut décider par ordonnance le maintien en rétention pour cinq nouveaux jours ou, « à titre exceptionnel », l'assignation à résidence si l'étranger offre des garanties de représentation et après remise de son passeport.

À l'issue de ces cinq jours, le « juge délégué » est à nouveau saisi et peut encore prolonger la rétention de cinq jours par ordonnance dans deux cas : en cas d'« urgence absolue et menace d'une particulière gravité pour l'ordre public » ou lorsque « l'impossibilité d'exécuter la mesure d'éloignement résulte de la perte ou de la destruction des documents de voyage de l'intéressé, de la dissimulation par celui-ci de son identité ou de l'obstruction volontaire faite à son éloignement ».

L'étranger peut faire appel de l'ordonnance de maintien en rétention devant la cour d'appel, qui doit statuer dans les quarante-huit heures. Mais ce recours ne suspend pas la rétention.

XXIX. LE REGROUPEMENT FAMILIAL

L'étranger qui séjourne régulièrement en France depuis au moins un an peut se faire rejoindre par son conjoint et leurs enfants mineurs ou par un enfant dont un jugement lui a confié la garde. Le demandeur doit justifier de « ressources stables et suffisantes » indépendamment des prestations familiales. Aucun refus ne peut être opposé à un étranger qui gagne au moins le SMIC pour le seul motif de « ressources insuffisantes ». Le demandeur doit aussi prouver qu'il disposera, avant l'arrivée de sa famille, d'un logement « considéré comme normal pour une famille vivant en France ». L'autorisation d'entrer sur le territoire n'est donnée qu'après vérification par l'Office des migrations internationales (OMI) des conditions de ressources et de logement.

XXX. LE DROIT D'ASILE

Un étranger persécuté dans son pays peut demander le statut de réfugié conformément à la convention de Genève de 1951. Il peut formuler cette requête soit dans un consulat de France à l'étranger, soit dans un aéroport français, soit dans une préfecture, comme c'est le cas le plus fréquent. Dans ce cas, l'entrée illégale ne peut faire obstacle à l'examen de la demande. Si l'asile est demandé à la frontière, l'entrée en France peut être refusée si le demandeur d'asile a transité par un autre pays européen, ou si sa demande repose sur une « fraude délibérée », ou constitue un « recours abusif aux procédures d'asile ». La demande transmise à l'Office français de protection des réfugiés et apatrides (OFPRA) permet d'obtenir un récépissé de demande de titre de séjour valable pendant toute la procédure mais ne donnant pas droit au travail. Si la réponse de l'OFPRA est favorable, il délivre un certificat de réfugié valable trois ans et renouvelable, qui permet de travailler. Les décisions négatives de l'OFPRA (90 % en 2000) peuvent faire l'objet d'un recours devant la Commission de recours des réfugiés (CRR) dont la décision est elle-même soumise au contrôle du Conseil d'État.

En 1998, deux voies d'accès à l'asile, indépendantes du statut prévu par la convention de Genève, ont été officialisées. L'OFPRA est ainsi chargé d'examiner le cas des personnes se prévalant du préambule de la Constitution de 1946 selon lequel la République donne l'asile à toute personne persécutée « en raison de son action en faveur de la liberté ». D'autre part a été codifiée la pratique de l'« asile territorial » accordé par le ministère de l'Intérieur à un étranger qui établit que « sa vie ou sa liberté est menacée dans son pays ou qu'il y serait exposé à des traitements inhumains ou dégradants ». Ces dispositions pourraient permettre de limiter les effets pernicieux de la jurisprudence restrictive de la CRR. Celle-ci, sauf exception, refuse l'asile aux personnes persécutées par une autorité autre que l'État dont ils sont ressortissants, comme les Algériens menacés par les islamistes, dont moins de 5 % des demandes sont acceptées. Mais les nouvelles voies ouvertes sont étroites. L'asile « constitutionnel » suppose une attitude active et pas seulement une menace comme la convention de Genève. Il pose en outre le problème de la définition du mot « liberté ». Quant à l'asile territorial, déjà pratiqué au bénéfice des ex-Yougoslaves et des Algériens, il consiste en la délivrance d'un titre de séjour et de travail par décision souveraine du ministre de l'Intérieur.

XXXI. CONTRÔLES D'IDENTITÉ ET CONTRÔLES DE LA RÉGULARITÉ DU SÉJOUR

Pour toute personne, française ou étrangère, les contrôles peuvent être de deux types :

— Des contrôles de police judiciaire. Ils visent toute personne soupçonnée d'avoir commis une infraction. Le code de procédure pénale énumère limitativement quatre situations : personne « à l'égard de laquelle existe un indice faisant présumer qu'elle a commis ou tenté de commettre un crime ou un délit, ou qu'elle est susceptible de fournir des renseignements utiles à l'enquête [...] ou qu'elle fait l'objet de recherches ordonnées par une autorité judiciaire ». Le contrôle peut enfin avoir lieu dans le cadre d'une opération « coup de poing » « sur réquisitions écrites du procureur de la République aux fins de recherche et de poursuites d'infraction qu'il précise [...] dans les lieux et pour une période de temps déterminés par le magistrat ».

— Des contrôles de police administrative. Organisés à titre préventifs « pour prévenir une atteinte à l'ordre public, notamment une atteinte à la sécurité des personnes et des biens », ils sont possibles « quel que soit [le] comportement » de la personne contrôlée mais doivent être motivés.

Pour les étrangers spécifiquement : la loi dispose qu'« en dehors de tout contrôle d'identité, les personnes de nationalité étrangère doivent être en mesure de présenter [leur titre de séjour] à toute réquisition ». Ces contrôles peuvent être effectués soit directement, si la qualité d'étranger de l'intéressé se déduit de circonstances extérieures à sa personne (apposition d'affiches étrangères par exemple), soit indirectement, dans le cadre d'un contrôle d'identité qui est seul autorisé si la qualité d'étranger ne résulte pas d'éléments objectifs.

Les lois sur la nationalité

Le code de la nationalité, réintégré dans le Code civil en 1993, résulte des dispositions suivantes de l'ordonnance de 1945, modifiée en 1973, 1993 et 1998. C'est l'une des législations les plus libérales d'Europe.

• *Est français à la naissance* :

a) Par filiation :

— l'enfant dont l'un des parents au moins est français. C'est l'application du droit du sang (*jus sanguinis*) au cas le plus courant des enfants de deux parents français, ainsi que du couple « mixte » franco-étranger.

b) Par la naissance en France :

— l'enfant né en France de parents inconnus ou apatrides. C'est l'application du droit du sol (*jus soli*) ;

— l'enfant né en France lorsqu'un de ses parents étrangers y est lui-même né. Cette disposition, baptisée « double droit du sol », confère systématiquement la nationalité française aux petits-enfants d'immigrés. Elle s'applique aux enfants nés en France après le 1er janvier 1963 d'un parent né en Algérie avant le 3 juillet 1962, date de l'indépendance. Les enfants nés avant le 1er janvier 1963 ont suivi le sort de leurs parents, même s'ils sont nés sur le territoire métropolitain : en général, ils sont devenus algériens sauf – cas rare – si leurs parents ont fait une déclaration de reconnaissance de la nationalité française.

La même règle s'est longtemps appliquée si le parent est né dans une ancienne colonie française (Sénégal, Côte d'Ivoire, Congo, Bénin, Guinée, Madagascar, Viêt-nam, etc.) avant son indépendance ou dans les anciens établissements français de l'Inde mais non dans les territoires anciennement sous tutelle ou protectorat (Maroc, Tunisie, Cameroun, Cambodge, Laos, Togo). Elle ne joue plus si l'enfant est né après le 1er janvier 1994.

• *On peut, d'autre part, acquérir la nationalité française :*

a) Par mariage avec un ressortissant français : sur simple déclaration après un délai d'un an, à condition que la communauté de vie n'ait pas cessé. Ce délai est supprimé en cas de naissance d'un enfant avant ou après le mariage, si la filiation est établie au regard des deux conjoints.

b) De plein droit :

— À dix-huit ans, à condition d'être né en France de parents étrangers, de justifier de sa résidence habituelle en France « pendant une période continue ou discontinue d'au moins cinq ans depuis l'âge de onze ans ». Contrairement au vocabulaire couramment employé, ce mode d'acquisition n'a rien d'« automatique ». D'une part, il suppose de satisfaire aux conditions de naissance en France et de durée de résidence et d'en apporter la preuve écrite; d'autre part, il nécessite une démarche spécifique pour l'obtention d'une pièce d'identité. Enfin, le jeune qui ne désire pas acquérir la nationalité peut décliner la qualité de Français dans les six mois qui précèdent sa majorité ou dans les douze mois qui la suivent.

— À partir de seize ans, sans autorisation des parents, à condition d'être né en France de parents étrangers et de justifier de sa résidence habituelle en France « pendant une période continue ou discontinue d'au moins cinq ans depuis l'âge de douze ans ».

— À partir de l'âge de treize ans, à la demande des parents et avec le consentement personnel de l'intéressé, à condition d'être né en France de parents étrangers, et de justifier d'une résidence habituelle en France de cinq ans calculée depuis l'âge de huit ans.

c) Par naturalisation (décret) : tout étranger majeur peut demander sa naturalisation à condition d'avoir sa résidence habituelle en France depuis cinq ans, de justifier de ses « bonnes vies et mœurs », et de « son assimilation à la communauté française, notamment par une connaissance suffisante, selon sa condition, de la langue française ».

Certaines condamnations pénales (six mois de prison ferme ou plus) ou un arrêté d'expulsion font obstacle à l'acquisition de la nationalité par mariage ou par naturalisation.

Aperçu des législations étrangères sur la nationalité

Les deux traditions qui s'opposent sont celles de la France et de l'Allemagne. La première, issue des Lumières et de la Révolution française, est basée sur l'adhésion volontaire du citoyen à la nation. La seconde, née du romantisme allemand, repose sur une conception ethnique et culturelle du peuple (*Volk*). Ces deux conceptions théoriques fondent les deux principaux modes d'acquisition de la nationalité – *jus soli* et *jus sanguinis*. Voici l'état des législations dans plusieurs pays.

ALLEMAGNE

Tournant historique, l'Allemagne a rompu en 1999 avec son code de la nationalité, défini par une loi du Reich de 1913, qui reposait exclusivement sur le droit du sang. Ce texte excluait de fait les 7,3 millions d'étrangers vivant outre-Rhin d'un accès simple à la nationalité et donc à la citoyenneté allemande. La nouvelle loi, entrée en vigueur le 1er janvier 2000, introduit pour la première fois le droit du sol : désormais, tout enfant né en Allemagne dont l'un des parents y réside régulièrement depuis plus de huit ans ou dispose d'un titre de séjour de durée illimitée depuis trois ans est automatiquement allemand dès sa naissance. Entre dix-huit et vingt-trois ans, il devra choisir entre la nationalité de ses parents et la nationalité allemande. La nouvelle loi facilite, d'autre part, les naturalisations. Elle permet aux étrangers de devenir allemands au bout de huit ans de séjour contre quinze auparavant, à condition qu'ils parlent allemand, qu'ils soient intégrés économiquement dans la société, qu'ils n'aient pas été condamnés pénalement et qu'ils signent une déclaration de fidélité à la Constitution. Mais le texte ne permet toujours pas de conserver sa nationalité d'origine, ce qui constitue un obstacle de taille pour les nombreux étrangers qui refusent de couper tout lien avec leurs racines. Le débat sur la nationalité se fixe depuis des années sur cette question de la « double nationalité ».

Avant la réforme de 1999, il fallait être né de parents allemands ou d'« appartenance ethnique allemande » pour être allemand. Ni la naissance en Allemagne, ni même le mariage avec un ressortissant allemand ne donnait droit à la nationalité. Ainsi, un descendant d'émigré allemand établi en ex-URSS depuis des générations pouvait acquérir la nationalité allemande plus facilement qu'un enfant de Turc né et scolarisé en Allemagne. Ce système avait permis de justifier l'annexion de l'Alsace et s'est révélé adapté au retour des minorités allemandes et des réfugiés de l'Est depuis 1945.

Cette conception fermée de la nationalité avait évolué une première fois avec l'entrée en vigueur, le 1er janvier 1991, d'une nouvelle loi sur les étrangers qui facilitait les naturalisations.

SUISSE

La législation helvétique est de type germanique. Le respect des usages locaux, du dialecte, la participation à la vie associative du candidat à la naturalisation sont vérifiés à l'échelon des communes et des cantons, et un serment civique est même requis dans la plupart des cantons romands. La Suisse a assoupli récemment sa pratique en n'exigeant plus le renoncement à la nationalité d'origine.

GRANDE-BRETAGNE

Longtemps accordée à tous les ressortissants de l'empire sur la base du droit du sol, la citoyenneté britannique est, depuis 1981, réservée aux personnes qui, soit ont un parent britannique, soit sont nées en Grande-Bretagne alors que l'un des parents y est lui-même installé. En revanche, les populations originaires du Commonwealth non blanc ne disposent pas du libre accès au territoire du Royaume-Uni, et *a fortiori* à la nationalité. Le droit du sol est largement appliqué puisque tout enfant né au Royaume-Uni est britannique si son père ou sa mère est déjà britannique ou réside au Royaume-uni. Si cette dernière condition n'est remplie qu'après la naissance, l'enfant mineur pourra devenir britannique par simple inscription. Si les parents ne sont ni britanniques ni établis dans le pays, l'enfant né au Royaume-Uni pourra devenir britannique à condition d'avoir passé les dix premières années de sa vie dans ce pays.

La citoyenneté britannique acquise par filiation ne se transmet pas automatiquement aux enfants nés à l'étranger. Ces derniers ne sont britanniques que si la demande en est faite au cours de leur première année par un parent ayant déjà vécu pendant trois ans au Royaume-Uni.

Pour la naturalisation, cinq années de résidence sont exigées, ainsi qu'une bonne conduite morale et une connaissance de l'anglais, du gallois ou de l'écossais. Le mariage avec un ressortissant britannique ne donne pas un droit automatique à la nationalité : une procédure simplifiée de naturalisation est appliquée et le délai de résidence abaissé à trois ans.

BELGIQUE

La loi a été modifiée en 1991 dans un sens plus favorable au droit du sol mais les critères du lieu de naissance et de la filiation continuent de se combiner. Les parents étrangers d'un enfant né en Belgique peuvent demander pour lui la nationalité avant qu'il ait atteint l'âge de douze ans. D'autre part, à l'instar du « double droit du sol » français, un enfant né en Belgique est belge à sa naissance si l'un de ses parents y est lui-même né et y a résidé pendant cinq ans au cours des dix années précédant la naissance. La même personne pourra aussi devenir belge par simple déclaration entre dix-huit et trente ans à condition d'avoir toujours eu sa résidence principale en Belgique. Le mariage avec un ressortissant belge permet d'acquérir sa nationalité six mois après l'union. Pour la naturalisation, le délai de résidence exigé est de cinq ans. Il est réduit à trois ans pour les réfugiés et apatrides.

ITALIE

Ancien pays d'émigration, l'Italie n'a introduit le droit du sol que récemment.

Jusqu'en 1975, la loi en vigueur datait de 1912 et consacrait l'influence prépondérante du droit du sang ainsi que la primauté de la nationalité du père et du mari pour déterminer celle de l'ensemble de la famille. Aujourd'hui, le système est assez voisin de celui de la France. Les étrangers nés en Italie acquièrent la nationalité à condition d'avoir résidé légalement sans interruption en Italie jusqu'à leur majorité et de déclarer vouloir devenir italiens dans l'année de leur majorité. Pour faciliter l'acquisition de la nationalité par les descendants d'émigrés italiens, la loi de 1992 a permis aux étrangers, enfants ou petits-enfants d'Italiens, de devenir italiens dans trois cas : accomplissement du service militaire, exercice d'un emploi public ou résidence légale en Italie depuis au moins deux ans au moment de la majorité. À chaque fois, une manifestation de volonté est exigée. Le mariage avec un ressortissant italien permet l'acquisition de la nationalité après six mois de résidence légale ou après trois ans de mariage. Le délai de naturalisation est de dix ans; il est réduit à quatre ans pour un ressortissant de l'Union européenne. L'étranger naturalisé doit prêter serment de demeurer fidèle à la République et de respecter la Constitution et les lois.

PAYS-BAS

Le droit du sol est le principe dominant de longue date. Tout enfant est néerlandais si son père ou sa mère résidait aux Pays-Bas au moment de sa naissance à condition que ce parent soit lui-même né d'une mère résidant dans le pays. Autrement dit, tout enfant est néerlandais si sa famille y réside depuis deux générations. D'autre part, les étrangers nés aux Pays-Bas et qui y résident depuis leur naissance peuvent acquérir la nationalité entre dix-huit et vingt-cinq ans. Pour la naturalisation, la loi exige cinq années de résidence, une « connaissance raisonnable de la langue » et une bonne intégration dans la société. La preuve de la non-intégration doit être apportée par l'administration. Le mariage ne donne pas un droit automatique à la nationalité mais abaisse à trois ans le délai pour la naturalisation. Le même délai est appliqué aux étrangers ayant cohabité avec un Néerlandais. Les Pays-Bas reconnaissent ainsi les effets du concubinage sur la nationalité.

ESPAGNE

Historiquement, le droit du sang domine et a permis de donner la nationalité espagnole aux nombreux Latino-Américains s'installant dans le pays. Mais le droit du sol est appliqué comme en France puisqu'un étranger né en Espagne acquiert la nationalité pour peu que l'un de ses parents y soit lui-même né. La naturalisation suppose dix années de résidence (cinq années pour les réfugiés, deux pour les Sud-Américains, un an pour les étrangers mariés à un ressortissant espagnol). Dans les 180 jours suivant la notification de la naturalisation, l'intéressé doit prêter serment de fidélité au roi et à la Constitution s'il a plus de quatorze ans.

ÉTATS-UNIS

Comme dans beaucoup de pays d'Amérique latine, le droit du sol simple s'applique, favorisant l'immigration à grande échelle. D'après le quatorzième amendement de la Constitution qui date de 1868, tout enfant né sur le sol américain est citoyen de naissance. Cette règle s'applique aux enfants des immigrés en situation irrégulière. Le critère du *jus sanguinis* a cependant été introduit en 1952 pour les enfants nés à l'étranger d'un ou de deux parents américains. Ces enfants sont américains si leurs deux parents sont américains à condition que l'un des deux ait résidé aux États-Unis avant la naissance. Si seul l'un des parents est américain, il devra avoir séjourné pendant cinq ans aux États-Unis dont deux au moins après l'âge de quatorze ans.

Les étrangers ayant le statut de résident permanent aux États-Unis depuis cinq ans peuvent devenir facilement américains par naturalisation. Le délai est réduit à trois ans en cas de mariage. La naturalisation suppose une bonne moralité, l'attachement aux principes de la Constitution, et la connaissance de l'histoire et du système de gouvernement américains, et de la langue anglaise (les personnes âgées sont dispensées de cette dernière exigence). Un examen permet de vérifier que ces conditions sont remplies. Un juge statue sur la demande. Le nouveau naturalisé prête serment d'allégeance aux États-Unis.

MAGHREB

La nationalité par filiation n'est transmise que par le père. Mais les pays d'Afrique du Nord appliquent le critère du lieu de naissance pour conférer leur nationalité à l'enfant né sur leur sol d'un mariage entre une de leurs ressortissantes et un père étranger.

La législation contre le racisme et les discriminations

Depuis 1972, le racisme est un délit réprimé par la loi. Votée à l'unanimité du Parlement, la loi du 1er juillet 1972 situe le racisme dans le cadre de la liberté de la presse dont elle modifie le régime légal de 1881. Le texte institue une incrimination spécifique de diffamation ou d'injure raciste, délit plus sévèrement réprimé que la diffamation ou l'injure

« ordinaire ». La loi crée aussi un délit nouveau de « provocation à la discrimination, à la haine ou à la violence à l'égard d'une personne ou d'un groupe de personnes en raison de leur origine ou de leur appartenance ou de leur non-appartenance à une ethnie, une race ou une religion déterminée », punissable d'un mois à un an d'emprisonnement et d'une amende de 300 à 450 euros. Le texte de 1972 permet en outre aux associations antiracistes déclarées depuis au moins cinq ans de se porter partie civile. Il est renforcé en 1985 par une loi réprimant toute discrimination dans « la vente, l'attribution d'un emploi ou d'un logement basée sur l'origine, le sexe, les mœurs, la situation de famille, l'état de santé, le handicap ou la race, la religion ».

Un autre pas dans la répression des actes de racisme a été franchi avec la loi du 13 juillet 1990, issue d'une proposition du député communiste Jean-Claude Gayssot. Le texte aggrave les sanctions de la loi de 1972, accorde aux associations un droit de réponse dans la presse ou l'audiovisuel. En outre, la loi de 1990 permet aux tribunaux de prononcer l'inéligibilité du délinquant pendant une durée de cinq ans et la publication de la décision dans la presse. La principale innovation de la loi de 1990 consiste à réprimer le négationnisme, autrement dit le fait de contester « l'existence d'un ou plusieurs crimes contre l'humanité ». Ce texte a été critiqué en ce qu'il tend à transformer les juges en historiens, avec les risques illustrés par la décision de non-lieu en faveur de l'ancien chef milicien Paul Touvier prononcée en avril 1992 par la chambre d'accusation de Paris. Mais la loi de 1990, farouchement combattue par l'extrême droite, a aussi permis de poursuivre et de sanctionner les auteurs d'écrits niant l'existence des chambres à gaz nazies.

Les insuffisances de la loi de 1972 et la multiplication des provocations d'extrême droite ont amené plusieurs gouvernements à envisager son renforcement. En 1993, Pierre Méhaignerie, garde des Sceaux dans le gouvernement Balladur, a envisagé une telle réforme prévoyant d'assouplir les contraintes de la loi sur la presse en matière de racisme, afin de faciliter les poursuites. Mais ce projet n'a jamais vu le jour.

L'émotion suscitée par les divagations de Jean-Marie Le Pen sur l'« inégalité des races », en août 1996, ont amené Jacques Toubon, garde des Sceaux dans le gouvernement Juppé, à relancer cette idée dans une perspective plus audacieuse, sans aboutir davantage. Estimant que les propos du président du FN ne pouvaient être incriminés sur la base, trop restrictive, de la loi de 1972, J. Toubon avait décidé de ne pas demander au parquet de le poursuivre. La réforme projetée visait donc à remédier aux failles de la législation et d'élargir le champ de la répression. En retirant les dispositions antiracistes du champ de la loi de 1881 sur la presse, le projet libérait les procédures de la plupart des contraintes spécifiquement applicables à la presse : délai de prescription de trois mois qui empêche par exemple de poursuivre les auteurs de tracts diffusés depuis longtemps mais découverts tardivement; impossibilité pour le juge de requalifier les faits, ce qui conduit les juges à relaxer si les plaignants ou le parquet invoquent une « diffamation » alors qu'ils estiment être en présence d'une « injure ». Surtout, en instaurant un délit de « diffusion » de message raciste visant des personnes en raison de leur appartenance à une race ou à une religion « qu'elle soit ou non déterminée », le projet entendait élargir considérablement le champ des propos incriminables, notamment ceux de J.-M. Le Pen sur l'«inégalité des races», potentiellement exemptés par la loi de 1972 qui exige une référence à un groupe ou une race déterminée. Mais la crainte de voir le texte de J. Toubon se transformer en arme contre la liberté d'expression et de la presse, ainsi que l'hostilité à l'égard d'une « loi de circonstance », exprimée tant par les organisations de défense des droits de l'homme que par des parlementaires de droite comme de gauche, ont conduit le gouvernement Juppé à abandonner la partie, en dépit du soutien des associations antiracistes. Adopté par le Conseil des ministres le 16 octobre 1996, le projet Toubon n'a jamais été discuté au Parlement.

Ces débats ont mis en lumière les faiblesses de la législation. Les lois de 1972 et 1990 ont permis de poursuivre et de condamner certains auteurs de délits racistes, de sanctionner des agissements discriminatoires et de populariser l'idée selon laquelle le racisme n'est pas une opinion mais un délit passible de tribunaux. Les limites du traitement judiciaire du racisme sont cependant apparues à plusieurs égards : difficulté de rapporter la preuve du racisme, adaptation du discours raciste à une jurisprudence souvent laxiste, contre-effets en cas de relaxe, utilisation des tribunaux comme caisse de résonance, présentation des condamnations comme des atteintes à une prétendue liberté d'expression, assimilation au racisme de toute discrimination, même positive. Témoin de ces failles, le faible nombre des condamnations. Ainsi, sept condamnations pénales ont été prononcées en 1999 sur la base de la législation anti-discrimination, dont deux pour refus d'embauche. Quant à la loi de 1972, elle a abouti, la même année, à 102 condamnations dont huit à une courte peine de prison ferme.

Le contraste entre une législation présentée comme subtile et son impuissance à endiguer la montée du racisme est spécialement frappant en matière de discrimination. Le recours à la justice se heurte alors presque systématiquement à l'impossibilité d'apporter la preuve non seulement de la réalité du préjudice, mais aussi de la volonté discriminatoire. Pour tenter de surmonter cette difficulté, la France a commencé à adapter sa législation à la directive de l'Union européenne du 29 juin 2000 sur la discrimination qui inclut les formes « indirectes », et prévoit que la preuve puisse en être établie « par tous moyens y compris sur la base de données statistiques ». Le code du travail français a ainsi été amendé, début 2001: il n'appartient plus uniquement au salarié d'apporter la preuve qu'il est victime d'une discrimination; l'employeur doit, en outre, convaincre le juge du contraire. Autre évolution du droit, le recours au *testing*, qui consiste à présenter pour un emploi ou un service plusieurs candidats aux caractéristiques sociales similaires mais aux origines différentes, et à faire constater par huissier la différence de traitement, commence à être admis par la justice comme mode de preuve.

CHRONOLOGIE

1847-1848 : Émeutes anti-belges dans le Nord.

1851 : Le recensement de la population de France comptabilise pour la première fois les étrangers. Le double droit du sol est introduit dans la loi française : l'enfant né en France, lorsque l'un de ses parents étrangers y est lui-même né, est français à la naissance.

1871 : Des Italiens et des Belges participent aux combats de la Commune.

1889 : Nouvelle réforme de la loi sur la nationalité : l'enfant né en France de parents étrangers devient français de plein droit s'il est domicilié en France à l'âge de 21 ans.

1893 : À Aigues-Mortes, des bagarres entre saisonniers français et italiens des Salins du Midi dégénèrent en un pogrom anti-italien, qui fait huit morts, selon le bilan officiel, sous-estimé.

1894 : Le président de la République, Sadi Carnot, est assassiné à Lyon par un anarchiste italien, Jeronimo Sante Caserio.

1914 : Recrutement parfois forcé de soldats coloniaux : spahis et tirailleurs maghrébins, malgaches, kanaks et indochinois pour la guerre contre l'Allemagne. D'autres Indochinois ainsi que des Chinois sont recrutés pour les usines d'armement.

1924 : Le patronat crée une société privée, la « Société générale d'immigration », afin de gérer l'arrivée de la main-d'œuvre étrangère.

1926 Inauguration par le président de la République, Gaston Doumergue, de la Grande Mosquée de Paris, édifiée en reconnaissance des 100 000 musulmans morts pendant la guerre de 1914-1918.

1927 : Une loi facilitant les naturalisations est adoptée, provoquant une grande vague d'acquisitions de la nationalité.

1931 : Avec 2,7 millions d'étrangers pour 42 millions d'habitants (6,4 %), la France est le premier pays d'immigration du monde relativement à sa population.

1932 : Une loi destinée à « protéger la main-d'œuvre nationale » et votée à l'unanimité autorise la fixation de quotas d'étrangers dans les entreprises. Le président de la République, Paul Doumer, est assassiné par un déséquilibré mental russe.

1934 : Privés d'emploi par la crise, des milliers de mineurs polonais sont expulsés de France avec leurs familles.

1938 : Dans le contexte de préparation à la guerre, le gouvernement Daladier prend des décrets-lois contre les « étrangers indésirables » qui peuvent être internés dans des « camps de concentration ».

1940 : Après l'armistice de juin, la France livre les réfugiés allemands, puis italiens. En juillet débutent les mesures de dénaturalisation en vertu desquelles 15 000 Français récemment naturalisés seront déchus de la nationalité française. En octobre, le statut des juifs les exclut de certaines professions ; les juifs étrangers peuvent être internés dans des camps.

1941 : Premières rafles de juifs étrangers en zone nord occupée.

1942 : Rafle de près de 13 000 juifs étrangers regroupés au Vél d'Hiv.

1944 : Symbole de la participation des étrangers à la Résistance, l'« affiche rouge » est placardée par les nazis après le démantèlement du « groupe Manouchian ». Les dix jeunes partisans immigrés qui y figurent sont fusillés. Des étrangers figurent dans les premières unités à entrer dans Paris libéré. De Gaulle appelle à introduire « de bons éléments d'immigration dans la collectivité française ».

1945 : L'ordonnance du 19 octobre fixe le nouveau droit de la nationalité, celle du 2 novembre traite des règles d'entrée et du séjour des travailleurs étrangers et crée l'Office national d'immigration (ONI, devenue OMI). Soulèvement de Sétif.

1946 : La libre circulation en métropole est ouverte aux « Français musulmans d'Algérie ».

1954 : Début de la guerre d'Algérie.

1956 : Création de la Société nationale de construction de logements pour les travailleurs algériens (Sonacotral), établissement public qui deviendra la Sonacotra.

1958 : Création du « Fonds d'action sociale pour les travailleurs musulmans d'Algérie en France et pour leurs familles » (FAS) qui s'élargira à tous les étrangers en 1964.

1961 : Le 17 octobre à Paris, la police parisienne réprime dans le sang la manifestation du FLN pour l'indépendance algérienne.

1962 : Les accords d'Évian mettent fin à la guerre d'Algérie et consacrent l'indépendance de ce pays ; plus d'un million de « pieds-noirs » sont contraints de fuir vers la métropole ; des centaines de milliers de harkis sont abandonnés aux représailles du FLN par le gouvernement français, certains parviennent à fuir en métropole. L'immigration des Algériens vers la France atteint 180 000 entrées.

1966 : Création de la Direction de la population et des migrations (DPM) au ministère des Affaires sociales.

1972 : La circulaire Fontanet fait du séjour irrégulier une infraction ; la loi fait du racisme un délit.

1973 : Série d'agressions et d'attentats anti-maghrébins ; mise en place de l'enseignement des langues et cultures d'origine (ELCO).

1974 : Dans le contexte de la crise pétrolière, la France suspend l'immigration de travailleurs non qualifiés.

1975 : Le regroupement familial est organisé officiellement ; premières révoltes de fils de harkis ; arrivée des premiers boat people vietnamiens, qui obtiennent le statut de réfugié.

1976 : À Nice, le dernier bidonville, la « digue des Français », est rasé. Les « cités de transit », prétendument provisoires, succèdent aux bidonvilles, la politique de réhabilitation des cités HLM débute avec les opérations « habitat et vie sociale ».

1977 : Instauration par le gouvernement Barre d'une aide de 10 000 francs pour inciter les travailleurs immigrés au retour.

1980 : La loi Bonnet permet l'expulsion d'étrangers pour simple entrée ou séjour irrégulier et de petits délinquants étrangers, et légalise le placement dans les centres de rétention des étrangers en instance d'éloignement. La municipalité communiste de Vitry (Val-de-Marne) est impliquée dans la destruction au bulldozer d'un foyer de travailleurs africains. Des jeunes Maghrébins élevés en France et menacés d'expulsion observent une grève de la faim à Lyon.

1981 : Une nouvelle législation sur l'immigration, plus libérale, est votée après l'élection de François Mitterrand. Une opération de régularisation des étrangers en situation irrégulière est engagée. La création d'une association par des étrangers, soumise à autorisation préfectorale depuis 1939, redevient libre. La loi de 1932 sur le contingentement de la main-d'œuvre étrangère est abrogée. Les crimes racistes se multiplient ; les premières émeutes urbaines secouent certains quartiers populaires. Des zones d'éducation prioritaires (ZEP) sont créées par Alain Savary, ministre de l'Éducation nationale.

1983 : Partie discrètement de Marseille, la « Marche pour l'égalité », dite « Marche des beurs », se termine en apothéose à Paris. Le Front national remporte son premier succès lors de l'élection municipale de Dreux. Durcissement de la politique d'immigration du gouvernement socialiste.

1984 : L'Assemblée nationale vote à l'unanimité le principe de la création de la carte de résident dite « carte de dix ans ». Création de SOS Racisme.

1985 : Signature des accords de Schengen prévoyant la création d'un espace européen de libre circulation. Création de l'association France-Plus.

1986 : La première « loi Pasqua » facilite les expulsions ; les étrangers non européens sont soumis à l'obligation de produire un visa ; expulsion par charter de 101 Maliens.

1989 : La loi Joxe abroge certaines dispositions de la première loi Pasqua. Le conflit né dans un collège de Creil autour du port du foulard islamique par de jeunes élèves provoque une polémique nationale.

1990 : Création d'un « ministère de la Ville ». Lancement de la réflexion sur l'organisation de l'islam de France par le ministre de l'Intérieur, Pierre Joxe.

1991 : Des grèves de la faim de demandeurs d'asile déboutés contraignent le gouvernement Rocard à une opération limitée de régularisation. Les demandeurs d'asile perdent l'autorisation de travailler. Création du Haut Conseil à l'intégration. Le traité de Maastricht instaure la « citoyenneté européenne ».

1992 : Création des « zones d'attente » pour les étrangers non admis sur le territoire.

1993 : La nouvelle loi Pasqua sur l'entrée et le séjour multiplie les obstacles à la régularisation des étrangers. La loi Méhaignerie sur la nationalité introduit l'exigence d'une « manifestation de volonté » pour les jeunes nés en France de parents étrangers.

1995 : Entrée en vigueur de la libre circulation entre les pays européens signataires de la Convention d'application des accords de Schengen.

1996 : Occupation par des sans-papiers de plusieurs lieux, dont l'église Saint-Bernard de la Chapelle à Paris d'où ils sont expulsés par la force en août.

1997 : Le vote de la loi Debré (février), qui prévoit notamment l'obligation pour toute personne accueillant un étranger de le déclarer à l'administration, provoque une mobilisation de la gauche. Nommé Premier ministre, Lionel Jospin décide une opération de régularisation de certains étrangers en situation irrégulière. Rapports Weil sur la nationalité et l'immigration. Le traité d'Amsterdam fixe à 2004 la date butoir pour la mise en œuvre d'une politique européenne commune en matière d'immigration et d'asile.

1998 Nouvelles lois sur la nationalité et l'immigration, qui reviennent largement sur les lois de 1993 et 1997 et rompent avec le discours sur l' « immigration zéro ». Victoire de l'équipe de France « black-blanc-beur » dans la Coupe du monde de football.

1999 : Une loi substitue la réalité de la « guerre d'Algérie » à l'expression officielle d'« opérations de maintien de l'ordre ». Le traité d'Amsterdam entre en vigueur.

2000 : Les corps de 58 clandestins chinois sont découverts à Douvres (Grande-Bretagne), dans le conteneur d'un camion hollandais en provenance de Belgique.

BIBLIOGRAPHIE

Ouvrages

ABDALLAH, Mogniss H., *J'y suis, j'y reste ! Les luttes de l'immigration en France depuis les années soixante,* Éditions Reflex, 2000.

AÏCHOUNE, Farid, *Nés en banlieue*, Ramsay, 1991.

ASSOULINE, David et LALLAOUI, Mehdi, *Un siècle d'immigrations en France*, 3 vol., Syros, coll. « Au nom de la mémoire », 1996 et 1997.

BANCEL, Nicolas et BLANCHARD, Pascal, *De l'indigène à l'immigré,* Gallimard, coll. « Découvertes », 1998.

BARREAU, Jean-Claude, *De l'immigration en général et de la nation française en particulier*, Le Pré aux Clercs, 1992.

BAROU, Jacques, *L'Europe terre d'immigration : flux migratoires et intégration*, Presses universitaires de Grenoble, 2001.

BATAILLE, Philippe, *Le racisme au travail*, La Découverte, 1997.

BEGAG, Azouz, *Le Gone de Chaâba*, Le Seuil, coll. « Point-Virgule », 1986.

— et DELORME, Christian, *Quartiers sensibles*, Le Seuil, coll. « Point-Virgule », 1994.

BLANC-CHALEARD, Marie-Claude, *Histoire de l'immigration,* La Découverte, coll. « Repères », 2001.

— et MILZA, Pierre, *Le Nogent des Italiens,* Autrement, 1995.

BOUAMAMA, Saïd, SAD-SAOUD, Hadjila et DJERDOUBI, Mokhtar, *Contribution à la mémoire des banlieues*, Éditions du Volga, 1994.

BOUBEKER, Ahmed, *Familles de l'intégration,* Stock, 1999.

BRAUDEL, Fernand, *L'identité de la France*, t.1 : *Les hommes et les choses*, Arthaud-Flammarion, 1986.

CHAIB Yacine, *L'émigré et la mort : la mort musulmane en France,* Édisud, 2000.
CHEMILLIER-GENDREAU, Monique, *L'injustifiable : les politiques françaises de l'immigration,* Bayard, 1998.
Commission nationale consultative des droits de l'homme, *La lutte contre le racisme et la xénophobie*, La Documentation française, 2002 (publication annuelle).
COSTA-LASCOUX, Jacqueline et WEIL, Patrick, *Logique d'États et immigrations*, Kimé, 1992.
— et LIVE, Yu-Sion, *Paris XIIIe, lumières d'Asie,* Autrement, 1995.
DEWITTE, Philippe (sous la dir. de), *Immigration et intégration, l'état des savoirs,* La Découverte, 1999.
DE RUDDER, Véronique, POIRET, Christian et VOURC'H, François, *L'inégalité raciste. L'universalité républicaine à l'épreuve,* PUF, 2000.
DUBET, François, *La galère*, Fayard, 1987.
— *Immigrations : qu'en savons-nous ? Un bilan des connaissances,* La Documentation française, coll. « Notes et études documentaires », 1989.
— et LAPEYRONNIE, Didier, *Les quartiers d'exil,* Le Seuil, 1992.
ÉTIENNE, Bruno, *La France et l'islam*, Hachette, 1989.
FABER, Jean, *Les indésirables. L'intégration à la française,* Grasset, 2000.
GASPARD, Françoise et KHOSROKHAVAR, Farhad, *Le foulard et la République,* La Découverte, 1995.
GASTAUT, Yvan, *L'immigration et l'opinion en France sous la Ve République*, Le Seuil, 2000.
GEISSER Vincent, *Ethnicité républicaine. Les élites d'origine maghrébine dans le système politique français*, Presses de Sciences-Po, 1997.
GUENIF-SOUILAMAS Nacira, *Des « beurettes » aux descendants d'immigrants nord-africains,* Grasset, 2000.
HARGREAVES, Alec, G., *Voices from the North African Immigrant Community in France*, 1991.
— *Immigration, « Race » and Ethnicity in Contemporary France,* Routledge, Londres, 1995.
Haut Conseil à l'intégration, *L'intégration à la française,* 10/18, 1993.
HESSEL, Stéphane, *Immigrations, le devoir d'insertion,* Commissariat général du Plan, La Documentation française, 1987.
JAZOULI, Adil, *Les années banlieue*, Le Seuil, 1992.
KACET, Salem, *Le droit à la France*, Belfond, 1991.
KALTENBACH, Jeanne-Hélène et Pierre-Patrick, *La France, une chance pour l'islam*, Éditions du Félin, 1991.

KEPEL, Gilles, *Les banlieues de l'islam. Naissance d'une religion en France*, Le Seuil, coll. « Points Actuels », 1991.

KETTANE, Nacer, *Droit de réponse à la démocratie française*, La Découverte, 1986.

LAPEYRONNIE, Didier, *L'individu et les minorités*, PUF, 1993.

— et DUBET, François, *Les quartiers d'exil*, Le Seuil, 1992.

LEQUIN, Yves (sous la dir. de), *La mosaïque France. Histoire des étrangers et de l'immigration en France*, Larousse, 1988.

LEVEAU, Rémy, MOHSEN-FINAN, Khadija et WIHTOL DE WENDEN, Catherine (sous la dir. de), *L'islam en France et en Allemagne. Identités et citoyennetés*, La Documentation française, 2001.

LOCHAK, Danièle, *Étrangers : de quel droit ?*, PUF, 1985.

MARTIN, Philip L., *Trade and Migration : NAFTA and Agriculture*, Institute for International Economics, Washington DC, 1995.

MILZA Pierre, *Voyage en Ritalie*, Plon, 1993.

NAÏR, Sami, *Le regard des vainqueurs : les enjeux français de l'immigration*, Grasset, 1992.

NOIRIEL, Gérard, *Le creuset français. Histoire de l'immigration (XIXe-XXe siècle)*, Le Seuil, 1988 ; rééd. « Points Histoire », 1992.

— *La tyrannie du national. Le droit d'asile en Europe (1793-1993)*, Calmann-Lévy, 1991.

PONTY, Janine, *Les Polonais du Nord ou la mémoire des corons*, Autrement, 1995.

ROJZMAN, Charles, *Savoir vivre ensemble. Agir autrement contre le racisme et la violence*, Syros, 1998.

SAYAD, Abdelmalek, *L'immigration ou les paradoxes de l'altérité*, Éditions universitaires, De Boeck-Wesmael, 1991.

— *La double absence. Des illusions de l'émigré aux souffrances de l'immigré*, Le Seuil, 1999.

— et DUPUY, Éliane, *Un Nanterre algérien, terre de bidonvilles*, Autrement, 1995.

SCHNAPPER, Dominique, *La France de l'intégration*, Gallimard, 1991.

— *La Communauté des citoyens. Sur l'idée moderne de nation*, Gallimard, 1994.

— *La relation à l'autre*, Gallimard. 1998.

SCHOR, Ralph, *L'opinion française et les étrangers (1919-1939)*, Publications de la Sorbonne, 1985.

— *Histoire de l'immigration en France, de la fin du XIXe siècle à nos jours*, Armand Colin, 1996.

SIMON, Gildas, *Géodynamique des migrations internationales dans le monde*, PUF, 1995.

STORA, Benjamin, *La gangrène et l'oubli. La mémoire de la guerre d'Algérie,* La Découverte, 1991.

— *Ils venaient d'Algérie : l'immigration algérienne en France 1912-1992,* Fayard, 1992.

— *Le transfert d'une mémoire. De l'«Algérie française » au racisme anti-arabe,* La Découverte, 1999.

TAGUIEFF, Pierre-André, *La force du préjugé. Essai sur le racisme et ses doubles,* La Découverte, 1988 ; rééd., Gallimard, coll. « Tel », 1990.

— (sous la dir. de), *Face au racisme,* 2 vol., La Découverte, 1991.

— *Les fins de l'antiracisme,* Michalon, 1995.

— et TRIBALAT Michèle, *Face au Front national. Arguments pour une contre-offensive,* La Découverte, 1998.

TEITELBAUM, Michael S. et WEINER, Myron (sous la dir. de), *Threatened Peoples, Threatened borders, World migration and US Policy,* Norton, New York, 1995.

TEMIME, Émile, *Marseille transit : les passagers de Belsunce,* Autrement, 1995.

TODD, *Le destin des immigrés,* Le Seuil, 1994.

TOURAINE, Alain, *Pourrons-nous vivre ensemble? Égaux et différents,* Fayard, 1997.

TRIBALAT, Michèle (sous la dir. de), *Cent ans d'immigration, étrangers d'hier, Français d'aujourd'hui,* Institut national d'études démographiques, PUF, 1991.

— *Faire France,* La Découverte, 1995.

— *Dreux, voyage au cœur du malaise français,* Syros, 1999.

VIET, Vincent, *La France immigrée. Construction d'une politique (1914-1997),* Fayard, 1998.

WEIL, Patrick, *La France et ses étrangers,* Calmann-Lévy, 1991 ; rééd. « Folio », 1995.

— *Qu'est-ce qu'un Français ? Histoire de la nationalité française de la Révolution à nos jours,* Grasset, 2002.

— et HANSEN Randall (sous la dir. de), *Citoyenneté et nationalité en Europe,* La Découverte, 1999.

WIEVIORKA, Michel, *L'espace du racisme,* Le Seuil, 1991.

— *La France raciste,* Le Seuil, 1992.

— (sous la dir. de), *Racisme et modernité,* La Découverte, 1993.

— (sous la dir. de), *Racisme et xénophobie en Europe,* La Découverte, 1994.

— *Une société fragmentée. Le multiculturalisme en débat,* La Découverte, 1996.

— *La différence,* Balland, 2001.

Associations nationales

Au nom de la mémoire BP 82 95870 Bezons.

Amnesty international Section française, 76, bd de la Villette, 75940 Paris Cedex 19. Tél. 01 53 38 65 65. Site Internet : http://www.amnesty.asso.fr/ Courriel : Webmestre@amnesty.asso.fr/

Cimade 176, rue de Grenelle, 75007 Paris. Tél. 01 44 18 60 50. Site Internet : http://www.cimade.org/ Courriel : direction@cimade.org/

Forum réfugiés : BP 1054 69612 Villeurbanne. Tél. 04 78 03 74 45. Site Internet : http://www.forumrefugies.org / Courriel : direction@forumrefugies.org/

France terre d'asile (FTDA) 25, rue Ganneron, 75018 Paris. Tél. 01 53 04 39 99. Site Internet : http://www.ftda.net/

Génériques 34, rue de Cîteaux, 75012 Paris. Site Internet : http://www.generiques.org/

Groupe d'information et de soutien aux immigrés (GISTI) 3, Villa Marcès, 75011 Paris. Tél. 01 43 14 84 84. Site Internet : http://www.gisti.org/ Courriel : gisti@gisti.org/

Ligue des droits de l'homme (LDH) 138, rue Marcadet, 75018 Paris. Tél. 01 56 55 51 00. Site Internet : http://www.ldh-France.ass.fr/ Courriel : ldh@wanadoo.fr/

Ligue internationale contre le racisme et l'antisémitisme (LICRA) 42, rue du Louvre, 75001 Paris. Tél. 01 45 08 08 08. Site Internet :http://www.licra.com/

Mouvement contre le racisme et pour l'amitié entre les peuples (MRAP) 43, bd Magenta, 75010 Paris. Tél. 01 53 38 99 99. Site Internet : http://www.mrap.asso.fr/ Courriel : mrap@mrap.asso.fr

Mouvement de l'immigration et des banlieues (MIB) 26 bis, rue Kleber 93100 Montreuil. Site Internet : http://www.mibmib.free.fr/ Courriel : http://mibmib.free.fr/

Profession banlieue Centre de ressources, 15, rue Catulienne, 93200 Saint-Denis. Tél. 01 48 09 26 36. Courriel : profession.banlieue@wanadoo.fr/

SOS Racisme 28, rue des Petites-Écuries, 75010 Paris. Tél. 01 53 24 67 67. Site Internet : http://www.sos-racisme.org/

Organismes publics

Agence pour le développement des relations interculturelles (ADRI) 4, rue René-Villermé, 75011 Paris. Tél. 01 40 09 69 19. Site Internet : http://www.adri.fr/ Courriel : info@adri.asso.fr/

Commission d'accès à la citoyenneté (CODAC) Dans chaque préfecture.

Commission nationale consultative des droits de l'homme (CNCDH) 35, rue Saint-Dominique. Tél. 01 42 75 77 06. Site Internet http://www.commission-droits-hommes.fr

Délégation interministérielle à la lutte contre le travail illégal (DILTI) 10, place des Cinq-Martyrs-du-Lycée-Buffon, 75506 Paris Cedex 15. Tél. 01 44 38 34 96. Site Internet : http://www.travail.gouv.fr/ Courriel : dilti@dilti.travail.gouv.fr/

Fonds d'action et de soutien pour l'intégration et la lutte contre les discriminations (FASID) ex-Fonds d'action sociale pour les travailleurs immigrés et leurs familles (FAS) 209, rue de Bercy, 75012 Paris. Tél. 01 40 02 77 01.

Groupe d'étude et de lutte contre les discriminations (GELD) 9-11, rue Georges-Pitard, 75015 Paris. Tél. 01 55 76 39 40. Courriel : geld.geld@free.fr/

Haut Commissariat des Nations unies pour les réfugiés (HCR) Délégation pour la France. 9, rue Kepler, 75016 Paris. Tél. 01 44 43 48 50. Site Internet : http://www.unhcr.ch/french/fwelcome.htm/

Organisation internationale pour les migrations (OIM) 6, passage Tenaille, 75014 Paris. Tél. 01 40 44 06 91. Site Internet : http://www.iom.int

Société nationale de construction pour les travailleurs (Sonacotra) 42, rue de Cambronne 75740 Paris Cedex 15. Tél. 01 40 61 42 00. Site Internet : http://www.sonacotra.fr/ Courriel : info@sonacotra.fr/

Numéro vert 114 Permanence téléphonique sur les discriminations.

Guides pratiques du Groupe d'information et de soutien des immigrés (GISTI).

Guide des étrangers face à l'administration, Syros, 2001.

Guide de l'entrée et du séjour des étrangers en France, Syros, 2000.

Guide de la nationalité française, Syros, 2000.

Guide des jeunes étrangers en France, Syros, 1999.

Guide de la protection sociale des étrangers en France, Syros, 1997.

Revues

Hommes et migrations, GIP-ADRI, 4, rue René-Villermé, 75011 Paris. Site Internet : www.adri.fr/hm/ Courriel: hetm@adri.fr

Migrance, 34, rue de Cîteaux, 75012 Paris. Tél. 01 43 43 57 75. Site Internet : http://www.generiques.org/

Migrants-formation (ville-école-intégration-enjeux), Centre national de documentation pédagogique (CNDP), 91, rue Gabriel-Péri, 92120 Montrouge. Tél. 01 46 12 87 84. Site Internet : http://www.cndp.fr/vei/ Courriel : bernard.bier@poste.cndp.fr/

Migrations-société, 46, rue de Montreuil, 75011 Paris. Tél. 01 43 72 49 34. Site Internet : http://www.members.aol/ciemi-paris/

Plein droit (GISTI), 3, villa Marcès, 75011 Paris. Tél. 01 43 14 84 84. Site Internet : http://www.gisti.org/ Courriel : webmestre@gisti.org/

Revue européenne des migrations internationales (REMI), 99, avenue du Recteur-Pineau, 86000 Poitiers. Site Internet : http://www.mshs.univ-poitiers.fr/migrinter/remi/remi.htm/ Courriel : remi@mshs.univ-poitiers.fr/

Revues-plurielles.org, portail Internet donnant accès à plusieurs revues spécialisées dans la rencontre des cultures : http://www.africultures.com/revues_plurielles/

INDEX*

* Établi par Isabelle Soulet-Winock.

Composition Nord Compo.
Impression Société Nouvelle Firmin-Didot
à Mesnil-sur-l'Estrée, le 4 mars 2002.
Dépôt légal : mars 2002.
Numéro d'imprimeur : 58865.

ISBN 2-07-041527-9/Imprimé en France.

96522